Norbert Klein   -   Morde, Esel, KVB

AF290022

Dankesworte

Ich bedanke mich bei meinen Freunden Rainer Lichtenberg und Wilfried Müller sehr herzlich für das engagierte und effiziente Lektorat zu diesem Buch. Mein Sohn Christian hat mich vielfältig bei IT-Fragen beraten.

Mein Dank gilt auch den Freunden, Bekannten, früheren Kollegen und nicht zuletzt vielen zufriedenen Lesern meines ersten Buches *Mörder, Stadtrat und FC* für den Zuspruch zur Verwirklichung dieses zweiten Projekts.

Der Autor

Norbert Klein, Jahrgang 1949, war fast drei Jahrzehnte lang als Richter am Finanzgericht Köln tätig. In dieser Zeit übte er neben seiner richterlichen Tätigkeit auch lange die Funktion des Baudezernenten für das denkmalgeschützte historische Gerichtsgebäude 'Appellhof' aus, in dem früher die Staatsanwaltschaft und die Strafgerichtsbarkeit arbeiteten, jetzt aber das Finanzgericht und das Verwaltungsgericht untergebracht sind.

Während des Studiums war der Autor über zwei Jahre freier Mitarbeiter des 'Kölner Stadt-Anzeiger' gewesen, wobei er journalistische Erfahrungen sammelte.

Nach den juristischen Examina begann Norbert Klein zunächst eine Berufstätigkeit in der Finanzverwaltung NRW, bevor er in die Finanzgerichtsbarkeit wechselte.

Sein 2019 veröffentlichtes erstes Buch 'Mörder, Stadtrat und FC - Kölner Gerichtsgeschichten um den Appellhof'' wurde ein unerwarteter regionaler Bestseller, der immer noch jedes Jahr aufgrund der anhaltenden Lesernachfrage stark verkauft wird.

Morde, Esel, KVB

Ein bunter Strauß von Kurzgeschichten

erzählt von Norbert Klein

Bibliografische Information der Deutschen Nationalbibliothek: Die Deutsche Nationalbibliothek verzeichnet diese Publikation in der Deutschen Nationalbibliografie; detaillierte bibliografische Daten sind im Internet über http://dnb.dnb.de abrufbar.

Die automatisierte Analyse des Werkes, um daraus Informationen insbesondere über Muster, Trends und Korrelationen gemäß §44b UrhG („Text und Data Mining") zu gewinnen, ist untersagt.

© 2025 Norbert Klein

Lektorat: Rainer Lichtenberg
         Wilfried Müller

Cover-Grafik: Axel Heckner

Bildnachweis: Thomas Wolf, www.foto-tw.de (https://commons.wikimedia.org/wiki/File:Hohenzollernbrücke_Köln.jpg), „Hohenzollernbrücke Köln", https://creativecommons.org/licenses/by-sa/3.0/legalcode

Verlag: BoD · Books on Demand GmbH, Überseering 33, 22297 Hamburg, bod@bod.de

Druck: Libri Plureos GmbH, Friedensallee 273, 22763 Hamburg

ISBN: 978-3-8192-9926-1

Inhaltsverzeichnis

Ein Unwetter bei Sonnenschein

Nichts, aber auch gar nichts deutete an diesem Samstagnachmittag auf ein aufziehendes Unwetter hin. Vielmehr lagen Ruhe und Frieden über dem Einfamilien-Reihenhaus in einer Seitenstraße in Köln-Dellbrück.

Draußen schien die milde Herbstsonne in das schon farbige Laub des Ahornbaums im Garten. In der Hecke zwitscherten kleine Spatzen, offenbar zufrieden mit ihrer Gartenwelt, lautstark und vergnügt vor sich hin.

Drinnen bügelte Rieke im früheren Kinderzimmer die Wäsche der vergangenen Woche und hörte das Gute-Laune-Programm eines Radiosenders. Im Arbeitszimmer nebenan vertrieb sich ihr Ehemann Wolfgang die Zeit bis zur Sportschau am Computer.

Vielleicht war es die Wäsche, die Rieke auf den Gedanken zu der verhängnisvollen Frage brachte. Sie rief jedenfalls durch die offenen Zimmertüren: „Wölfi, Du hast doch hoffentlich daran gedacht, bei der Ferienagentur für den Sylt-Urlaub über Weihnachten auch zwei Wäschepakete zu bestellen?"

Wolfgang erstarrte erst, dann begann er schwer zu atmen. Auf seiner sich rötenden Stirn bildeten sich erste kleine Schweißtröpfchen. Er hatte nicht die Wäschepakete vergessen.

Er hatte die ganze Urlaubsbuchung schlicht verpennt!

Seine Starre löste sich und er bearbeitete mit fliegenden Fingern die PC-Tastatur. Schnell mal nachschauen! Natürlich! Die ausgewählte Ferienwohnung war über Weihnachten jetzt belegt! Dann eben schnell die Belegungskalender der Sylter Vermietungsagenturen und Kurverwaltungen nach Ersatz durchsuchen! Aber da sah er nur rote Felder und X-Symbole für „Belegt".

Klar, über Weihnachten und Neujahr war auf der Insel immer Hochsaison. „Selbst die Pfeffersäcke aus Hamburg und Bremen beziehen ja dann mal kurz ihre Ferienhäuser unter Reet", murmelte er vor sich hin. Weitersuchen, schnell! „So eine Schei…!" Wolfgang fluchte sich halblaut den Frust aus dem Leib.

Ah, da war tatsächlich eine grüne „Frei"-Anzeige für ein nobles Ferienhaus im Norden der Insel, in List! Sauteuer, aber das musste er seiner Holden ja nicht gleich auf die Nase binden. Und leider auch nicht ganz passend mit drei Schlafzimmern. Es würde schwierig sein, ihr das zu erklären. Aber vielleicht könnte man … . Und da hatte er eine wirklich tollkühne, sehr gewagte Idee!

Rieke lachte im Nebenzimmer. „Wölfi, gib es zu, Du hast die Wäschepakete vergessen und bestellst die jetzt hektisch nach!" Wölfi murmelte etwas Unverständliches, um Zeit zu gewinnen. Die Tastatur klapperte wie verrückt. Jetzt noch auf „Verbindlich buchen!" klicken! Gerettet! Naja, vielleicht doch nicht wirklich gerettet … .

„Wölfi?" - Am Horizont bildeten sich erste dunkle Quellwolken des aufziehenden Unwetters.

Die eheliche Unwetter-Warnapp zeigte schon Dunkelgelb.

Im Türrahmen erschien Rieke mit dem Wäschekorb unter dem Arm und einem fragenden Blick. Gleich wird sie dich Wolfgang nennen und ich sie Friederieke, dachte Wölfi. Wie immer, wenn es zwischen ihnen krachte. Das war zwar selten, aber dann richtig heftig. Und jetzt beichtete er.

„Du hast die komplette Urlaubsbuchung vergessen? Einfach so? Wolfgang, das glaube ich jetzt nicht! Wie konnte das denn passieren?" – „Naja, Friederieke, als wir uns für die Ferienwohnung entschieden hatten, musste das Auto repariert werden. Und außerdem war Deine Mutter zu diesem Zeitpunkt die ganze Woche zu Besuch. Da habe ich es halt verpennt." – „Das Auto hat die Werkstatt repariert und wenn

Du noch nicht mal eine Urlaubsbuchung auf die Reihe bekommst, solltest Du wenigstens meine Mutter aus dem Spiel lassen!" fauchte Rieke.

Die Warnapp wechselte auf Rot.

Wolfgang setzte sein Strahlemann-Lächeln auf. „Kein Grund zu streiten, Liebes. Ich habe ja schon einen tollen Ersatz gefunden: Ein schönes Häuschen im Norden der Insel, in List. Das ist durch einen Urlaubsrücktritt gerade frei geworden und ist noch nicht mal so teuer. Zudem ist es frisch renoviert, ruhig gelegen, hat einen offenen Kamin und drei Schlafzimmer."

Rieke stutzte. „Was sollen wir mit drei Schlafzimmern? Unser Sohn mit Familie bleibt doch dieses Jahr in den USA und kommt nicht zu Weihnachten!" – „Tja, das Haus hat aber nun mal drei Schlafzimmer. Und da habe ich mir gedacht, wenn unsere Freunde Kunibert und Basti mit ihren Frauen am 24. Dezember zum Urlaub nach Dänemark fahren, könnten sie bei uns kurz Zwischenstation machen. Das liegt doch am Weg. Wir könnten gemeinsam am Heiligen Abend Weihnachten feiern, bevor sie am nächsten Tag weiterfahren. Aber natürlich nur, wenn du einverstanden bist …!"

„Ach, du meine Güte!" Rieke schnappte nach Luft.

„Ja, schon klar. Ich laufe mir am Tag vor Weihnachten morgens in Westerland die Hacken ab, um idiotische Kitschgeschenke für unseren Besuch zu kaufen, weil die einem ja auch idiotische Kitschgeschenke zum Fest mitbringen. Mittags beziehe ich die Betten in den Gästezimmern und sauge noch mal durch.

Nachmittags stehe ich in der Küche und koche für den ganzen Verein ein tolles Weihnachts-Menu. Für Ulla zusätzlich ein veganes Extra-Menü unter besonderer Berücksichtigung ihrer tausend Allergien, die natürlich nicht von ihren 20 Zigaretten am Tag herrühren. Tabak ist doch ein rein pflanzliches Naturprodukt! Komisch nur, in ihrem Amt bei der Steuerfahndung hat sie als einzige ein Einzelzimmer.“

„Vielleicht musst Du ja gar nicht kochen, wenn wir uns bei …“. Rieke unterbrach ihn wütend. „Jetzt komm mir nicht mit Fisch-Gosch oder sowas! Am Weihnachtsabend möchte ich keinen lauwarmen Fast-Food-Fraß aus der Fischbude!“

„Aber Schatz, ich würde Dir doch selbstverständlich bei allem helfen!“ Wolfgangs Angebot klang fast schon flehentlich.

„Ach, hör auf!“ schnaubte Rieke. „Du bist dann doch den halben Tag damit ausgelastet, Bier kalt zu legen und bei dem Alkohol-Dealer Deines Vertrauens einen sündhaft teuren Rotwein auszusuchen. Und nach dem Essen gibt mir dann Dein Freund Basti als Hobby-Koch mit gönnerhafter Mine wohlmeinende Tipps für eine bessere Würzung, bevor seine Frau Dörte uns mit ihren endlosen Krankheitsgeschichten in den Schlaf jammert.

Dabei könnten die Rätsel der diversen Wehwehchen von Frau Staatsanwältin aus Rendsburg einfach gelöst werden, wenn sie mal 30 Kilo abnehmen würde. Dazu qualmt uns Ulla die Bude voll, dass man meint, in einem Aschenbecher zu wohnen.

Frohe Weihnachten? Mit diesen Clowns? Nein, danke!“

Rieke hatte sich in Rage geredet. Die eheliche Unwetter-Warnapp hatte inzwischen eine tiefviolette Farbe angenommen.

Wolfgang hatte mit Sebastian und Kunibert während ihrer jeweiligen beruflichen Ausbildung in einer Kölner WG gewohnt. Dabei war eine andauernde Männerfreundschaft der drei FC-Fans entstanden. Diese Freundschaft hatte sich aber leider nicht auf die späteren Ehefrauen des Trios übertragen.

„Friederieke, Liebes, das kann man doch alles mit unseren Freunden vorab besprechen und wie unter vernünftigen Menschen regeln!" – „Gut!" Rieke setzte den Wäschekorb ab, ein spöttisches Lächeln auf und verschränkte die Arme.

„Dann telefonier jetzt mal mit Deinen vernünftigen Menschen. Und sag ihnen gleich mit Deiner Einladung die Bedingungen dafür.

Erstens: Keine Geschenke, von keinem und für keinen. Zweitens: Bettzeug ist mitzubringen, die Betten sind also selbst zu beziehen. Drittens: Es gibt abends für alle ausnahmslos Käsesorten aus der Plastikverpackung vom Supermarkt und Oliven aus dem Glas, dazu aufgebackenes Baguette. Wer das nicht mag, soll sich was mitbringen. Viertens: Im ganzen Haus ist striktes Rauchverbot! Und fünftens: Es werden keine Krankheitsgeschichten erzählt!

So!" Rieke lachte spöttisch. „Es würde mich doch sehr überraschen, wenn dann noch einer kommen wollte!"

Eine halbe Stunde später kam Wolfgang zu Rieke in die Küche. „Und?" – „Sie kommen! Alle."

Der Donner des ehelichen Gewitters hatte sich verzogen, aber eine merkwürdige atmosphärische Spannung lag weiter in der Luft.

Gottes Bodenpersonal *oder* Die Lotsen im Nebel

„Das sieht doch gut aus“, sagte Rieke beim Blick durch das Küchenfenster des Ferienhauses zu Wolfgang, als die vier Gäste im Laufschritt durch den sturmgepeitschten Schneeregen mit ihren Rollkoffern vom Auto auf die Haustür zu rannten.

Wolfgang nickte. „Ja, der Autozug ist trotz des Unwetters pünktlich in Westerland angekommen und das Navi hat das Haus problemlos gefunden.“

Rieke hatte aber die Bettzeug-Bündel gemeint, die die vier unter den Armen hatten. Die Absprache für die Einladung funktionierte zumindest in diesem Punkt schon mal, worüber Rieke doch erleichtert war.

Sie hatte dem heutigen Abend mit einer gewissen Sorge entgegengesehen. Die drei Männer waren zwar schon immer ein Herz und eine Seele gewesen. Das war unter den drei Ehefrauen aber keineswegs der Fall, wie bei früheren Treffen deutlich geworden war. Und miese Stimmung mit Sticheleien ausgerechnet am Heiligen Abend war das Letzte, was Rieke sich wünschte.

Die Begrüßung war herzlich. „Frohe Weihnachten und danke für Eure Einladung!“ - „Gerne! Ebenfalls frohe Weihnachten! Schön, dass alles geklappt hat! Kommt mit hoch, ich zeige Euch Eure Zimmer. Danach können wir gleich zu Abend essen.“

Ein großer, duftender Tannenzweig hing dekorativ an der Wand. Wolfgang hatte den offenen Kamin angefeuert, der im Esszimmer nicht nur eine angenehme Wärme, sondern auch eine wohlige Atmosphäre verbreitete. „Genau das Richtige bei diesem Wetter da draußen“, bemerkte Ulla, als alle zum Abendessen Platz genommen hatten.

„Für die Sylter ist der heftige Sturm wohl nichts Ungewöhnliches“, meinte Wolfgang, „aber ich habe so etwas hier in unseren vielen Urlauben noch nicht erlebt.“ Wie zur Bestätigung drückte eine Sturm-Böe durch den Kamin und ließ das Feuer auflodern.

Harmonie am offenen Kamin

Das Abendessen verlief erfreulich harmonisch. Einige Gäste lobten höflich die Auswahl der Käsesorten und das Aroma der Oliven. Hobby-Koch Bastian sah zwar sparsam begeistert auf den Käseteller. Er meinte aber, das von Rieke aufgebackene *Sylter Insel-Baguette* habe eine - wie er sich fachmännisch ausdrückte – ‚rösche Krume‘.

Dabei konnte man allerdings eine unterschwellige Ironie heraushören. Denn natürlich wurde das Brot in einer Großbäckerei auf dem Festland hergestellt, vermutlich aus tiefgefrorenen Teig-Backlingen von Gott-weiß-woher in Osteuropa. Ulla mümmelte zufrieden aus der mitgebrachten Tupperdose Brokkoli-Salat mit Tofuwürfeln.

Als Dessert hatte Rieke *Sylter Rote Grütze* mit flüssiger Sahne aufgetischt, was allgemeinen Zuspruch fand. Ulla hatte für sich als Nachtisch in einer zweiten Tupperdose die ihr vertrauten Trockenfrüchte aus kontrolliert-biologischem Anbau vorgesehen.

Der Hausherr versorgte die Gäste umsichtig mit gut gekühltem *Flensburger Pils* sowie einem Rotwein von der Ahr, der von Bastian ein ehrliches Lob bekam: „Wolfgang, der ist exzellent! Nicht so ein ‚Chateau Migräne‘ aus dem Supermarkt-Sonderangebot. Sonst hätte ich auch Sodbrennen.“

Unter normalen Umständen wäre das für Dörte die perfekte Steilvorlage gewesen, um detailliert über ihre letzte Magenspiegelung und den rätselhaften Befund zu berichten. Aber in Anerkennung der Gastgeber-Regel ‚Keine Krankheitsgeschichten!‘ verzichtete sie darauf und hielt sich an einer weiteren Portion Rote Grütze mit reichlich Sahne schadlos.

Das wiederum nahm ihr Ehemann Bastian zwar missbilligend, aber stillschweigend zur Kenntnis. Für seine Duldsamkeit belohnte er sich mit einem weiteren Glas von dem guten und so bekömmlichen Roten. Dann hob er das Glas. „Liebe Rieke, lieber Wolfgang! Wir danken nochmals für Eure Einladung! Und auf einen schönen Weihnachtsabend. Prosit!

Die drei großen K in der ‚Stadt mit K'

„Wolfgang, du bist ja Journalist mit dem Ohr am Volk: Was bewegt die Kölner Seele denn derzeit in der ‚Stadt mit K'?" frage Kunibert. – „Unverändert die drei großen K, nämlich Karneval, Kirche und KVB." – „Hast Du da nicht den 1. FC Köln als viertes bewegendes Thema vergessen?" fragte Dörte mit einem leisen Anklang von Spott.

Wolfgang lächelte nachsichtig. „Nein, liebes Rendsburger Nordlicht! Denn der FC ist ja Teil des Karnevals, als Ganzjahres-Fastelovend sozusagen.

Jedes Heimspiel in Müngersdorf ist wie Rosenmontag. Wenn für Köln ein Tor fällt und über die Stadionlautsprecher dann *dat Trömmelche jeht*, singen über 40.000 glückliche Zuschauer im Refrain *Kölle Alaaf!* mit."

Die Lotsen im Nebel

„Und beim Stichwort Kirche ist vermutlich das dominierende Thema immer noch unser Erzbischof Rainer Maria Kardinal Woelki und seine schwache Erinnerung an die von seinem Vorgänger, Joachim Kardinal Meisner, so genannten ‚Brüder im Nebel'. Also die kirchlichen

Missbrauchstäter und diverse Vertuschungsaktionen ihrer Sexualstraftaten durch die Kirchenobrigkeit?"

„So ist es! Die Taten und Versäumnisse von Gottes Bodenpersonal ist ein auf kleiner Flamme vor sich hin köchelnder Dauerbrenner in der Kölner Presse. Und in besonders dichtem Nebel scheinen auch manche verantwortlichen Lotsen zu stehen.

An diesem Thema bleibt mein Kollege Joachim Frank von der Chefredaktion des *Kölner Stadt-Anzeiger* sehr hartnäckig dran. Der wurde übrigens 2022 als *Journalist des Jahres* geehrt. Etwa zeitgleich verpasste ihm die Führung des Erzbistums Köln unter Leitung von Rainer Maria Kardinal Woelki, wie man hört, den Spitznamen ‚Reporter des Teufels'. Was Kollege Frank als Kompliment auffasste."

Der ‚rheinische Kardinal'

„Nicht wenige ältere Kölner werden sich mit Wehmut an Josef Kardinal Frings erinnern, der fast dreißig Jahre lang von 1942 bis 1969 Erzbischof in der Domstadt war und den die Kölner liebten," seufzte Kunibert.

„Der ‚rheinische Kardinal', volkstümlich und in der Koseform mit seinem Vornahmen im Dialekt ‚et Jüppche' genannt." Ulla kannte sich da aus. „Über ihn gibt es viele Anekdoten. Hier ist eine.

Der Kardinal sieht sich vor dem *Weißen Sonntag* im Dom eine Stellprobe der Kommunionkinder an. Da sagt ein Kommunionkind leise zu ihm: ‚Ich weiß auch, wer Du bist. Du bist dat Jüppche!'.

Darauf Frings zu dem Kind: ‚Ja, stimmt! Aber sag es keinem weiter!' "

„Gegen Kardinal Woelki läuft ja seit Jahren ein Ermittlungsverfahren wegen Meineids", begann Rieke. „Weil er ja unter Eid ausgesagt hat, von bestimmten Missbrauchsfällen bzw. deren Vertuschung nichts gewusst zu haben, woran es begründete Zweifel gibt.

Das Ermittlungsverfahren kommt aber erstaunlicherweise nicht von der Stelle. Es dauert und dauert. Meine WDR-Kollegen haben deshalb schon einmal in der Sendung *Westpol* vermutet, dass der Grund dafür eine besondere Rücksicht der Staatsanwaltschaft auf den Kardinal sein könnte."

Und kein ‚Mea Culpa'!

Bastian schüttelte den Kopf. „Ich verstehe das nicht. Jeder Messdiener, ich natürlich auch, hat sich früher in der Lateinischen Messe beim Runterschnurren des *Confiteor*-Gebets an die Brust geklopft und mit ‚Mea culpa, mea culpa, mea maxima culpa', also ‚Durch meine Schuld, durch meine Schuld, durch meine übergroße Schuld', als Sünder bekannt. Unseren Kirchenoberen kommt das selbst unter den bekannten skandalösen Umständen nicht über die Lippen."

„Die sind ja auch keine Messdiener", spottete Dörte. „Und Ihr Katholen, wenn ich das so als Rendsburger Nordlicht und Evangelin sagen darf, habt doch auch noch den ehemaligen Aachener Weihbischof Johannes Bündgens an der Backe.

Der hatte ja von dem Konto einer dementen alten Witwe 128.000 € auf sein eigenes überwiesen und ist dafür wegen Untreue zu neun Monaten Knast auf Bewährung verurteilt worden. Ein ‚Mea culpa'-Geständnis hat man von dem auch nicht gehört, oder?"

„Im Gegenteil", seufzte Bastian. „Wie man in der Zeitung lesen konnte, wollte er danach angeblich sogar noch an das Erbe der zwischenzeitlich verstorbenen, sehr wohlhabenden Dame ran.

Tausendfache Kirchenaustritte allein im Erzbistum Köln sind dafür dann die Quittung.

Der ADAC soll inzwischen mehr Mitglieder in Deutschland haben als die katholische Kirche. Das wundert dann auch niemanden. Und ehrlich," Bastian wurde richtig emotional, „ich habe auch schon überlegt, aus diesem Verein auszutreten!"

Vereinsaustritt? – Aber nicht doch!

Kunibert summte eine Melodie vor sich hin. Irritiert sah ihn Bastian an. „Das ist doch ein Kirchenlied, oder? Wie hieß das doch gleich?" Jetzt sang Kunibert aus voller Kehle:

„Fest soll mein Taufbund immer stehen,
ich will die Kirche hören!
Sie soll mich allzeit gläubig sehen
und folgsam ihren Lehren!

„Schon vergessen, Herr Obermessdiener?" feixte Kunibert unter dem Gelächter der anderen. „Aber vielleicht hilft es Dir, wenn Du in einer Mail an den Papst selbst Deinem Ärger mal Luft machst. Ich kenne nämlich die geheime persönliche E-Mail-Adresse des Papstes. Die kann ich Dir auch geben."

Bastian schien zunächst verblüfft, ahnte dann aber doch einen Witz hinter dem Angebot. Mit gerunzelter Stirn fragte er: „Und diese E-Mail-Adresse lautet?"

Kunibert lachte: „urbi@orbi.vatican!" Dann wurde er ernst.

„Alles schlimm! Aber schlimmer geht immer! Zum Beispiel, was die Kölner Pfarrei *St. Maria in der Kupfergasse* vor mehr als 200 Jahren erleben musste.“

„Oh je!“ Ulla seufzte. Sie kannte ihren Ehemann, der als Archivar der Stadt Köln und Hobby-Historiker der Domstadt so manches gruselige Ereignis aus der Geschichte Kölns genüsslich zu erzählen wusste. „Jetzt kommt sicher wieder so eine blutrünstige Mord-und-Totschlag-Story!“

Damit hatten die anderen aber kein Problem.

„Och, Ulla! So schlimm wird´s schon nicht werden! Also Kunibert, erzähl´ mal!“

Ein unglaublicher Mörder

‚Ja, zwei Frauenleichen, mit durchgeschnittenen Hälsen!‘ Die Marktfrauen wissen als erste von dem grausigen Doppelmord und sorgen schon vor der Kölner Zeitung am Morgen des 8. September 1803 für die Verbreitung der sensationellen Neuigkeit unter ihrer Kundschaft.

Zu dieser Zeit ist Köln unter französischer Besatzung und hat rund 45.000 Einwohner. Nach heutigen Maßstäben wäre Köln damit eine Kleinstadt. Der Leichenfund auf der anderen Rheinseite, in den Poller Wiesen am Rhein, ist natürlich *das* Gesprächsthema in der ganzen Domstadt. Wer kann denn so ein schlimmes Verbrechen verübt haben?

Aber die erste schwierige Frage, die sich der Gendarmerie stellt, ist: Wer sind die beiden Mordopfer? Einheimische sicher nicht. Nach der Kleidung zu urteilen, stammen die beiden etwa 40 bis 60 Jahre alten Frauen vom Oberrhein.

Um Hinweise zu erhalten, werden die Leichen in Deutz für die Einwohner zur Identifizierung öffentlich aufgebahrt – vergebens. Obwohl sich Menschenmassen, nicht nur aus Deutz, sondern auch aus Köln, um die offenen Särge drängen, kennt niemand die Frauen. Die Ermittlungen stocken. Die Toten werden schließlich anonym bestattet.

Doch dann ergibt sich unverhofft noch eine erste Spur. Ein Zeuge, der einige Tage auf Geschäftsreise war, liest bei seiner Rückkehr nach Köln in der Zeitung von dem rätselhaften Fall und kann einen wichtigen Hinweis geben:

Als er am 6. September mit der Postkutsche nach Bonn gefahren sei, seien zwei Frauen, auf die die Beschreibung passe, mit in der Kutsche gewesen.

‚Und da war auch noch ein Geistlicher in der Kutsche!‘

Der Priester habe sich zwar nicht mit den Damen unterhalten. Aber alle drei seien in Wesseling ausgestiegen. Die Ermittler verfolgen diese mögliche Spur weiter und werden fündig.

Denn das nächste Puzzleteil liefert danach der Schiffer der Wesselinger Fähre: Ja, er erinnere sich, er habe diese drei Personen am 6. September auf die andere Rheinseite nach Lülsdorf übergesetzt. Den Geistlichen habe er schon einmal gesehen, der müsse aus Köln kommen.

Dann der entscheidende Hinweis aus einem Kölner Gasthof, in dem zwei unbekannte Frauen lange ein Zimmer gemietet hatten. Der Gastwirt erinnert sich noch genau an diese beiden Gäste. Und die Nachforschungen im Gasthof ergeben weitere Erkenntnisse: Auch dort sind sie mit einem Priester gesehen worden. Und dieser Priester sei der seit Sommer in der Kölner Pfarre *St. Maria in der Kupfergasse* amtierende Pfarrer Peter Joseph Schäffer gewesen!

Ein ungeheuerlicher Verdacht steht im Raum!

Sollte etwa …? Nein, das kann doch nicht sein! Oder doch? Man zögert zunächst.

Mehr als eine Woche nach der Tat bestellen die Ermittler Pfarrer Schäffer zur Vernehmung ein - als Zeugen: Er könne vielleicht Missverständnisse ausräumen und wertvolle Hinweise auf den wahren Täter geben, erklären ihm die Beamten. Die Vernehmung gerät zu einem absurden Wechselspiel von Vorhaltungen, Ausflüchten, neuen Vorhaltungen und offensichtlichen Lügen.

‚Ich kenne die Frauen gar nicht!‘ – Ihr seid mit ihnen zusammen in Wesseling aus der Kutsche ausgestiegen und auch schon vorher in einem Gasthof gesehen worden. – ‚Ich bin in Wesseling gleich mit der nächsten Kutsche zurück nach Köln gefahren!‘ – Der Fährmann hat Euch mit den Damen zusammen nach Lülsdorf übergesetzt. – ‚Ja, wir wollten eine Wallfahrt nach Pützchen zur Heiligen Adelheid machen.‘ – Was ist passiert? - ‚Räuber haben uns überfallen und die Frauen ermordet. Ich konnte flüchten!‘ – Warum habt Ihr den Überfall nicht der Gendarmerie gemeldet? – ‚Einer der Räuber hat später bei mir die Tat gebeichtet und ich musste das Beichtgeheimnis wahren!‘

Dann findet man bei einer Hausdurchsuchung im Pfarrhaus auch noch blutbefleckte Kleidung. Pfarrer Schäffer wird in Haft genommen. Das ganze katholische Köln, besonders aber die Pfarre *St. Maria in der Kupfergasse*, erstarrt vor Entsetzen, kaum hat sich die Nachricht am Folgetag wie ein Lauffeuer verbreitet.

‚Unser Pfarrer Schäffer ist als Mörder verhaftet worden!‘

Im Brauhaus ‚Zum Esel‘ gibt es am Sonntag beim Frühschoppen am Stammtisch der Handwerker und Händler nur dieses eine Thema. ‚Wie kann ein Pfarrer, und das noch ein Pfarrer im ‚hillije Kölle‘, so etwas Schreckliches tun?‘ fragt der fassungslose Bäcker Peter Thelen in die Runde.

Dachdecker Grommes hat zu dem Motiv einen Verdacht. ‚Dahinter steckt vermutlich eine schlimme Weibergeschichte! Ich bin nur gespannt, ob er als Priester nicht doch noch begnadigt wird!‘

‚Nein, nein, nein! Nicht bei den Franzosen!‘ war sich der Fuhrmann Gereon Rode sicher. ‚Der kommt genauso unters Fallbeil wie andere Mörder auch, ob Pfarrer oder Räuber-Hauptmann. Alle Bürger sind doch gleich! Égalité, also Gleichheit, heißt das seit der Revolution!‘

Tags darauf legt der Pfarrer, der aus Ahrweiler stammt, ein grausiges Geständnis ab. ‚Die Frauen sind die Geschwister Ritter aus der Nähe von Colmar im Elsass. Dort haben sie in meinen beiden früheren Pfarrstellen den Haushalt geführt. Mit der älteren Schwester hatte ich zudem ein Verhältnis, wozu es einen schriftlichen *Privat-Contract über eine heimliche Ehe* gibt.

Ich wollte die beiden wegen der hohen Unterhaltskosten durch die Versetzung nach Köln loswerden. Aber sie sind mir bis hierhin nachgereist und haben mir gedroht, mich beim Bischof von Aachen mit dem *Privat-Contract* anzuschwärzen. Um das zu verhindern, habe ich sie auf die andere Rheinseite gelockt und getötet.'

Zuständig für den Mordprozess ist das Kriminalgericht in Aachen. Denn von dort verwalteten die Franzosen damals die Provinzstadt Köln.

Anklage gegen einen Priester, einen Pfarrer, wegen eines Doppelmordes! Wann hat es das schon einmal gegeben?! Die Fassungslosigkeit, die der Fall allgemein hervorruft, wird durch den Auftritt des Angeklagten im Prozess noch einmal gesteigert.

Theatralisch widerruft Schäffer sein vorher in Köln sogar schriftlich bestätigtes Geständnis. Das habe er nur abgelegt, weil er den wahren Täter habe schützen wollen, von dessen aufrichtiger Reue er bei der Beichte überzeugt gewesen sei.

,Und lieber will ich als Unschuldiger sterben als das Beichtgeheimnis verletzen!'

Der Gerichtspräsident lässt in der Urteilsbegründung keinen Zweifel daran, was er von diesen aberwitzigen Einlassungen des Angeklagten hält – nämlich nichts.

Weil *,in der ganzen Prozedur auch nicht der mindeste Umstand obwaltet, der zu seinem Vortheile angeführt werden kann.'* Und so lautet das Urteil denn auch: *„Im Namen des französischen Volkes! Nach den vorgemerkten Artickeln des Strafgesätzes seyd Ihr Peter Joseph Schäffer zum Tode verdammt!'*

Das Urteil wird am 29. Dezember 1803 vollstreckt. Kurz zuvor hat der Pfarrer doch noch sein Gewissen erleichtert und sein früheres Geständnis bekräftigt. Bevor das Fallbeil der Guillotine niederfällt, wendet er sich mit seinen letzten Worten an das bei der Hinrichtung vor dem Schafott gaffende Publikum: *‚Ich bin der erste Priester, der so eine schreckliche That begieng. Ich hoffe, dass ich auch der letzte seyn werde.'*

„Und das war vielleicht Schäffers vernünftigster Satz in seinem Drama!" schloss Kunibert.

„Unglaublich!" Wolfgang schüttelte ungläubig den Kopf. „Davon habe ich noch nie gehört und ich bin ja alter Kölner." Nur Ulla schien die Geschichte ihres Ehemannes nicht zu gefallen. „Also am Weihnachtsabend von durchgeschnittenen Hälsen und der Guillotine zu erzählen ist meiner Meinung nach völlig daneben!"

„Gut! Dann bist Du jetzt dran und bringst uns in Weihnachtsstimmung." Kunibert glaubte wohl, seine Frau mit diesem Vorschlag in Verlegenheit bringen zu können. Aber da täuschte er sich.

Ulla schloss die Augen. „Ich muss jetzt mal intensiv nachdenken, um das alles hier oben auf meiner Festplatte zu sortieren." Sie tippte sich an die Stirn. „Gebt Ihr mir etwas Zeit? Es ist eine richtig schöne Geschichte von einem Krippenspiel in einem Dorf. Dabei spielt ein Esel die Hauptrolle."

Wolfgang kam mit einigen Tütchen Erdnüssen und Knabbergebäck aus der Küche. „Das sind zwar keine Esel-Leckerli", sagte er und verteilte alles auf kleinen Tellern. „Aber dafür wird das Zeug uns schmecken.“

Rieke meldete sich. „Ulla, lass Dir Zeit! Dann kann ich jetzt noch meine persönliche Erfahrung in *St. Maria in der Kupfergasse* zum Besten geben. Die lässt die alte Wallfahrtskirche in einem anderen, besseren und richtigen Licht erscheinen als nur verzerrt als eine ‚Mord-Pfarrer-Kirche‘.“

„Schieß los!“

Sauer auf die Muttergottes, aber gläubig.

„Wer in der Kölner Innenstadt einen Ort der Stille sucht, der geht bestimmt nicht in den Kölner Dom, wo umherwandernde Touristenscharen stören und einen dauernden Geräuschpegel erzeugen“, begann Rieke langsam.

„Der geht in die Gnadenkapelle der Kirche *St. Maria in der Kupfergasse*. Die ist gar nicht so weit vom Dom entfernt, aber – vielleicht sollte man sagen ‚Gott sei Dank!‘ – meist nur den Einheimischen bekannt. Außer natürlich den auswärtigen Pilgern, die jedes Jahr zu *St. Maria in der Kupfergasse* kommen.

Hier findet man Ruhe und kommt zur Besinnung. Die hohen Mauern des Vorhofs schirmen den Straßenlärm der Großstadt ab. Zusätzlich wird die Gnadenkapelle im Innern von der Kirche wie mit einem schützenden Mantel umgeben. Kein Tourist verirrt sich hierhin.

Wer die steinerne Aufforderung am Torbogen des Hofeingangs ‚Gehe nicht vorbei, ohne ein AVE zu beten.‘ befolgt, ist regelmäßig ein Ortskundiger. Er will wirklich ein *Ave Maria* beten. Und nicht - wie im Dom - eine Sehenswürdigkeit des Stadtführers abhaken, ein Erinnerungsfoto machen oder nur mal so reinschauen, weil bis zur Abfahrt des Zuges im benachbarten Hauptbahnhof noch Zeit ist.

Man kniet oder setzt sich in eine der Holzbänke. Dann richtet man den Blick auf die Figur der *Schwarzen Muttergottes* mit dem Jesuskind, die seit Jahrhunderten das Ziel von Pilgern, aber auch von gläubigen Passanten war und ist, manchmal mit Einkaufstüten oder in Berufskleidung.

Dann kommt aus der Ruhe die Besinnung. Man kann sich selbst – insbesondere seiner Seele – eine Audienz gewähren.

Stress im Büro

Vor einigen Jahren gab es in meiner Abteilung beim WDR ziemlichen Stress. Der neue Abteilungsleiter verstieß gegen praktisch alle Regeln einer guten Personalführung. Der war ein richtiges … ! Ach, Ihr wisst schon, was ich meine! Und auf mich hatte er es besonders abgesehen, das war jedenfalls mein Eindruck. Dazu der tägliche Sender-Wahnsinn.

Ich bekam erst Schlafprobleme, dann Herzrhythmus-Störungen, schließlich ging ich zu einer Therapeutin. Bei der lernte ich runterzukommen und durch Entspannungsübungen gelassen zu werden.

Mein bösartiger Chef ging mir danach da vorbei, wo die Sonne scheint. Ich konnte dadurch auch, wie meine Therapeutin es ausdrückte, abends ‚den Tag in die Garage fahren‘. Dann störten die Alltagsprobleme aus Beruf und Privatleben meine Nachtruhe nicht mehr.

Der dringende Rat meiner Therapeutin war aber auch, diese Übungen nicht nur vor dem Einschlafen, sondern zusätzlich während des Tages an einem ruhigen Ort zu praktizieren. ‚Sie haben doch sicher eine Mittagspause und kennen einen ruhigen Ort‘, sagte die Therapeutin.

Stille in der Gnadenkapelle und ein trauriger Störer

Da wusste ich sofort, wo ich in der Mittagspause hinzugehen hatte: In *St. Maria in der Kupfergasse,* nur wenige Gehminuten vom WDR entfernt. Man ist zwar in der Gnadenkapelle selten allein. Aber die Menschen dort beten. Zumeist lautlos. Nur manchmal kann man ein Flüstern als *Gegrüßet seist Du Maria* verstehen.

Wiederholt bemerkte ich eine junge Frau, die mehr weinte als sie betete. Sie konnte ein Schluchzen nicht unterdrücken, so sehr sie sich auch bemühte. Ansonsten hörte man meist nur das Klimpern der Münzen, die die Gläubigen beim Verlassen der Kapelle in den

Opferstock werfen. Danach fällt die Außentür der Kirche zu. Wieder völlige Stille.

Es war mittags an einem Sommertag und die Bänke waren mit einigen Besuchern besetzt, als ein älterer Mann die Gnadenkapelle betrat. Der Herr war gut gekleidet und auch sonst eine gepflegte Erscheinung. Er stellte sich hinter die Holzbänke und sprach mit lauter, aber beherrschter Stimme in unverfälschter rheinischer Mundart. ‚Marie, Du häs uns beloore! Beloore un bedroore!‘ Also auf Hochdeutsch: ‚Maria, Du hast uns belogen! Belogen und betrogen!‘.

Natürlich drehten sich die betenden Besucher verärgert zu dem Störer um. Die bösen Blicke, das missbilligende Kopfschütteln der anderen nahm der Herr aber gar nicht erst zur Kenntnis. Unverwandt sah er auf die Figur der Gottesmutter, so als erwartete er von dort eine Antwort.

Als die Antwort ausblieb, wiederholte er mit leiser, weicher Stimme: ‚Beloore un bedroore.‘ Vielleicht eine Minute oder zwei Minuten lang stand er so da. Dann drehte er sich um und verließ ohne Hast mit hängendem Kopf das Gotteshaus. Ich meine, er war sehr traurig.

Was mag in diesem enttäuschten Gläubigen vorgehen?

Mit der inneren Einkehr und einem Gebet war es danach bei mir vorbei. Die Entspannungsübungen hatte ich schon vorher absolviert. Ich fragte mich, was der Hintergrund dieses seltsamen Auftritts war. Hatte der merkwürdige Besucher sich von der *Schwarzen Muttergottes* die Erfüllung eines persönlichen Anliegens erhofft und war dann in seiner Erwartung bitter enttäuscht worden?

Wenn es so war, dann hatte die tiefe Enttäuschung allerdings nicht dazu geführt, dass dieser Christ seinen Glauben verloren hatte. Gläubig war er geblieben. Wäre er denn sonst an diesen Ort und mit dieser direkten Ansprache zu der *Schwarzen Muttergottes* gekommen?

Aus meiner Mittagspause nahm ich die Erkenntnis mit, dass man in *St. Maria in der Kupfergasse* nicht nur einen Ort der Stille finden und tief gläubig beten, sondern ebenso tief gläubig schimpfen kann. Sogar mit der Muttergottes. Von Angesicht zu Angesicht. Und das auf Kölsch!"

Eine kurze Zeit herrschte Stille im Esszimmer.

Niemand sagte etwas. Vielleicht so wie in der Gnadenkapelle. Nur das Kaminfeuer knisterte. Dann meinte Kunibert: „Rieke, das ist schon … ich sage mal … ein berührendes Erlebnis. Schön, richtig schön." Die anderen klopften zustimmend auf den Tisch.

Kunibert hatte noch eine Zugabe: „Wenn Ihr mehr über die historische Wallfahrtskirche *St. Maria in der Kupfergasse* wissen wollt, dann geht mal ins Internet. Die haben eine sehr gut gemachte, aufwändige gestaltete Homepage.

Und noch etwas. Auf der Seite zur Geschichte der Kirche findet sich eine Aufstellung aller Pfarrer, die hier tätig waren. Darunter ist auch der erwähnte ‚Mord-Pfarrer' Schäffer. Oh ja, sie haben ihn nicht schamhaft verschwiegen, vertuscht, geleugnet! Obwohl er doch – um es frei nach Kardinal Meisner zu formulieren – ein Bruder war, der im besonders dichten Nebel, sogar eher im giftigen Smog sein Unwesen trieb."

Nach einer Weile fragte einer: „Ulla, was ist jetzt mit dem Esel?"

Ulla nickte. „Also, es hat da wohl einmal ein ganz ungewöhnliches Krippenspiel gegeben, wenn man den immer wieder mal gehörten Erzählungen darüber glauben will. Wollt Ihr die Erzählung darüber jetzt auch hören?"

„Aber gerne!"

Krippenspiel mit Esel

„Ich habe die Geschichte von meinem Bruder gehört, der in Troisdorf-Sieglar wohnt. Es ist vom Wahrheitsgehalt her eine zweifelhafte Story, aber jedenfalls eine zum Schmunzeln, nicht zum Gruseln", begann Ulla.

‚Ja, natürlich, die Geschichte stimmt! Genau so ist das passiert, damals, vor dem Krieg.' Der Erzähler an der Theke der Gaststätte *Zum Pompe Jupp* ist sich trotz der skeptischen Frage sicher. Man fragt weiter: ‚Also hier in Troisdorf-Sieglar, im Saal *Zur Küz*? Wo die traditionsreiche *Bühnengesellschaft Sieglar* zu Hause ist?' – ‚Nein, das war in Niederkassel-Rheidt, im Saal *Zum Lüches*, beim *Theaterverein von 1930*.'

Deshalb fragt man in Niederkassel-Rheidt bei Senioren nach, die es wissen sollten, und erhält die Antwort: ‚Ja, klar stimmt die Geschichte! Genau so ist das passiert, damals, vor dem Krieg. Aber nicht hier, sondern in Sieglar. Vielleicht war es aber auch in Köln …, äh, … wie heißt der Stadtteil noch mal … .'

Es verstärkt sich so langsam der Verdacht, dass die schöne Geschichte vielleicht doch nur schön erfunden worden ist! Egal.

‚Nächster Tagesordnungspunkt: Krippenspiel. Zu Weihnachten sollten wir einmal ein Krippenspiel aufführen, hat der Herr Pfarrer vorgeschlagen. Das haben wir noch nie gemacht, obwohl wir doch hier im Dorf einen so schönen Saal mit großer Bühne und auch Leute mit Bühnenerfahrung haben!'

Das Krippenspiel wird beschlossen.

‚Gute Idee!‘ In der Sitzung des Ortsrings fällt der Beschluss einstimmig: Die Weihnachtsgeschichte soll auf der Bühne des Dorfsaals festlich nachgespielt werden.

Nach kurzer Diskussion sind auch die Hauptrollen verteilt. ‚Also, wir sind uns einig: Der Hans, Vorsitzender unseres Junggesellenvereins, spielt den *Heiligen Josef*. Und unsere diesjährige Maikönigin, die Katharina, die ist die *Jungfrau Maria*. Das passt, weil die beiden schon so gut wie verlobt sind. Die Rolle der *Heiligen drei Könige* übernimmt das Dreigestirn der laufenden Karnevalssession, die sind ja auch gut aufeinander eingespielt.‘

Die Proben unter der Leitung des Pastors laufen sehr zufriedenstellend. Bei der Besetzung der Muttergottes-Rolle mit Katharina trifft es sich gut, dass diese noch eine Babypuppe aus Kindertagen hat, um das Jesuskind in Szene setzen zu können.

Jetzt kommt der Esel ins Spiel.

Da hat bei der Generalprobe einer der Hirtendarsteller, der alte Wiesenbauer, spontan eine besondere Idee: ‚Wie wäre es, wenn mein Esel Alfons mitspielen würde? Der könnte im Stall zu Bethlehem schön hinten in der Krippe stehen. Und am Schluss, bei der Flucht nach Ägypten, könnte er das Reittier für die *Heilige Familie* sein.‘ Der Pfarrer ist etwas skeptisch: ‚Sind Esel nicht störrisch und unberechenbar?‘

Da kann ihn der Wiesenbauer beruhigen: ‚Mein Alfons ist lammfromm und sehr folgsam! Ein richtiger Weihnachts-Esel!‘ Auch die anderen Darsteller finden die Idee gut: So werde die Weihnachtsgeschichte doch noch origineller gespielt! Die Rolle des Esels Alfons wird also ohne weitere Probe in das Krippenspiel eingebaut.

Am Heiligen Abend nachmittags ist der Dorfsaal bis auf den letzten Platz besetzt, einige Besucher müssen sogar stehen. Die Bühne ist mit Balken und Brettern, die der Dorfschreiner aufgebaut hat, in den Stall zu Bethlehem verzaubert worden. Tannenbäume aus dem nahen Forst schmücken den Stall und duften weihnachtlich.

Das Krippenspiel beginnt und geht reibungslos voran. Der Esel steht dekorativ im Hintergrund des Stalls zwischen Strohballen und wird von dem Wiesenbauer im Hirtenkostüm mit diskret zugesteckten Möhren bei Laune gehalten.

Zwischen den einzelnen Szenen spielt der Küster auf einem Akkordeon Weihnachtslieder und die Zuschauer singen festlich gestimmt mit. Zwei ältere Damen in der ersten Reihe tupfen sich gerührt ein paar Tränchen aus den Augen. ‚Nää, es dat schön!‘

Dann kommt die letzte Szene des Krippenspiels. Ein Engel, also die Frau des Wiesenbauers, warnt die *Heilige Familie*: Wegen des Kindermörders Herodes solle man doch lieber nicht nach Nazareth zurückgehen, sondern besser nach Ägypten fliehen. Jetzt kommt Alfons' großer Auftritt!

Die Flucht nach Ägypten wird zum Problem.

Der Esel wird nach vorne geführt und der *Heilige Josef* wuchtet die gewichtige *Jungfrau Maria*, das Jesuskind in ihren Armen, auf den Rücken des Esels. Alfons lässt sich nichts anmerken. Alles gut! Dann spricht der *Heilige Josef* den Esel mit den salbungsvollen Worten an: ‚Wohlan denn, du edles Grautier, wir ziehen nach Ägypten!‘ *Josef* schreitet voran und zieht behutsam an den Zügeln. Der Esel rührt sich nicht vom Fleck.

Der *Heilige Josef* wiederholt seine freundliche Aufforderung an Alfons: ‚Wohlan denn, du edles Grautier, wir ziehen nach Ägypten!‘

Liegt es nun daran, dass dem edlen Grautier Alfons die Reise nach Ägypten zu mühevoll erscheint, zumal mit der bemerkenswerten Zuladung auf dem Rücken? Oder möchte er einfach nur den Ort nicht verlassen, an dem es die leckeren Möhren gibt? Man weiß es nicht.

Jedenfalls bewegt er sich keinen Schritt vorwärts in Richtung Ägypten, als der *Heilige Josef* diesmal kräftig an dem Zügel zieht. Aus dem Publikum sind glucksende Laute von unterdrücktem Lachen zu hören. Das Krippenspiel droht auf der Zielgeraden außer Kontrolle zu geraten.

Und ein drittes Mal versucht es *Josef*: ‚Wohlan denn …‘. Ohne Erfolg. Der Esel steht und bleibt stehen und nichts auf der Welt scheint ihn fortbewegen zu können. Jetzt lachen die Zuschauer aus vollem Hals. Die weihevolle Weihnachtsstimmung ist einer Karnevalsstimmung gewichen, Lachtränen statt Tränen der Rührung!

Da verliert der *Heilige Josef*, im Dorf als Junggesellen-Vorsitzender für seine jähzornigen Ausfälle berüchtigt, die Nerven. Er schlägt dem armen Alfons mit seinem Wanderstab auf den Hintern und schreit dabei ohne Rücksicht auf den Text des Krippenspiels, ja sogar in rheinischer Mundart:

‚Du Ooß! Du jehs jetz no Äjypten, on wenn Du verrecks!‘ Also auf Hochdeutsch: ‚Du Aas! Du gehst jetzt nach Ägypten, und wenn du verreckst!‘.

Das Drama der gescheiterten Flucht

Mit einer solchen schroffen Behandlung hat der Esel keinesfalls gerechnet. Völlig erschrocken springt er vorwärts, bockt dann und wirft so die *Heilige Jungfrau* samt Jesuskind im hohen Bogen ab.

Maria ruft noch in Panik, aber passend zur Situation *Jesus, Maria und Josef!* bevor sie – gottlob unbeschadet - auf ihrem gut gepolsterten Allerwertesten landet. Die Jesuskind-Puppe kullert über die Bühne, wird aber zum Glück noch am Bühnenrand von einem Tannenzweig gestoppt.

Schnell schließt der Pfarrer als Spielleiter den Bühnenvorhang, der wie ein Mäntelchen der Barmherzigkeit die dramatische Szene verhüllt. Oh Gott, wie konnte das nur passieren? Der Pfarrer schickt ein Stoßgebet zum Himmel, dass der Heilige Abend doch bitte ohne Verletzungen seiner Krippenspieler-Schäfchen zu Ende gehen möge!

Auch die schockierten Zuschauer schweigen zunächst ängstlich, als die Darsteller für den Schlussapplaus vor den Vorhang treten. Als dann aber klar ersichtlich ist, dass niemand ernstlich zu Schaden gekommen ist, brandet tosender Beifall auf. Das glückliche Ende des außergewöhnlichen Krippenspiels versetzt die Dorfgemeinschaft in Begeisterung.

Wäre der Esel noch vor den Vorhang getreten, er hätte wohl ‚Standing Ovations' erhalten. Aber Alfons will nicht vor den Vorhang. Er randaliert noch hinter der Bühne, kaum zu bändigen von seinem Hirten und dem Warnungsengel. Er will nur noch in den Stall. Aber nicht in den von Bethlehem, sondern in seinen eigenen!

Im Saal spielt der Küster auf dem Akkordeon „*Stille Nacht, heilige Nacht, alles schläft, einsam wacht …*" und alle singen glücklich mit. Diesen brausenden vielstimmigen Gesang aus mehr als 200 Kehlen hätte sich der Pfarrer auch in der Mitternachtsmette gewünscht. Aber da spielte ja kein Esel mit.

Nachtrag:

Wegen des großen Erfolges beschließt der Ortsring einstimmig, das Krippenspiel am Weihnachtsfest des folgenden Jahres zu wiederholen. Mit einer kleinen Abänderung: Auf die Mitwirkung von Alfons wird verzichtet. Dafür war sicher einer sehr dankbar - der Esel!"

„Wunderschön, liebe Ulla! Eine wirklich schöne Geschichte und toll erzählt! Da kann man schon beim Zuhören in Weihnachtsstimmung kommen, und die Geschichte ist ja auch noch lustig dabei!" Am Tisch wurde applaudiert.

„Apropos Weihnachtsstimmung." Wolfgang freute sich offensichtlich, seinen Beitrag zu dem Thema erzählen zu können. „Sagt euch der Begriff *Weihnachtsfenster* etwas?"

Weihnachtszeit in Köln - damals

„Ach, das Weihnachtsfenster, also *das* Weihnachtsfenster, das der *Kaufhof* in der Hohe Straße traditionell im Advent in einem seiner großen Schaufenster dekoriert hatte. Was habe ich mir damals als kleines Kind da die Nase an der Scheibe plattgedrückt!" Kunibert bekam leuchtende Augen. Man konnte ihn sich fast als kleinen Jungen vorstellen.

„Nicht nur Du!" Wolfgang lachte. „An manchen Tagen vor Weihnachten war das Schaufenster allerdings geradezu belagert von Kindern mit ihren Eltern. Da musste man sich aus den hinteren Reihen langsam nach vorne vorarbeiten, um die ganze Pracht auch aus der Nähe bewundern zu können!

Dann gab es ja damals auch noch *Feldhaus* auf der Schildergasse mit dem riesigen Bären am Eingang und der großen elektrischen Eisenbahnanlage. Köln war für mich als Kind damals in der Weihnachtszeit ein einziges Paradies! Und ist es natürlich auch heute noch", beeilte sich Wolfgang mit einem breiten Grinsen hinzuzufügen.

„Könnt ihr beiden einer Rendsburger Deern vielleicht mal erklären, worum es eigentlich geht?" Dörte rollte mit den Augen und schien von der Köln-Besoffenheit der beiden Freunde doch etwas genervt.

„Entschuldige, liebe Dörte! Wir wollten natürlich eine Wahl-Kölnerin keinesfalls diskriminieren", versicherte Kunibert mit leicht ironischem Unterton. „Deshalb folgt jetzt der Integrationskurs für Imis, also für Nicht-Kölner, zum Thema ‚Weihnachtsparadies Köln in den Jahren unserer Kindheit'.

Der Ausflug in den Garten Eden stand immer bevor, wenn die Mama Anfang Dezember von der Sparkasse zurückkam und der Familie meldete: ‚Das Weihnachtsgeld ist auf dem Konto!' So nannte man schon damals den zum Jahresende gezahlten Zusatzlohn, von dem man sich dann etwas außer der Reihe leisten konnte. Winterkleidung zum Beispiel. Dafür fuhr man zum traditionellen Weihnachtseinkauf in die Kölner Innenstadt.

Abenteuer Einkaufsfahrt nach Köln

Schon die Eisenbahnfahrt mit den Eltern dahin war für mich und meine Geschwister aufregend. Anfangs gab es ja sogar noch Dampflokomotiven. Dann kam der Hauptbahnhof mit den vielen Gleisen, mit ein- und ausfahrenden Zügen, mit Menschenmassen und Lautsprecher-Durchsagen.

Es folgte die Wanderung durch die Kaufhäuser, die uns wie Einkaufspardiese erschienen. Die Qualität und natürlich die Preise wurden, insbesondere von unserer Mutter, kritisch verglichen. Man wanderte deshalb zwischen *Kaufhof*, *Karstadt*, *Hertie* und auch reinen Bekleidungsgeschäften wie *Franz Sauer* oft hin und her.

Gekauft wurde nämlich erst, wenn man das wirklich Richtige preisgünstig gefunden hatte. Da habe ich meine ersten Jeans bekommen, von meiner Mutter ‚de Texas-Botz', also Texas-Hose, genannt. Dieses für sie neumodische Kleidungsstück aus Amerika wurde auch nur deshalb gekauft, weil die Nietenhosen schon als sehr strapazierfähig bekannt waren."

„Jeans für Mädchen gab es übrigens seinerzeit kaum", warf Wolfgang ein. „Mädchen hatten – wie Frauen damals allgemein – keine Hosen, sondern Röcke und Kleidchen zu tragen. Alles andere gehörte sich einfach nicht, wie man noch Anfang der 1960-er Jahre in der deutschen Schlagerfassung des amerikanischen Hits *Hello Mary Lou* hören konnte. Erinnert Ihr Euch noch an den Text?“

„Ja“, Rieke schmunzelte. „Die Mary Lou hatte mit Nietenhosen, anders als viele Mädchen, nichts im Sinn, sondern trug ein Teenagerkleid. Und trotzdem – oder gerade deswegen - war sie für alle Boys und Girls die Königin. Über sowas würden sich die Kids heute schlapp lachen!“

Höhepunkt: Das *Weihnachtsfenster* des *Kaufhof*

„Für uns Kinder waren die Kleiderkäufe stinklangweilig, aber dann kam der Höhepunkt des Tages, eben das *Weihnachtsfenster*. Viele Dekorateure hatten in wochenlanger Arbeit ein großes Schaufenster des *Kaufhof* mit unzähligen *Steiff*-Tieren in eine märchenhafte Winterlandschaft verwandelt.

Die verschiedensten Plüschtiere wurden verwendet, zum Beispiel Hasen, Füchse, Mäuse, Elefanten, Zebras, die ganze Palette. Vor allem natürlich Bären in allen Varianten und Größen. Das Besondere aber war: Kleine Elektromotoren setzten einen Teil der Tiere in Bewegung, so dass das Schaufenster zum Leben erwachte.“

Wolfgang erinnerte sich noch an Einzelheiten. „Es gab immer mehrere phantasievoll erdachte Szenen zu bestaunen, so etwa einen verschneiten Weihnachtsmarkt, auf dem sich ein Miniatur-Karussell mit kleinen Bären in den bunten Fahrzeugen drehte. Neue Marktbesucher kamen in einer Postkutsche an, deren Tür vom Kutscher immer wieder auf- und zugemacht wurde.

Zwei Hasen vergnügten sich auf einer bewegten Wippe, auf der Schiffschaukel waren es ein Waschbär sowie eine Ente, ein Frosch strampelte unermüdlich auf seinem Dreirad. Ein dicker brauner Bär im Nikolauskostüm sprach zu den kleinen Teddy-Kindern und aus einem Fenster des Gasthofs und in der Kulisse besah der lachende Igel *Mecki* das Ganze.

Gleich daneben war - ähnlich liebevoll gestaltet - beispielsweise eine Ritterburg oder ein Bergwerk aufgebaut. Es gab tausend Kleinigkeiten zu entdecken. Wie heute in so einem Wimmel-Bilderbuch!"

„Ein anderes Highlight für uns war ganz in der Nähe das Spielzeugfachgeschäft *Feldhaus*, das über mehrere Etagen ganze Abteilungen von Puppen, Eisenbahnen, Modellbaukästen und andere Schätze anbot. Außerdem gab es diese Riesenrutsche vom 1. Obergeschoss hinunter in das Parterre. Selbst wenn die Familie keine Zeit hatte, da reinzugehen, wollten wir Kinder zumindest mal dem überdimensionalen Teddybären am Eingang die dicke Tatze schütteln", erinnerte sich Ulla.

Süße Belohnung im *Café Zimmermann*

„Aber dann, am Ende des anstrengenden Einkaufstages, dann belohnte sich die Familie mit einem unerhörten Luxus", schmunzelte Kunibert. „Man ging in das *Café Zimmermann* in der Herzogstraße und die Eltern bestellten sich die berühmte *Havanna-Torte*. Das Rezept hatte der Konditor angeblich von einer Reise nach Kuba mitgebracht. Wir Kinder mochten die Sahne-lastige Spezialität des Hauses nicht so gern und bekamen deshalb Obst- oder Schokoladenkuchen."

„Apropos Sahne: Wenn keiner mehr Rote Grütze mit Sahne möchte, stelle ich mal die Sahne in den Kühlschrank. Ist noch Bedarf?" fragte Rieke. – „Nein danke, Rieke, auch der Nachtisch war vorzüglich und reichlich!"

„Bastian, du sagst ja gar nichts dazu! Keine Kindheitserinnerungen an Weihnachten in Kölner Geschäften?"

„Doch, aber es ist eine ziemlich abenteuerliche Erinnerung an einen kleinen Ausreißer, der sich auf der Suche nach dem Christkind bei einer Paternoster-Aufzugsfahrt im *Kaufhof* verirrt!“

„Erzähl mal!“

Im Paternoster zum Christkind

Sebastian lächelte in Erinnerung an seine Kindheitserlebnisse. „Mein Weihnachtsdrama begann eigentlich schon im November, nämlich am Martinstag. Mit einer für mich als Kind schlimmen Tragödie.

Ich hatte von meiner Patentante Helga zum zweiten Geburtstag einen kleinen, handlichen Teddybären geschenkt bekommen. Den liebte ich heiß und innig. So heiß und innig, dass der Plüsch um seine Schnauze bald weggeküsst war. Und auch seine Arme begannen langsam auszuleiern, denn ich schleppte ihn von morgens bis abends überall mit hin.

Mochte auf dem Namensschild um seinen Hals auch „*Petzi*" stehen, wie mir Papa sagte, für mich war er der *Helgabär*. Er hörte nämlich auf diesen Namen, wenn ich mich mit ihm unterhielt.

Ich war damals fünf Jahre alt, als ich wie jedes Jahr wieder einmal mit meiner Kindergartengruppe im Martinszug mitging. Vorher steckte mir Mama den *Helgabär*, der selbstverständlich mitkommen musste, oben in den Anorak. Kopf und Arme kamen heraus und der hochgezogene Reißverschluss klemmte das Tier in dieser Position fest. So konnte der Bär alles sehen und ich hatte die Hände frei für meine Mondfackel und die Reservekerze.

Der Zug mit den Martinsliedern war stimmungsvoll, das Feuer am Schluss loderte aufregend hoch und der Sankt Martin fand für uns Kinder warmherzige Worte, bevor die Martinswecken ausgeteilt wurden. So kam ich sehr zufrieden wieder zuhause an. Eine einzige Frage meiner Mama machte mich dann zum unglücklichsten Kind der Welt: ‚Basti, wo hast Du denn den *Helgabär* gelassen?'

Er war weg!

Der Anorak wurde gedreht und gewendet, aber es blieb dabei: *Helgabär* war weg! Beim Martinszug wohl irgendwo unterwegs aus dem Anorak gerutscht und so verloren. Meine Mutter ging sofort mit ihrem schluchzenden Kind an der Hand den Zugweg ab, am nächsten Nachmittag Papa im Hellen noch einmal – nichts!

Ich war untröstlich. ‚Das Christkind bringt Dir vielleicht zu Weihnachten einen größeren und noch schöneren Teddy!‘ versuchten mich Mama und Papa aufzuheitern. Das lehnte ich empört ab: ‚Mein *Helgabär* ist der größte und schönste Teddy auf der ganzen Welt!‘

Dann kam der Dezember. Mein älterer Bruder Michael und ich brauchten neue Wintersachen und deshalb ging es Anfang des Monats nach Köln zum Einkaufen.

Natürlich freuten wir Kinder uns auf das Weihnachtsfenster im *Kaufhof* und den Kuchen im *Café Zimmermann* zum Abschluss unseres Ausflugs in die Domstadt, so wie wir es aus den Jahren zuvor kannten. Kleider einkaufen war ja für uns Jungs doch eher ein langweiliges Pflichtprogramm mit lästigem Anprobieren.

Für mich und Michael wurde Mama glücklicherweise schnell im *Karstadt* fündig: Michael bekam eine warme Winterjacke und ich eine Hose, beides als Sonderangebot heruntergesetzt und deshalb günstig. ‚Jetzt müssen wir noch in den *Kaufhof.* Da suche ich nach einem Rock und einer Bluse für mich‘, sagte Mama.

Vor einem Schaufenster des Warenhauses in der Hohe Straße drängte sich eine Gruppe von Kindern und Erwachsenen – das *Weihnachtsfenster*, natürlich! ‚Können wir nicht jetzt erst mal …‘, versuchte

Michael den für uns Kinder interessanten Programmpunkt vorzuziehen. ‚Nein‘, unterbrach ihn Mama entschieden:

‚Erst wird eingekauft!‘

Schon beim Betreten des Kaufhauses fiel mir der Aufzug mit den offenen Kabinen auf, der leicht rumpelnd einzelne Kunden langsam und sanft nach oben oder unten beförderte. Wir blieben stehen.

‚Das ist ein *Paternoster*, also übersetzt ein Vater-unser-Aufzug‘, erklärte uns Mama. ‚Der heißt so, weil die Kabinen wie die Perlen an einem Rosenkranz im Kreis hintereinander aufgereiht sind. Er fährt so langsam, dass man während der Fahrt ohne Probleme in die offenen Kabinen ein- und wieder aussteigen kann.‘ Gerne hätte ich das auch ausprobiert. Wir nahmen aber leider die Treppe in den ersten Stock zur Abteilung Damen-Oberbekleidung.

Während Mama in der Umkleide hinter einem Vorhang ein Kleidungsstück nach dem anderen anprobierte, saßen Michael und ich in der Nähe auf einer Bank. Fasziniert sahen wir zu, wie die Menschen im *Paternoster* langsam durch die Decke verschwanden oder mit den Beinen zuerst von oben erschienen.

‚Man muss, wenn man hochfährt, rechtzeitig wieder aussteigen. Sonst kommt man beim Runterfahren auf der anderen Seite mit dem Kopf nach unten an‘, erklärt mir Michael fachmännisch. Ich nickte beeindruckt.

‚Die Leute, die da hochfahren, wollen sicher in die Spielzeugabteilung.‘ Michael konnte schon lesen und hatte am Eingang den Wegweiser zu den Stockwerken studiert. ‚Die ist nämlich da oben und da arbeitet ja auch das Christkind!‘ Ich sah Michael verblüfft an.

‚Das Christkind arbeitet da oben?‘

Michael setzte eine wichtigtuerische Mine auf und antwortete überlegen als großer Bruder: ‚Oh ja! Der Manfred, der in der Schule neben mir sitzt und mit seiner Mama hier war, hat selbst gesehen, wie das Christkind mit dem *Paternoster* zu seiner Werkstatt hochgefahren ist! Es war ganz weiß gekleidet und hatte große goldene Flügel.‘

Da kam mir eine tolle Idee: Wenn ich das Christkind persönlich bitten würde, mir *Helgabär* als Geschenk zu Weihnachten zurückzubringen …? Dann würde es doch bestimmt nicht ‚Nein‘ sagen! Aber Mama würde das vielleicht nicht wollen, so einfach zum Christkind zu gehen und sowas zu fragen.

‚Michael, nimmst Du bitte mal diesen Rock an und gibst mir dafür den dunkelgrünen auf dem Hocker links?‘ Mama streckte ihren Arm neben dem Vorhang aus der Umkleide und hielt Michael ein Kleidungsstück hin. Michael tauschte, gab aber wohl nicht den richtigen neuen Rock zurück. ‚Nein, den dunkelgrünen Rock. Der hier ist doch hellgrün!‘

Ich weiß nicht, welches Teufelchen mich ritt. Jedenfalls nutzte ich die Ablenkung meines Bruders und lief schnell zum *Paternoster*, stieg in die nächste hochgleitende Kabine und ließ mich mit klopfendem Herzen in Richtung Christkind tragen. Erst wurde es etwas dunkel, dann strahlte das Licht des nächsten Stockwerks am oberen Rand ganz hell wie der Stern von Bethlehem in die kleine Aufzugszelle.

Hier musste die Werkstatt vom Christkind sein!

‚Oben musst Du schnell aussteigen, sonst fährst Du kopfüber auf der anderen Seite wieder runter!‘ Michaels Warnung hatte ich nicht vergessen. Ich stieg aus.

Verwirrt sah ich mich um. Ich stand auf einer Etage zwischen Herrensakkos, Anzügen, Hosen und anderen Textilien. Nirgendwo eine Werkstatt mit Spielzeug und vom Christkind war erst recht nichts zu sehen. Wie betäubt ging ich ein paar Mal kreuz und quer durch den ganzen Raum und wusste nicht mehr weiter.

‚Achtung, an alle Abteilungen. Der kleine Basti wird von seiner Mutter gesucht. Bastian ist fünf Jahre alt und trägt …‘. Bei der Lautsprecherdurchsage wurde mir heiß und kalt. Oh nein! Ich wurde gesucht und dann sicher bestraft. Und das Christkind hatte ich auch noch nicht gefunden!

Eine Verkäuferin kam mit schnellen Schritten in meine Richtung. Instinktiv huschte ich unter einen runden Ständer mit Sakkos. Aber der Ständer drehte sich wie ein Karussell, die Sakkos über mir wurden auseinandergeschoben und eine freundlich lächelnde Frau sah mich an.

‚Na, mein Junge, Du bist sicher der kleine Basti?‘

Im Verwaltungsbüro des Kaufhauses, wohin die Verkäuferin mich dann brachte, wurde ich weniger freundlich empfangen. ‚Was hast Du Dir nur dabei gedacht?‘ fauchte mich meine Mama mit hochrotem Kopf an. Sie trug einen dunkelgrünen Rock, an dem hinten das Preisschild wie ein Schwänzchen wackelte. Vor der hektischen Suche nach mir war wohl keine Zeit zum Umziehen gewesen.

‚Ich wollte doch nur zum Christkind und es fragen, ob … ob … wegen *Helgabär*, also …‘, stotterte ich mit Tränen in den Augen. ‚Das Christkind bringt nur braven Kindern was‘, schnaubte Mama. ‚Und brav bist *Du* bestimmt nicht!‘

Als wir den *Kaufhof* verließen, ging Mama mit uns ohne auch nur einen Blick darauf zu werfen am Weihnachtsschaufenster vorbei, geradewegs in Richtung Bahnhof. Der Besuch im *Café Zimmermann* war wohl auch gestrichen. ‚Essen wir keinen Kuchen?‘ fragte Michael zaghaft. Mama schüttelte entschieden den Kopf.

‚Mir ist der Appetit vergangen!‘

Jetzt sah mich auch Michael böse an. Ich weinte leise vor mich hin.

Ganz hatte ich die Hoffnung aber noch nicht aufgegeben. Als Michael abends seinen Wunschzettel an das Christkind krakelte, bat ich ihn um einen Gefallen. Und so schrieb er am Schluss: ‚Für Basti bitte *Helgabär* zurückbringen!‘

Am Heiligen Abend war meine Stimmung vor der Bescherung eher niedergeschlagen als erwartungsvoll. Ob das Christkind mir meinen Ausflug mit dem Paternoster vielleicht inzwischen verziehen hatte? Und wenn nicht – gab es dann überhaupt kein Weihnachtsgeschenk für mich?

Mittags hatte Michael schon aus dem Kinderzimmerfenster um die Ecke geguckt und gemeldet, dass der Tannenbaum vom Balkon weg sei. Dort hatte er gestanden, um in der Kälte frisch zu bleiben. Das Wohnzimmer war zum Weihnachtszimmer erklärt worden, also: Betreten verboten! Jetzt warteten wir, natürlich frisch gebadet, am Küchentisch neben dem vorbereiteten Kartoffelsalat mit Würstchen auf das helle Glöckchen.

Aus dem Wohnzimmer hörten wir ganz leise den Plattenspieler stimmungsvoll spielen: *Stille Nacht, heilige Nacht, alles schläft, einsam wacht …* . Und dann bimmelte es auch! Papa kam in die Küche, zog an seinem Gürtel und tat so, als sei er auf der Toilette gewesen.

‚Habt Ihr auch das Glöckchen gehört?‘

Jetzt durften wir das Weihnachtszimmer betreten. Das war gut geheizt und es roch nach Tannengrün und Printen. Am Weihnachtsbaum, der mit Kugeln und Lametta geschmückt war, brannten die Wachskerzen. Unter dem Christbaum sah ich mehrere große und ein kleines Päckchen. Ich traute mich aber nicht zu fragen, ob auch ein Geschenk für mich dabei war.

Da nahm Mama das kleine Päckchen. ‚Das hat das Christkind für Dich hier hingelegt!‘, sagte sie. Das Päckchen fühlte sich weich an. Papa sah mir interessiert zu und lächelte. Ich packte aus.

‚Helgabär, Helgabär!‘

Ich konnte mein Glück kaum fassen und küsste abwechselnd das Stofftierchen, Mama und Papa. ‚*Helgabär* ist wieder da!‘ – ‚Ja‘, freute sich Papa mit, ‚und das Christkind hat ihn in seiner Werkstatt im *Kaufhof* auch noch wie neu gemacht!‘

Der Plüsch um Helgabärs Nase war nicht mehr weggeküsst und die Bärenarme waren nicht mehr ausgeleiert. Es war, ohne Übertreibung, das schönste Weihnachtsfest meiner Kindheit.

Die Firma *Steiff* hat nie erfahren, wie glücklich sie ein Kind in Köln gemacht hat - mit einem Rest-Exemplar ihres Teddy-Auslaufmodells *Petzi*.“

Die Runde lachte. „Ja, die Schmusetiere! Bei mir war es kein Bär, sondern ein Hase. Mit langen, immer griffbereiten Schlappohren“, schmunzelte Wolfgang.

„Man sollte meinen, bei Mädchen sei immer eine Puppe die Nummer 1. Aber bei mir war es eine dicke Stoffkatze mit großen Kulleraugen. Ich weiß noch nicht mal, wer sie mir als Baby geschenkt hat." Dörte bekam selbst nostalgische Kulleraugen bei der Erinnerung.

„Übrigens Bastian, Michaels Schulkamerad Manfred wird vermutlich damals nicht nur angeberischen Blödsinn behauptet haben. Also, dass er selbst gesehen habe, wie das Christkind im *Paternoster* gefahren sei." Wolfgang erinnerte sich.

„Der *Kaufhof* veranstaltete damals nämlich in der Weihnachtszeit auf der großen Treppe Märchenspiele für Kinder. Ich denke, da ist die Christkind-Darstellerin nach der Aufführung im Kostüm mit dem *Paternoster* zu ihrer Garderobe hochgefahren."

„In Köln laufen übrigens noch zwei *Paternoster*-Aufzüge", wusste Kunibert, „nämlich im WDR-Funkhaus am Wallrafplatz und im IHK-Gebäude. Aber beide Aufzüge dürfen aus Sicherheitsgründen nicht mehr von Besuchern, sondern nur von den Angestellten benutzt werden. Schade!"

„Ulla, was ist mit Dir? Du sagst ja gar nicht mehr!" Ulla wirkte tatsächlich etwas abwesend und dabei nervös. Sie schüttelte nur den Kopf.

Bloß keinen Zickenkrieg!

Der Sturm, der über Sylt fegte, nahm noch weiter Fahrt auf und heulte um das Haus. Eine Böe fegte durch den Kamin und ließ die Funken aus der Glut stieben.

Ulla hatte schon vorher nervös mit den Fingernägeln auf dem Tisch getrommelt. Ihren Ehemann Kunibert überraschte das nicht, denn er wusste, was das bedeutete. Er wunderte sich eher, dass dieses Signal so spät kam. ‚Drei Stunden ohne Zigarette, das ist schon ungewöhnlich‘, dachte er.

„Ich müsste jetzt draußen mal eine rauchen gehen“, sagte Ulla, blieb dann aber erwartungsvoll sitzen. Die erhoffte Reaktion trat auch prompt ein. „Bei diesem Wetter? Ulla kann doch sicher ausnahmsweise hier eine Zigarette rauchen – oder?“

Die Frage von Bastian richtete sich an Rieke und Wolfgang als Gastgeber. Wolfgang stellte sich taub und murmelte, er müsse jetzt im Kühlschrank Bier nachlegen.

‚So ein Schlitzohr! Der duckt sich weg und lässt seine Frau die unangenehme Entscheidung treffen‘, dachte Kunibert und war gespannt, wie die Geschichte weitergehen würde.

Rieke verschränkte die Arme. Wie immer, wenn ihr etwas nicht passte. Dann sah sie schweigend in das Kaminfeuer. Lange war nur dessen Knistern zu hören. Sogar der Sturm draußen legte eine kurze Pause ein. Dörte unterbrach die peinliche Stille.

„Das ist bei Ulla der Suchtdruck!",

stellte sie sachkundig, vielleicht sogar entschuldigend, fest. „Ich hatte als junge Staatsanwältin mal das BTM-Dezernat, war also zuständig für Straftaten im Zusammenhang mit Betäubungsmitteln. Es ist unglaublich, was die Junkies auf sich nehmen, um ihre Sucht zu befriedigen. Bei Nikotin-Abhängigen ist das nicht anders. Sturm und Regen sind da überhaupt kein Hindernis."

Bastian schüttelte unwillig den Kopf. „Mein Gott, bei diesem Wetter jagt man doch keinen Hund vor die Tür!"

Ulla kramte Zigaretten und Feuerzeug aus ihrer Handtasche. „Schon gut, Bastian. Der BTM-Hund geht ja freiwillig raus." Wolfgang kam aus der Küche zurück und zeigte Ulla den Weg zur Terrasse. „Da gibt es wenigstens einen schützenden Dachüberstand und einen Strandkorb, den man gegen den Wind drehen kann. Deine dicke Regenjacke mit Kapuze brauchst Du natürlich trotzdem."

Die fröhliche Weihnachtsstimmung war verflogen.

Jeder sah ernst auf seinen leeren Teller. Bastian fühlte sich irgendwie für dieses Stimmungstief mitverantwortlich und fand als erster die Sprache wieder.

„Apropos BTM, also Haschisch und ähnliches. In meinem Gerichtsgebäude, dem historischen Appellhof in Köln, erzählt man sich heute noch eine tolle Geschichte aus den 1970-er Jahren. Da hat doch der Appellhof gleich ein Dutzend Strafgefangene mehr oder weniger freiwillig mit Haschisch bester Qualität versorgt. Die Story erzähle ich gleich, wenn Ulla zurück ist. Wir können inzwischen ja schon mal das Geschirr abräumen."

Ulla schüttelte sich, als sie wiederkam und tupfte mit der Serviette ihr zerlaufenes Make-Up aus naturbelassenen Inhaltsstoffen vom Gesicht. „So etwas habe ich noch nicht erlebt! Der Sturm reißt einem fast die Zigarette aus dem Mund! So kann man auch zur Nichtraucherin werden.“

Unglücklicherweise nahm Dörte dieses Stichwort zum Anlass für einen Bekehrungsversuch. „Im Ernst, Ulla: Du ruinierst Dir mit diesen Nikotin-Stengeln doch die Gesundheit. Weißt Du denn nicht, was die Giftstoffe in Deinem Körper anrichten?

Du hast doch auch Verantwortung für Deine Familie!

Dabei gibt es inzwischen doch sehr erfolgreiche Methoden, um vom Rauchen loszukommen.“

Ulla, selbst ziemlich hager, sah Dörte einen Moment ungläubig an. Dann musterte sie deren adipöse Figur abschätzig. Der Blick wanderte von dem voluminösen Doppelkinn über die prallen Oberarme, den mehr als gewichtigen Oberkörper und weiter auf den sich vor der Tischkante wölbenden Bauch.

Bei Kunibert löste diese Musterung Alarmstimmung aus. Er wusste, seine Ulla war im Allgemeinen duldsam wie ein Lamm. Aber sie konnte auch austeilen. Und dann blieb kein Auge trocken. In Gedanken spielte er die zu erwartenden Antworten durch.

Bestenfalls würde sie sagen: ‚Liebe Dörte, entschuldige, aber ob ich rauche oder nicht, das geht Dich einen feuchten Kehricht an. Ich dränge Dir ja auch keine Diät auf!‘. Schon problematischer wäre: ‚Sehr gute Idee, liebe Dörte, danke! Und wann fängst Du mal mit dem Abnehmen an? Täte Deiner Gesundheit richtig gut. Du hast doch auch Familie!‘

Der Super-GAU wäre aber:

‚Ach, ausgerechnet Du glaubst schlaue Gesundheitstipps geben zu können? Habt Ihr zu Hause keinen Spiegel?' Jede dieser Retourkutschen würde den Heiligen Abend zum Zickenkrieg-Abend machen, der dann vermutlich mit Wut und Tränen enden würde.

„Ulla, bitte! BITTE!" Kunibert zischte seine Mahnung halblaut, aber äußerst eindringlich. So wie er fürchteten auch die anderen einen Eklat und hielten den Atem an.

Ulla presste die Lippen zusammen und schwieg. Erst nach einer Weile sagte sie nur kühl: „Die Summe aller Laster eines jeden Menschen ist gleich."

Noch bevor Dörte auf diesen weisen Kalenderspruch schnippisch ‚Wie meinst Du *das* denn?' erwidern konnte, nutzte Wolfgang Dörtes Schaltsekunde. „Bastian, jetzt leg mal los mit Deiner Hasch-Story aus dem Appellhof!"

Wie der Appellhof zum „Haschisch-Paradies" wurde.

„Die Haschisch-Geschichte ist natürlich nur eine von sehr vielen kuriosen Anekdoten, die über den Kölner Appellhof, also den früheren Rheinischen Appellationsgerichtshof, erzählt werden können. Schließlich gibt es das Gericht, wenn man den Vorgängerbau einbezieht, seit rund 200 Jahren.

Unterweltfiguren wie ‚Dummse Tünn' und ‚Schäfers Nas' haben mit dem Appellhof ebenso zu tun gehabt wie Karl Marx, Konrad Adenauer, Iwan Herstatt und andere bekannte Persönlichkeiten. Da kommt schon was an Geschichte und Geschichten zusammen", wusste Bastian. „Ich könnte Euch so einige erzählen. Vielleicht schreibe ich mal ein Buch darüber.

Diese kleine Schmunzel-Story spielt in den frühen 1970-er Jahren. Heute sind außer dem Verwaltungsgericht auch das Finanzgericht, also mein Gericht, in dem historischen Gebäude untergebracht. Damals waren es das Landgericht mit den Strafsachen und die Staatsanwaltschaft.

Wie bei jeder Staatsanwaltschaft gab es damals auch im Appellhof eine sogenannte Asservaten-Kammer. Das war ein besonders gesicherter Raum, in dem alle möglichen Beweismittel für Strafprozesse der Anklagebehörde gelagert wurden. Und wenn die Beweismittel nicht mehr benötigt wurden, weil etwa das Strafverfahren abgeschlossen war, dann wurden die Gegenstände auf dem Dienstweg vernichtet.

So stellte dann unser Staatsanwalt, den wir mit dem Kölner Adelsnamen Schmitz ehren wollen, eines Tages fest, dass eine Vielzahl von gepressten Haschischplatten mit arabischen Schriftzeichen vernichtet werden konnten: Die Missetäter, die damit gehandelt hatten, waren rechtskräftig ihrer gerechten Strafe zugeführt worden.

Das Unheil nimmt seinen Lauf!

Nun war der Staatsanwalt Schmitz im Appellhof allerdings als ein etwas merkwürdiger Mensch bekannt. Kauzige Verhaltensweisen waren für ihn nicht ungewöhnlich. Trotzdem haben die Kollegen später gerätselt, was damals wohl in seinem Kopf vorgegangen sein könnte.

Er nahm nämlich die Vernichtung des Rauschgifts nicht nur persönlich vor, anstatt dies auf dem Dienstweg den zuständigen auswärtigen Stellen zu überlassen. Sondern er tat dies auf eine sehr eigenwillige Art und Weise:

Er zerbröselte nämlich die Platten in große und kleinere Bröckchen. Die warf er dann in den Trichter der Herrentoilette im 1. Stock, die in der Nähe der Asservaten-Kammer war. Dann betätigte er die WC-Spülung.

Und weil es viele arabische Haschplatten waren, musste er den Vorgang sehr oft wiederholen: Zerbröseln, reinwerfen, runterspülen; zerbröseln, reinwerfen, runterspülen usw. Immer wieder!

Kurz darauf wollte ein Kollege von Staatsanwalt Schmitz die Herrentoilette im Erdgeschoss aufsuchen. Zu seiner Verwunderung stellte er jedoch fest, dass ein kleines braunes Bächlein mit obenauf schwimmenden Bröckchen unter der WC-Tür zum Gang durchfloss, im weiteren Verlauf die Stufen zum Lichthof hinunterplätscherte und dort bereits einen beachtlichen kleinen See gebildet hatte. Er verständigte natürlich unverzüglich den Hausmeister.

Nun tritt der Hausmeister in Aktion!

‚Herr Schmitz, um Himmels willen, was machen Sie denn da?‘ Der Hausmeister Krause – so hieß er wirklich - war bei der Suche nach der Ursache der Überschwemmung in der Herrentoilette Erdgeschoss ein Stockwerk höher geeilt. Und hier traf er auf den Herrn Staatsanwalt bei der Arbeit.

Der reagierte unwirsch. ,Ich vernichte Haschischplatten. Wollen Sie mir dabei helfen oder warum fragen Sie?' Hausmeister Krause schüttelte den Kopf. ,Nein, helfen ganz bestimmt nicht. Kommen Sie doch mit mir mal eine Etage tiefer!'

Inzwischen war auch der alarmierte Geschäftsleiter der Staatsanwaltschaft, Herr Regierungsrat Lukas, zum Ort des Unglücks geeilt. Zu Dritt standen sie nun am Ufer des braunen Sees, diskutierten über das Debakel und überlegten, wie es weitergehen sollte.

,Auch der letzte Dummkopf …',

begann Hausmeister Krause, bremste sich aber. ,Man weiß doch, dass harzige Haschischbrocken sich nicht in Wasser auflösen können! Man kann das Zeug rauchen, aber nicht verdünnen!' Hausmeister Krause konnte sich diesen milden Vorwurf an den Verursacher des Unglücks nicht verkneifen, der mit Arme-Sünder-Miene neben ihm stand.

,Die größeren Brocken haben das WC-Fallrohr an der ersten Krümmung unter der Kellerdecke verstopft. Dann hat sich der Rückstau mit der kleinteiligen Bröckchen-Suppe einen Weg über das Erdgeschoss-WC nach draußen gesucht.'

Staatsanwalt Schmitz nickte zur Analyse des Hausmeisters deprimiert. Was sollte er auch zu seiner Entschuldigung sagen? Er hätte vielleicht als reuiger Ersttäter um mildernde Umstände bitten können. Zumal er sicher keinerlei Erfahrung mit Haschisch hatte, weder im Joint noch in Wasser.

,Das Fallrohr bekomme ich mit der Spirale wieder frei', meinte der Hausmeister zuversichtlich. ,Aber was ist mit der Überschwemmung im WC, im Gang und im Lichthof? Können das nicht die Putzfrauen heute Abend wieder in Ordnung bringen?'

Geschäftsleiter Lukas schüttelte den Kopf. ,Die Reinigungsfirma wird für so eine spontane Zusatzschicht keine freien Kapazitäten haben. Außerdem hätten wir auch noch das Problem mit der dann fälligen Extra-Bezahlung für den Sondereinsatz. Deren Verbuchung, egal wie, wird jeder Rechnungsprüfer später kritisch hinterfragen. Ich glaube, dann wird es peinlich!'

Jetzt war guter Rat teuer.

Da leuchteten die Augen des eigentlich unbezahlbaren Hausmeisters Krause auf. Wie immer, wenn er eine praktische Idee zur Lösung von Problemen in diesem historischen, denkmalgeschützten Gebäude hatte, das ihm so ans Herz gewachsen war. ‚Ich frage mal unsere JVA-Truppe!'

Es fügte sich nämlich glücklich, dass just zu diesem Zeitpunkt eine Gefangenen-Gruppe der Justizvollzugsanstalt Köln vor Ort und mit einem hausinternen Umzug fertig war.

Der Einsatz von Gefangenen für solche Umzüge war üblich und für beide Seiten nützlich: Für die Strafgefangenen war es ein abwechslungsreicher Ausflug in die freie Welt und für die Justiz war es eine echte Kostenersparnis.

Blau gekleidete Herren lösen das Problem – nicht ganz uneigennützig!

Der anfängliche Unwille der Herrschaften im blauen Zwirn gegenüber der Zusatzarbeit wich bald einem begeisterten Einsatzwillen: Schnell hatten die ersten sachkundig erkannt, dass die braunen Bröckchen in dem Gewässer aromatisch dufteten! Und nicht das waren, was man als Toilettenausfluss hätte erwarten können!

Ihre Entscheidung zu dem ungewöhnlichen Sonderauftrag: ‚Aber gerne, machen wir!'

Natürlich ermahnte der aufsichtführende JVA-Beamte seine Schäfchen, bei der großen Wisch-Aktion bloß keine Haschischbrösel einzustecken. ‚Klar doch, Chef!‘ versicherten die gehorsamen Schützlinge lächelnd, putzten alles blitzsauber und verließen den Appellhof hochzufrieden.

Nach der gelungenen Aktion bedankte sich ein sichtlich erleichterter Staatsanwalt Schmitz beim Hausmeister. Dann fiel ihm noch etwas zu den schicksalhaften Haschischplatten ein.

‚Die Staatsanwaltschaft hat übrigens für den Strafprozess die arabischen Schriftzeichen entziffern lassen, die in den Platten eingeprägt waren. Sie bedeuteten *Qualitätsstufe Königsklasse*, es war also Premium-Handelsware der verurteilten Dealer! Darüber kann sich jetzt vielleicht der eine oder andere unserer fleißigen Putzmänner freuen.‘

Hausmeister Krause, ein gebürtiger Kölner, schmunzelte. ‚In Köln sagt man dazu: ‚Mer muss och jünne künne!‘ Auf Hochdeutsch: ‚Man muss auch gönnen können!‘

Lachen und Applaus, auch von den beiden eben noch leicht zickigen Ehefrauen! Bastian wirkte sehr erleichtert.

Kunibert hatte eine Frage an die Nordländerin. „Dörte, werden die Schafe bei so einem Wetter wie jetzt hier an der ‚Waterkant‘ eigentlich vom Schäfer in den Stall getrieben?“

Dörte lachte laut auf. „Sowas kann auch nur ein Städter fragen, der Schafe höchstens aus dem Fernsehen und von der Speisekarte kennt! An den Deichen und auf den Schafweiden gibt es selten Ställe.

Das hat aber nichts mit fehlender Tierliebe zu tun! Nein, die Tiere haben ein schützendes Fell und sind so ein Wetter gewohnt. Sie drängen sich nur eng zusammen.“

„Stichwort Tierliebe, speziell der Tierliebe von Städtern!" Wolfgang hatte daran eine besondere Erinnerung. „Dazu gibt es eine Geschichte, in der unser Sohn Christoph und ein Kater die Hauptrollen spielen."

„Wollen wir sicher alle gerne hören!"

„Kater Willi darf nicht sterben!"

„Ich hatte an diesem Nachmittag gerade Rieke eine Tasse Tee einge-
schenkt, als unser Sohn Christoph von der Schule nach Hause kam.
Er verschwand erstaunlicher Weise nicht, wie leider sonst üblich, nach
einem kurzen ‚Hallo!' in sein Kinderzimmer", erinnerte sich Wolfgang.

„Auf diese Weise pflegte er sonst sehr routiniert, und das schon seit
einiger Zeit, Fragen, z.B. nach der Note für den letzten Mathe-Test,
nach dem Termin für den nächsten Elternsprechtag und ähnlichen el-
terlichen Anmaßungen, aus dem Weg zu gehen. Das waren ja auch
alles Fragen von inquisitorischem Gräuel für einen 15-jährigen Schüler
an einer Gesamtschule.

Er kam jetzt sogar mit einem gewinnenden, zuversichtlichen Lächeln zu uns an den Wohnzimmertisch und setzte sich.

„Ihr mögt doch sicher auch Tiere – oder?"

Rieke nickte, ich sah ihn fragend an. „Ihr habt jetzt die Möglichkeit,
Eure Tierliebe unter Beweis zu stellen. Nämlich bei einem lieben, kleinen Kätzchen, das unter entsetzlichen Schmerzen leidet und sehn-
süchtig auf Eure schnelle Hilfe wartet!"

Ich war sicher, diesen Satz so ähnlich in einem Bettelbrief einer un-
seriösen Tierschutz-Organisation gelesen zu haben, die angeblich
grauenhaft gehaltene Ketten-Hunde in Rumänien freikaufen wollte.
Wofür natürlich viel Geld von vielen Spendern erforderlich war.

Noch bevor ich eine skeptische Frage stellen konnte, drückte unser Sohn mir und seiner Mutter die Fotokopien eines Spendenaufrufs in die Hand. Überschrift:

‚Kater Willi darf nicht sterben!‘

Ein auf Vorder- und Rückseite eng beschriebenes Blatt, im Text mit vielen fett, kursiv oder mit Großbuchstaben gedruckten Schlagworten. Jeder zweite Satz endete mit mehreren Ausrufezeichen. Und am Ende stand eine Konto-Nummer.

Rieke schüttelte den Kopf, lächelte aber wohlwollend. „Christoph, bevor wir das alles lesen müssen, sag uns lieber einfach, worum es geht!“ Unser Sohn nickte verständnisvoll. Dann wechselte sein Gesichtsausdruck von freundlich zu sehr besorgt.

„Also. Der Familie Willich hier im Ort ist vor kurzem ein kleiner Kater zugelaufen, schwarz mit weißem Latz und weißen Pfoten. Sie haben ihn Willi getauft und alle in der Familie haben das liebe, putzige Tierchen sofort in ihr Herz geschlossen.

Am Anfang hat er nur ein bisschen gehumpelt, aber jetzt kann er nur noch auf drei Beinchen laufen. Und er mauzt vor Schmerzen, ganz schlimm! Der Tierarzt sagt, das Kätzchen braucht ein neues Sprunggelenk. Aber die Operation soll 700 Mark kosten! Stellt Euch das mal vor: 700 Mark!“ Christoph legte eine bedeutsame Gesprächspause ein.

Ich, aber auch Rieke, sahen ihn wieder fragend an. „Ihr müsst wissen, das ist sehr, sehr viel Geld für die Willichs. Zuviel Geld. Und Frau Willich hat ihren Kindern knallhart gesagt: Das Geld für diese OP habe ich nicht. Ich habe nur das Geld für die Einschläferungsspritze, um das Tier von seinen Schmerzen zu erlösen. Die kostet nämlich nur 40 Mark.“

Christoph schien den Tränen nahe. „Und dann hat sie gesagt, die Kinder könnten ja bei ihren Freunden und in der Schule die 700 Mark als Spenden auftreiben. Dann kann Kater Willi weiterleben.

Aber sonst, … .“ Unser Sohn unterdrückte ein Schluchzen, was ich als hervorragend geschauspielerte Leistung anerkennen musste.

„Sonst muss Willi sterben!“

Wir kannten die Familie Willich flüchtig. Nette Familie. Die Mutter war selbständige Goldschmiedin. Aber für eine Alleinerziehende mit zwei halbwüchsigen Töchtern waren 700 Mark außer der Reihe sicher nicht im Finanzplan vorgesehen.

Die Töchter gingen in Christophs Schule, eine in der gleichen Stufe wie er. Ich ahnte natürlich, was jetzt kommen würde.

„Und darum werden jetzt mit dem Flyer tierliebende Wohltäter gesucht?“ Christoph nickte. Ich auch. „Gute Idee, Christoph! Dann wirst Du mit Deinem üppigen Taschengeld von 50 Mark monatlich sicher mit gutem Beispiel vorangehen. Bravo, mein Junge!“

Ein gequältes Lächeln zog über Christophs Gesicht. „Das würde ich liebend gerne machen. Aber leider ist das Taschengeld für diesen Monat schon durch die ausnahmsweise hohe Handy-Rechnung fast aufgebraucht. Und der Rest … äh, also ich war auch mit jemandem im Kino, letzten Sonntag.“

„Dann spendest Du eben nächsten Monat. Oder?“ Tiefste Verzweiflung spiegelte sich auf dem Gesicht unseres Sohnes wider. „Das wäre dann zu spät. Frau Willich hat eine Frist bis höchstens zum Monatsende gesetzt. Das ist also im wahrsten Sinne des Wortes die ‚Deadline‘ für das Kätzchen.“

„Und Du meinst jetzt, dass wir …?“

„Rebekka, die jüngere Tochter der Willichs, hat die Aktion gestartet und den Flyer entworfen. Ich habe ihr gesagt, dass meine Eltern sicher 100 Mark für den Tierarzt locker machen würden. Das ist Euch das Leben von dem lieben Tierchen doch wert – oder etwa nicht?“

Bei dem Namen Rebekka ‚klingelte‘ es bei mir.

Eine junge Dame dieses Namens hatte in letzter Zeit mehrmals bei uns angerufen und unseren Sohn zu sprechen gewünscht. Und der teure Kinobesuch zu zweit am letzten Sonntag passte da auch ins Bild.

„Kann es sein“, begann ich vorsichtig, „dass Du Dich nicht nur für den lieben kleinen Willi, sondern auch für Rebekka so ins Zeug legst?“ Rieke sah mich von der Seite an und rollte mit den Augen.

Unser Sohn wurde unwirsch. „Das eine hat mit dem anderen überhaupt nichts zu tun! Papa, siehst Du das Problem nicht oder willst Du es nicht sehen?“

Ich konnte mir eine kleine, zynische Spitze nicht verkneifen.

„Das Einzige, was ich sehe, sind Hormone bei der Arbeit.

Im Ernst: Warum sollten wir die Tierarztrechnung von fremden Leuten bezahlen?“

Rieke stand auf. „Wolfgang, lass es jetzt mal gut sein!“ Dann ging sie zur Kommode und kam mit ihrem Portemonnaie zurück. Sie fingerte einen 50 Mark-Schein heraus und drückte ihn Christoph in die Hand. „So, das muss für uns als Spende reichen. Es wird ja wohl noch mehr edle Spender geben!“

„Echt jetzt? Danke, ganz, ganz herzlichen Dank!" Christoph schenkte seiner Mutter ein warmes Lächeln. Und mir einen bösen Blick, den ich dann an Rieke weitergab.

„Musstest Du mir mal wieder in den Rücken fallen?" fragte ich sie, als unser Sohn mit beschwingten Schritten in seine Kinderzimmer-Komfortzone entschwunden war. So bekam er unsere ermüdende Diskussion (die wievielte eigentlich?) zum Thema ‚Konsequenz bei der Kindererziehung' nicht mit.

Zum Dank für unsere tatkräftige Hilfe bei der Willi-Rettung wurden wir in die Adressaten-Gruppe von Rebekka aufgenommen und regelmäßig vom PC der Familie Willichs mit Mails versorgt. Mit dem Betreff ‚Alle für Willi' konnten wir somit atemlos bei Tag und Nacht unzählige Beiträge im Kampf um das Spendenziel verfolgen. Noch 200 Mark, noch 90 Mark, mein Gott morgen ist der Monatsletzte, die ‚Deadline' droht! Dann die erlösende Jubelnachricht:

‚Es ist geschafft! Die nötigen 700 Mark sind auf dem Konto!'

Unser Sohn gratulierte seiner Mutter zum Erreichen des Spendenziels persönlich mit Tränen in den Augen. Natürlich auch im Namen von Rebekka.

Rebekka ließ uns dann auch per Mailanhang an dem folgenden dramatischen OP-Geschehen optisch teilhaben: Fotos von Willi vor der OP, Willi in der Narkose, Willi kurz nach der OP, noch narkotisiert mit Verband, Willi in der Aufwach-Phase, Willi benommen in der Box und so weiter.

Die Rekonvaleszenz des Patienten war danach das nächste Kapitel der Behandlungsdokumentation. Das Bulletin vermeldete zuverlässig

Heilungserfolge: Willi schlappt Milch. Willi frisst sein Lieblingsdosen-futter. Willi beim ersten Freigang im Garten - auf vier Beinen!

Man hätte erwarten können, dass die nächste Jubelmeldung lauten würde: ‚Willi jetzt ohne Verband, das Bein ist gut verheilt. Gesund und alles wie früher! Ein abschließendes Dankeschön an die tierliebenden, generösen Wohltäter!‘ Diese Meldung blieb jedoch aus.

Vielmehr versiegte die permanente Info-Quelle ohne Begründung. Sollte etwa ein schlimmer Rückfall, eine bösartige Wund-Infektion vielleicht …?

Oh Gott! Was war da geschehen?

Von Christoph kam keine Erklärung. Wenn er da war, huschte er durchs Haus. Rieke ging der Sache dann auf dem Grund und passte unseren Sohn ab, als der von der Schule nach Hause kam: „Christoph, was ist mit denn mit Willichs Kater eigentlich los?“

Christoph war die Sache sichtlich unangenehm, aber er brockte dann doch mit der Wahrheit heraus. Kaum war das Tier genesen, hatte es schnöde seine wohltätige Familie verlassen und sich auf vier gesun-den Beinchen auf Wanderschaft begeben.

Auf die sofort überall an die Laternen geklebten Zettel ‚Kätzchen vermisst! Wer hat Willi gesehen?‘ meldete sich ein Nachbar aus dem Viertel, drei Straßen weiter. Da hatte sich Willi auf der Terrasse vor der Wohnzimmertür kläglich mauzend als heimatloses Kätzchen aus-gegeben und sich vor seiner Weiterreise noch einmal ordentlich satt-gefressen. Am nächsten Tag war das undankbare Tier auch da ver-schwunden.

„Sag Rebekka, sie soll die Hoffnung nicht aufgeben. Wenn das Vieh wieder was am Bein hat, kommt es garantiert zurück! Und bleibt. Jedenfalls bis nach der nächsten OP." Mein Sohn quittierte meine doch tröstlich gemeinte Bemerkung mit einem vernichtenden Blick und verschwand Türen schlagend in seinem Zimmer. Dann kamen von oben dröhnende Bässe.

Von Rieke kam dagegen der erwartete Kommentar. „Wolfgang, musste das jetzt wieder sein?" – „Das war aber nicht böse gemeint. Hör doch, er ist auch schon wieder in seinem musikalischen Abklingbecken!"

Naja, sie hatte natürlich recht. Aber die Pubertät ist eben eine schwierige Zeit. Auch für Väter. Vielleicht besonders für Väter!

Weihnachten fand dann meine Frau unter dem Weihnachtsbaum ein Schmucketui der Goldschmiedin Willich. Darin eine Kette mit einem sehr schönen goldenen Anhänger, der einen stilisierten Katzenkopf zeigte.

Rieke gab mir einen Kuss und war sichtlich gerührt. „Danke, Wölfi, aber das hat doch sicher sehr viel gekostet!" Ich schmunzelte. „Rieke, Du weißt doch, für putzige Kätzchen ist uns nichts zu teuer!"

Die Runde lachte. „Und die Halskette von Wolfgang mit dem Katzenkopf heißt vermutlich bei Euch jetzt die *Willi-Halskette*?" – „Erraten!" Rieke nickte. „Sie wird nur zu hohen Anlässen getragen. Aber zum Thema Pubertät könnte ich auch noch eine nette Geschichte beitragen."

„Auch zu Eurem Sohn?“ – „Nein, es geht um den Sohn eines Kollegen. Genau gesagt, um einen der Söhne. Einen der vielen Söhne.“

„Dann lass mal hören!“

Das erste Date! Mit dem Schwarm der Schulstufe!

„Ich weiß nicht mehr so genau, wie die Rede darauf kam." Rieke dachte kurz mal nach, bis ihr die Einzelheiten wieder einfielen.

„Es war morgens in der Kaffeepause in der WDR-Kantine. Da erzählte jemand von seinen drei Kindern. Und von den vielen Problemen und Problemchen, die so viele Kinder mit sich bringen. Man sei ja fast schon eine Großfamilie.

Erst neulich habe man um fünf Uhr in der Frühe der Küchenmaschine ein Geburtstagsständchen singen müssen. Weil das Töchterchen, vier Jahre alt, aufgeschnappt habe, dass die Maschine am nächsten Tag genau ein Jahr in Gebrauch sei.

Deshalb habe man am nächsten Morgen, von der Kleinen aus dem Bett geholt, mit dicken Augen in der Küche gestanden.

Dann habe man ‚Happy Birthday, lieber Thermomix' singen müssen,

bevor man wieder ins Bett durfte! Ach ja, drei Kinder großzuziehen sei schon eine Herausforderung!

Mit am Tisch sitzt Werner Jansen, ein freundlicher, oft lachender Kollege aus der Nachrichten-Redaktion. Ansonsten eher zurückhaltend, kein ‚Lautsprecher' wie leider manch anderer bei uns im Sender.

Irgendwer fragt dann: ‚Werner, habt ihr auch Kinder?' –‚Ja!' – ‚Wie viele?' – ‚Sieben.' – ‚Werner, im Ernst?'

Werner nickt. ‚Ja. Vier Jungen und drei Mädchen.'

Verblüfftes Schweigen am Kaffeetisch, bis Ellen von der Tontechnik meint: ‚Da möchte ich aber gerne einmal einen Tag lang bei Euch ein neugieriges Mäuschen spielen!'

Werner schmunzelt, räumt sein Kaffee-Geschirr zusammen und verabschiedet sich. ‚Sorry, Leute, aber ich habe gleich einen Termin. Bis Montag dann!' Und so haben die Kollegen, vor allem aber die Kolleginnen mit Kindern, über das Wochenende viel Zeit. Zeit um sich vorzustellen, was bei ihnen zu Hause los wäre, hätte man selbst sieben Kinder. Nicht auszudenken!

Am nächsten Montag ist in der Kaffeepause der 1. FC Köln trotz erneuter Heimniederlage erstaunlicher Weise nicht das Gesprächsthema. Ach ja, das ist doch immer dasselbe: Formkrise, Abstiegsängste, Trainerwechsel, Abstieg, glücksbesoffener Wiederaufstieg und dann alles wieder von Anfang an.

Einer in der Kaffee-Runde hat dazu mal zutreffend festgestellt: ‚Das wiederholt sich wie die kölschen fünf Jahreszeiten!' Kennt man doch!

Aber ein Kollege mit sieben Kindern, das ist neu!

Und hochinteressant! Und so prasseln die neugierigen Fragen auf Werner ein, der geduldig Auskunft über seine Familienorganisation gibt.

Wohnung? – ‚Einfamilienhaus, nach dem vierten Kind um einen Anbau erweitert.' - Kinderzimmer? – ‚Drei, plus ein Spiel- und zwei Hausaufgabenzimmer' – Auto? – ‚Neunsitziger Kleinbus plus PBS' – Plus was? – ‚PBS, Personen-Beförderungsschein, also Führerschein für Busfahrer, für meine Frau und für mich.'

Urlaub? – ‚Es gibt praktisch kein bezahlbares Ferienhaus für neun Personen. Also fährt einer mit drei Kindern an die See, der andere mit vier Kindern in die Berge.' – Gemeinsamer Restaurantbesuch aus besonderem Anlass? – ‚Ruft doch mal bei Eurem Italiener an und fragt, ob er für morgen einen Tisch für neun Personen reservieren kann! Der antwortet vermutlich, dass er leider keinen Raum für Gesellschaften hat.

Und selbst wenn – drei Backbleche Pizza-Teig, reichlich nach Wunsch belegt und im Backofen schnell fertig, das spart zusammen mit Eis und anderem Nachtisch sowie Getränken gut und gerne bis zu 200 Euro!'

Das Möchte-gern-Mäuschen-für-einen-Tag Ellen will noch mehr wissen. ‚Deine Frau muss doch einen 48 Stunden-Tag und Hände zu wenig haben, um auch nur den Haushalt zu schaffen! Wie organisiert ihr das?'

Jetzt wird Werner gesprächiger.

‚Das Geheimnis ist ganz einfach.

Jedes Familienmitglied, egal wie alt, muss verantwortlich das erledigen, was ihm an Mitarbeit zuzumuten ist. Dafür hängen jeden Sonntagnachmittag zwei Pläne für die kommende Woche unter den Magneten an der Kühlschranktür.

Im ersten Plan ist die Hausarbeit geregelt. Da ist eingetragen, wer jeweils – im wöchentlichen Wechsel – zuständig ist für z.B. das Frühstück vorbereiten, den Tisch decken und abräumen, die Spülmaschine ein- und ausräumen, die Zimmer staubsaugen, den Müll rausbringen, ggf. den Rasen mähen, die Mülltonnen rausstellen usw. Bei der Wäsche können die Großen zumindest ihrer Mutter helfen, auch beim Bettenbeziehen. Was halt so im Haushalt anfällt und nicht von meiner Frau oder mir selbst erledigt werden muss.

Dass die Kinder ihre Zimmer und insbesondere auch die Gemeinschaftszimmer aufräumen und pikobello in Ordnung halten, versteht sich von selbst. Aber dafür sorgen schon die Mitbewohner!

Im zweiten Plan sind die Betreuungsdienste geregelt. So müssen die Großen die Kleinen auf dem Weg zur Schule begleiten oder in der Kita abgeben und zurück abholen. Ähnliches gilt nachmittags für die Begleitung der Mittleren zum Sportverein oder zur Flötenstunde.

Selbstverständlich helfen die Älteren den Jüngeren bei den Hausaufgaben, wenn es hakt. Man kann Dienste tauschen und muss einspringen, wenn ein Geschwisterkind krank wird oder sonst ausfällt.'

Die Kaffee-Runde der Kleinfamilien-Eltern verfolgt die Schilderung fasziniert. ‚Und das funktioniert?' Werner schmunzelt. ‚Man muss schon sehr durchsetzungsfähig sein. Dann klappt das. Aber leicht ist das nicht, wenn ich an letzte Woche denke … .' Damit weckt Werner natürlich die Neugier aller Kleinfamilien-Eltern am Tisch:

‚Was war denn da los?'

‚Unser Max, 15 Jahre alt und unser aktuelles Pubertier in der Familie, hatte von der Stufen-Schönheit Svenja in seiner Schule nach langem Anbaggern endlich huldvoll den Termin für ein Date bekommen. Sein erstes Date überhaupt!

In Svenja ist er offensichtlich schwer verknallt, aber wohl nicht nur er. Unglücklicherweise war der von Svenja zugewiesene Termin zum Eisessen der Donnerstag um 15 Uhr. Und da sah der familiäre Betreuungsplan vor, dass Max den Benjamin zur Musikschule bringen musste!

Blöderweise war ihm das aber erst eingefallen, nachdem er Svenja zutiefst dankend zugesagt und stolz seinen Mitschülern von dem Treffen mit der Schönheitskönigin erzählt hatte. Es drohte die totale Blamage! ‚Svenja, tut mir leid, ich muss absagen. Denn ich muss dann leider mein kleines Brüderchen betreuen!'

Dazu die zu erwartenden höhnischen ‚War-wohl-nix-mit-Svenja-Kommentare' der zuvor neidischen Mitschüler. Das wollte er mit einer ‚Mission impossible' bei seinen Eltern unbedingt vermeiden.

‚Mama, kannst Du nicht ausnahmsweise am Donnerstag den Benjamin…'. Nein, Mama wollte nicht. Ob Benjamin nicht einfach mal eine Flötenstunde aussetzen könne? Nein, natürlich nicht! Ich sagte:

‚Tausch den Dienst doch einfach!‘ – ‚Keiner will tauschen. Es ist aber ganz, ganz wichtig für mich, weil …!‘ Svenja sei eben die große, erste und sicherlich letzte Liebe seines Lebens!

Es fehlte nur noch bei der Aufführung der jammervollen Tragödie, dass er Svenja als unsere zukünftige Schwiegertochter ins Spiel gebracht hätte.

Wir blieben standhaft!

Sicher habe Svenja doch in ihrem dicht gedrängt vollen Terminkalender irgendwo noch eine kleine Lücke für ein Eisessen mit Max zu einem anderen Zeitpunkt. Meinten wir jedenfalls. Das bezweifelte Max und kämpfte weiter um sein Liebesglück.

Der Schlussakt des Schauspiels ging so: ‚Ihr könntet mir ja auch mal einen Gefallen tun! Und außerdem … außerdem‘. Er stockte, suchte nach dem letzten schlagenden Argument - und fand es! ‚Außerdem – was habe *ich* eigentlich mit *Euren* Kindern zu tun?‘ “

Im WDR wird sicher nicht immer so herzhaft gelacht wie an diesem Morgen. ‚Und weiter?‘ wird Werner gefragt. Der hat sogar noch eine Schlusspointe.

‚Als Max bei uns keinen Erfolg hatte, hat er für den Dienste-Tausch seinem älteren Bruder Daniel das Blaue vom Himmel versprochen und den so tatsächlich rumgekriegt.

Der erste Liebeskummer

Aber irgendwie war Max an diesem Donnerstag beim Abendessen auffallend still. Den Grund erfuhren wir dann später von Daniel: ‚Seine Queen Svenja hat ihn versetzt, ist ohne Begründung einfach nicht gekommen!‘ “

„Ooch!“ heuchelt die WDR-Kaffeerunde daraufhin ihr Mitgefühl. Und fast jeder kann noch etwas zum Thema beitragen.

Rieke gluckste schon beim Erzählen der Geschichte und am Schluss lachten alle am Tisch. „Der Max kann einem sicher sehr leidtun, aber immerhin hat er was fürs Leben gelernt."

„Jetzt mal im Ernst", meinte Bastian und wirkte auch ernst. „Die Partnerwahl ist doch wohl die wichtigste Entscheidung im Leben. Dafür kann man nicht früh genug anfangen, gute wie auch schlechte Erfahrungen zu sammeln! Die richtige Partnerin und der richtige Job, dann kann das Leben kommen. Der Rest findet sich irgendwie."

Kunibert sah die Sache wesentlich gelassener. „Ach, Bastian, lass mal stecken! Zum Thema Partnersuche hatte meine Oma Anni die Lebensweisheit: ‚Jedes Pöttche fingk sing Deckelche!‘, übersetzt für Dörte: ‚Jedes Töpfchen findet sein Deckelchen!‘ "

Wolfgang dachte an die Erfahrungen mit seinen zwei Jungs. „Aber auch für die Eltern ist die Pubertät eine harte Zeit, selbst bei nur einem Kind."

Kunibert stimmte zu. „Wie schon meine Oma Anni zu dem Thema Kindererziehung sehr weise sagte:

‚Erst kriegt man sie nicht groß und später nicht klein!‘ "

„Das mit dem Großkriegen haben wir bei unserem ersten Kind, bei Gereon, auch mal befürchtet und uns dabei bis auf die Knochen blamiert!" Ulla schien sich jetzt noch etwas zu schämen.

„Das möchten wir aber jetzt genauer wissen!"

Ulla sah ihren Mann an. „Willst Du erzählen oder soll ich?" – „Erzähl Du mal, Du hattest ja damals auch die größte Panik!" – „Ach komm! Du warst damals genauso von der Rolle wie ich!"

Heilendes Blaulicht! - Aber heilen Globuli auch?

Ulla erinnerte sich mit einem Lächeln, das über ihr Gesicht zog. „Damals war unser Sohn Gereon gerade zwei Jahre alt und hatte freitags einen fiebrigen Infekt.

Unsere Kinderärztin, in Bezug auf Antibiotika sehr skeptisch und nicht unbedingt eine klassische Schulmedizinerin, meinte, die Temperatur müsse mit einem von ihr verschriebenen schonenden Naturheilmittel über das folgende Wochenende zurückgehen.

Der Samstag kam, das Fieber blieb und stieg sogar weiter. Als am Abend die 40 Grad-Marke überschritten war, rief ich in der Kinderklinik an, um unseren Sohn als Notfall anzumelden.

„Das ist schwierig", sagte die Dame an der Anmeldung. „Wir haben hier einen Schwelbrand in einem Kabelkanal. Wir evakuieren deshalb zurzeit sogar einen Seitenflügel der Klinik und nehmen eigentlich keine Patienten mehr auf. Aber wenn Ihr Kind wirklich *ein absoluter Notfall* ist, dann kommen Sie auch sofort!"

„Es *ist* ein absoluter Notfall," erwiderte ich entschlossen. „Wir kommen sofort!"

Unser Sohn, rotglühende Bäckchen und schweißnass, hatte die Augen fest geschlossen, als ich ihn in den Kindersitz verpackte und mich neben ihn auf den Rücksitz des Autos setzte.

Dann fuhr Kunibert mit nicht angepasster Geschwindigkeit und großzügiger Auslegung weiterer Verkehrsregeln los. Da hatte ich ausnahmsweise nichts gegen.

Es ging ja schließlich um Leben und Tod unseres Kindes!

Unterwegs, auf der rasanten Fahrt über die Autobahn, warteten wir ängstlich auf ein Lebenszeichen unseres Kindes. „Atmet er noch?" fragte Kunibert nervös. „Ich kann nichts hören, es ist zu laut!" antwortete ich.

Also anhalten auf dem Seitenstreifen, Warnblinkanlage an, Motor aus. „Ja, er atmet noch!" Weiter ging die wilde Fahrt, mit Vollgas in Richtung Kinderklinik.

Wir parkten selbstverständlich als Notfall ohne Umstände unmittelbar in der Nähe des Klinikeingangs. Um uns herum standen mit zuckenden Blaulichtern Feuerwehrfahrzeuge sowie die Krankenwagen, die die kleinen Patienten des Seitenflügels evakuierten. In Regenpfützen spiegelten sich die blitzenden Blaulichter und vervielfachten das Lichterspektakel.

Vorsichtig hob ich unser regungsloses Kind aus dem Wagen und legte es sanft mit dem Deckchen in meine Armbeuge. Bloß nicht den instabilen Gesundheitszustand des Kindes durch ungeschickte Bewegungen noch verschlimmern!

Da fuhr plötzlich ein Krankenwagen mit schrillem Martinshorn direkt neben uns los. Sofort riss Gereon die Augen auf und registrierte das Meer von blitzenden, blauen Lichtern um ihn herum.

„Tütata-Auto! Tütata-Auto!"

Schlagartig waren alle Lebensgeister in unser Kind zurückgekehrt. Eine verblüffende Spontanheilung durch Blaulicht deutete sich an! Noch an der Klinikrezeption gestikulierte Gereon begeistert und zeigte zurück zum Ausgang: „Tütata-Auto! Tütata-Auto!"

Ein Arzt schien uns schon erwartet zu haben, sicher um nur ja keine Minute für die erforderlichen lebensrettenden Maßnahmen zu verlieren. Er lächelte nachsichtig zu den andauernden ‚Tütata-Auto!‘-Rufen unseres Kindes und frage leicht amüsiert: „Ist das der angekündigte *absolute Notfall?*“ Wir wären vor Verlegenheit am liebsten im Erdboden versunken!

Immer noch milde lächelnd meinte er dann, dass er diesen Notfall wohl bald heilen könne. Dann fragte er uns mit einem verständnisvollen Unterton: „Ich vermute mal, es ist Ihr erstes Kind?“ Wir nickten stumm.

Nach einer gründlichen Untersuchung und versorgt mit einem wirksamen Antibiotikum traten wir erleichtert die Heimfahrt an. Jetzt zurück aber unter Beachtung aller Verkehrsregeln.“

Allgemeine Heiterkeit in der Runde!

„Kennt Ihr den mit der verschluckten Münze?

Nein?“ Wolfgang dachte noch einen Moment über den Witz nach. „Also. Ein Paar bekommt sein erstes Kind. Und als der dann Dreijährige eine Münze verschluckt, reagieren die jungen Eltern wie gerade von Ulla gehört: Panik! Sofort zum Notarzt in die Kinderklinik!

Beim zweiten Kind passiert dieses Missgeschick erneut. Diesmal kommt keine Panik auf. Als das Kind auf das Töpfchen gesetzt wird, schauen die Eltern im ‚großen Geschäft‘ nach und - siehe da: Die Münze ist wieder ans Tageslicht gekommen!

Beim dritten Kind ist die verschluckte Münze fast schon Routine: Natürlich ab mit dem Kleinen aufs Töpfchen und dann nachschauen! Doch diesmal findet sich keine Münze im ‚großen Geschäft‘. Verunsichert fragt die Mutter: ‚Und jetzt?‘ Darauf der Vater: ‚Macht nichts! Wenn er groß ist, ziehen wir ihm das vom Taschengeld ab!‘

Dörte lachte, genau wie die anderen, meinte dann aber: „Ulla und Kunibert, Ihr hättet vielleicht vor der Fahrt zur Klinik noch etwas warten sollen. Denn solche Medikamente der Naturheilkunde, wie von Eurer Kinderärztin verschrieben, brauchen halt etwas länger als Antibiotika".

Jetzt erst bemerkte der Freundeskreis, dass Dörte bunte Kügelchen aus einem Glasfläschchen in ihre Hand perlen ließ: „… acht, neun, zehn!" Die schluckte sie mit einem halben Glas Mineralwasser.

„Sind das Liebesperlen?"

fragte Rieke interessiert, wohl auch in Erinnerung an ihre Kindheit, als man Zuckerkügelchen in der *Wundertüte*, für zehn Pfennige auf der Kirmes gekauft, finden konnte. – „Nein, Dörte schluckt gerade Globuli!", bemerkte Ulla sachlich nüchtern, ohne ihre Meinung dazu zu erkennen zu geben.

„Kenne ich nicht. Was ist das denn?" Rieke schüttelte den Kopf. Da konnte ihr Ehemann weiterhelfen. „Globuli sind ein pharmazeutischer Begriff für zuckerhaltige Streukügelchen der homöopathischen Medizin. Mit Homöopathie bezeichnet man Behandlungsmethoden aus dem Bereich der Alternativmedizin. In den Globuli sind Grundsubstanzen zuvor mit Wasser verdünnt worden, um so die Wirksamkeit zu erhöhen. Auch weil Wasser ein Gedächtnis haben soll."

Rieke war verblüfft. „Wölfi, woher weißt Du das denn?" – „Ich habe mal für die Zeitung einen Artikel dazu geschrieben. Unser Gesundheitsminister wolle ja damals die homöopathischen Arzneimittel aus der Ersatzpflicht der gesetzlichen Krankenkassen streichen.

Das Fazit des Artikels war übrigens: Eine wissenschaftliche Begründung und ein Nachweis für eine pharmakologische Wirksamkeit homöopathischer Arzneien existieren nicht!"

Dörte blieb gelassen und lächelte überlegen.

„Das mag ja sein. Aber für mich zählt nur eines: Ich habe im Moment ein kleines Gesundheitsproblem und die Globuli helfen mir dabei sehr gut." – „Gegen welche akute Krankheit nimmst Du denn diese Zuckerkügelchen jetzt ein?" frage Rieke neugierig.

Auf Dörtes Gesicht machte sich ein spöttisches Lächeln breit, das eine gewisse Genugtuung zeigte. „Das darf ich Dir nicht sagen, liebe Rieke. Denn heute Abend sollen ja nach dem Willen der Gastgeber keine Krankheitsgeschichten erzählt werden!"

Mit einem Augenzwinkern entkräftete sie jedoch den Spott. „Nur so viel: Gleich geht es mir wieder besser und da kann die Schulmedizin in Frage stellen und bestreiten, wie und was sie will!"

„Ich kann noch etwas beitragen zum Thema ‚Steigerung der Wirksamkeit durch unendliche Verdünnung', wie Wolfgang gerade gesagt hat." Bastian griemelte und freute sich auf den kommenden Witz. Den warnenden Seitenblick seiner Ehefrau ignorierte er einfach. So eine schöne Pointe konnte er einfach nicht liegenlassen!

„Da stehen in einer Kneipe drei Männer an der Theke. Der erste trinkt ein großes Glas Bier in einem Zug aus. Der zweite trinkt ein großes Glas Schnaps auf Ex. Und der dritte leckt das Bierglas des ersten aus, das der Wirt vorher gut gespült hat.

Wer von den Dreien wird besoffen?"

Bastian wartete gar nicht erst eine Antwort der anderen ab, sondern gab die kichernd selbst. „Natürlich der Dritte! Denn durch die hohe Verdünnung beim Spülen des Bierglases wurde die potenzierte Wirkung des kaum mehr nachweisbaren Alkohols extrem gesteigert!" – „Bastian, bei Dir ist jedenfalls die Wirkung des konsumierten Rotweins extrem gesteigert!" Dörte wirkte ziemlich ärgerlich.

Auch deshalb wollte Wolfgang das Thema versöhnlich abschließen. „Eines bestätigen allerdings alle Studien zur Homöopathie: Der Placebo-Effekt, also der Glaube an die Heilung durch die alternativen Arzneimittel, hat eine hohe therapeutische Wirkung."

Ulla konnte es sich jedoch nicht verkneifen, noch einmal in ihrem Sinne nachzulegen. „Und darum heißen Globuli bei klardenkenden Menschen auch ‚Glaubuli'!"

Als jetzt Dörte mit einer steilen Unmutsfalte auf der Stirn Luft holte, um ihr Glaubensbekenntnis zur Homöopathie mit Nachdruck zu formulieren, zog Rieke die Notbremse. Den Trick hatte ihr ein Redakteur beim Sender einmal verraten: ‚Zum radikalen Themenwechsel direkt rein ins Persönliche!'

„Dörte, wie habt Ihr beide, also Bastian und Du, Euch eigentlich kennengelernt?"

Spätes Glück durch den Kuhschädel

„Wie wir uns kennenglernt haben?" Dörte wirkte von Riekes Frage überrascht, eher sogar überrumpelt. Das war ja auch Riekes Absicht gewesen. Der radikale Themenwechsel klappte!

„War das nicht auf so einer Juristenveranstaltung?" Kunibert glaubte sich an eine frühere Erzählung von Bastian erinnern zu können und auch Wolfgang nickte zur Bestätigung.

„Ja, … nein, … also nicht wirklich." Dörte schien jetzt ihre Finger zu sortieren. Dann hielt sie schmunzelnd ihre rechte Hand hoch. Zeigefinger und kleiner Finger waren ausgestreckt, während der Daumen über den eingeklappten Mittel- und Ringfinger gelegt war. „Sagt Euch das was?"

„Ein Teufelssymbol?" – „Nein!" – „Irgendwas Rechtsradikales?" – „Um Gottes Willen, nein! Kleine Hilfe:

Wird oft spöttisch als *Pommes-Gabel* bezeichnet.

Hat aber nichts mit Essen, sondern was mit Musik zu tun. Na? Keiner? Wolfgang, komm schon! Wenigstens Du als universell informierter Journalist müsstest jetzt Bescheid wissen!"

Wolfgang nickte, blieb aber vorsichtig. „Hat was mit Heavy Metal zu tun, glaube ich." – „Heiß, Du bist ganz nah dran!" – „Ist das nicht auch der Kuhschädel mit den Hörnern als Symbol für das Open-Air-Festival in Wacken?" – „Bingo, Wolfgang!"

„In Wacken? Ihr habt Euch beim Heavy-Metal-Festival in Wacken kennengelernt?" staunte Kunibert. „Das ist aber ganz neu!" – „Ich stelle mir gerade Bastian beim ‚Headbangen', also das heftige

Kopfschütteln der Metal-Fans, vor! Als Richter in Robe mit langer, lockiger Perücke vielleicht!" Rieke lachte vergnügt. „Das möchte ich jetzt haarklein erzählt haben!"

„Es war 1993 auf einem der ersten Wacken-Festivals.

Da haben wir uns tatsächlich zum ersten Mal getroffen, man glaubt es kaum. Das ist ja auch eine kuriose Geschichte. Ich war damals Anfang 20, Hard-Rock-begeistert und totaler Fan von Doro Pesch, der gefeierten *Queen of Metal*. Die trat 1993 als eines der Highlights in Wacken auf. Da war ich natürlich dabei, zusammen mit einer Freundin. Übernachtet haben wir in so einem kleinen Dackel-Zelt auf dem Camping-Gelände.

Heute kommen bis zu 80.000 Zuschauer nach Wacken, eine riesige landwirtschaftliche Fläche neben dem Dorf wird dafür vorbereitet. Aber damals fand das Festival in dieser alten Kiesgrube statt, nicht mal 4.000 Zuschauer waren 1993 gekommen.

Die standen damals nur leider alle sehr eng beieinander. Ich versuchte alle Tricks, konnte mich aber vor Doros Auftritt nicht bis zur Bühne durchquetschen. Es sah deshalb so aus, dass ich mit meinen 1,65 m, eingekeilt in der Masse, von Doros Show-Act nichts sehen würde. Bitter, aber was tun?

Da sah ich diesen großen, kräftigen Kerl neben mir stehen. Ich setzte also mein charmantestes Lächeln auf und sagte zu ihm: ‚Hey, kannst Du mich nicht auf Deine Schultern nehmen? Nur jetzt gleich bei Doro!'

Der Kerl grinste und spottete: ‚So ´ne plumpe und freche Anmache habe ich ja noch nie erlebt! Und was würde für mich bei dem Deal rausspringen?' Ich sagte: ‚Natürlich ewige Dankbarkeit!' "

Bastian unterbrach seine Frau. „Dabei hat sie mit den Augen gezwinkert!" - „Stimmt doch gar nicht! Aber egal. Bastian, erzähl Du jetzt weiter."

„Ich sagte zu ihr: ‚Also gut, weil Du es bist. Wie heißt Du überhaupt? Ich muss wenigstens wissen, wer da oben auf mir kreischt, rumhampelt und meine Halswirbelsäule ruiniert!'

Doro hatte die bei Top-Stars übliche Verspätung. Wir haben uns, bis Doro endlich auf die Bühne kam, richtig super unterhalten, viel gelacht und dummes Zeug erzählt. Ich glaube, schon damals hat es bei mir ‚Klick' gemacht."

„Ja", meine Dörte, „auch ich hatte das Gefühl, dieser Bastian ist ein richtig netter Typ, nicht nur als Aussichtspunkt, um Doro zu sehen! Und dann durfte ich bei ihm tatsächlich auf den Hochsitz!"

Dörte schaute sich in der Runde um und sah diese ungläubigen Blicke. Sie seufzte. „Ja, ich weiß schon, was Ihr jetzt alle denkt. Ihr fragt Euch jetzt, wie der arme Bastian es geschafft hat, diesen Doppelzentner auch nur fünf Minuten ohne bleibende orthopädische Schäden zu tragen."

Den anderen lag jetzt genau diese Frage auf der Zunge: ‚Und? Wie hat Bastian das hingekriegt?' Aber niemand traute sich aus der Deckung. Schweigen in der Runde. Dörte seufzte noch einmal. „Des Rätsels Lösung ist:

Ich war damals noch schlank, fast schon zierlich.

Der Body-Maß-Index war damals noch kein Thema. Dick wurde ich erst, als ... ach, damit will ich Euch jetzt nicht den Kopf vollhängen! Jedenfalls konnte ich den Auftritt von Doro vom Hochsitz Basti aus erleben, begeistert rumkreischen, hampeln und mich dabei an seinen lockigen Haaren festhalten. Es war einfach toll!"

„Ja, für dich toll! Aber für mich kam dann die totale Ernüchterung!" grummelte Bastian mit gespielter Empörung. „Ich war wieder mal solo, nachdem erneut eine meiner Langzeit-Partnerschaften in die Brüche gegangen war. Auch deshalb hatte ich mir für den weiteren Abend mit dieser jungen Dame etwas mehr versprochen. Sie war hübsch, einige Jahre jünger als ich und genau mein Typ. Und es war ja immerhin auch ‚ewige Dankbarkeit‘ in Aussicht gestellt worden.

Aber als sie nach Doros Auftritt ausgezappelt hatte, kletterte sie an mir herunter, gab mir dabei ein Küsschen und verschwand mit den Worten

‚Du bist ein Schatz!‘

einfach so in der Dunkelheit! Ich habe ihr noch nachgerufen, ‚Dörte, gib mir doch wenigstens Deine Telefonnummer!‘. Aber da war sie auch schon weg."

„Ich wollte ja wieder zurück zu meiner Freundin, die in den hinteren Reihen stand und nicht so dreist im Vordrängeln war wie ich. Außerdem war ich damals schon in festen Händen, nämlich denen von Jens, mein späterer erster Ehemann. Aus heutiger Sicht muss man sagen – leider!"

„Wenn Du damals Deinem Hochsitz auf zwei Beinen eine Chance gegeben hättest, hätte man später der gütigen Schicksalsfee bei ihrer Trickserei eine Menge Arbeit ersparen können", bemerkte Bastian launig.

„… und mir ein paar Lebensjahre, die zum Vergessen waren. Ja, Bastian, wenn, wenn, wenn!“ Dörte hob die Schultern und ließ sie seufzend wieder fallen.

„Wenn der FC vorne alle Torchancen konsequent nutzen, wenn hinten die Abwehr wie eine Mauer stehen und Geißbock Hennes seine Rolle als Glücksbringer ernst nehmen würde, dann, ja

dann würde der FC in der Champignons-League spielen!“

versuchte Wolfgang zu trösten.

Kunibert konnte es noch besser. „Oder, wie meine Oma Anni immer sagte: ‚Wenn uns Katz Koh wör, künnt mer die om Schuuß melleke!‘, in der hochdeutschen Übersetzung ‚Wenn unsere Katze eine Kuh wäre, könnte man die auf dem Schoß melken!‘ “

Dörte lächelte dankbar für die tröstenden Worte. Dann seufzte sie vernehmlich ein weiteres Mal. Nach einer kurzen Pause war ihre Stimme verändert. Irgendwie hart.

„Ich bin später nicht dick geworden, weil mir das Essen auf einmal so gut geschmeckt hat.

Sondern weil ich keine Kinder bekommen konnte!

Jens und ich heirateten früh, direkt nach meinem Staatsexamen. Aber wir bekamen keine Kinder, obwohl wir beide so gerne welche gehabt hätten. Nach einem endlosen Leidensweg durch Kinderwunsch-Kliniken sowie Urologie- und Gynäkologie-Abteilungen von Krankenhäusern war klar, dass es mit dem Kinderkriegen nichts werden würde. Und - dass es an mir lag!

Die Möglichkeit einer Adoption lehnte Jens, anders als ich, rundweg ab. In der Folgezeit veränderte sich sein Verhalten: Er wirkte enttäuscht, distanziert, fast schon ablehnend mir gegenüber.

Da setzte bei mir das ein, was man sicher als Frust-Essen bezeichnen kann. Ich nahm immer weiter zu und die Liebe meines Mannes immer weiter ab. Am Schluss stand die Scheidung."

Der Freundeskreis schwieg betreten.

Der eine oder andere leistete innerlich Abbitte für frühere, nicht so freundliche Gedanken zu Dörtes Figur.

Als könnte sie Gedanken lesen, setzte Dörte dann noch nach: „Und wieder abnehmen, dauerhaft abnehmen, ist unglaublich schwer. Ihr wisst schon, der sogenannte Jo-Jo-Effekt. Pfunde, die man sich mühsam abgehungert hat, sind ganz schnell wieder drauf.

Dörte lächelte schwach. „Ich muss zum Beispiel nur im Fernsehen eine Kochsendung sehen, schon habe ich zugenommen! Die Sendungen von Sternekoch Lafer waren besonders schlimme Dickmacher. Na ja, man macht so seine Witze über sich selbst, wenn die anderen lachen. Anerkannt ist aber inzwischen, dass Adipositas eine chronische Krankheit ist."

„Wann kam denn die Trickserei der gütigen Schicksalsfee?"

Bastians frühere Bemerkung hatte natürlich nicht nur Ulla neugierig gemacht. Dörte schmunzelte und meinte zu ihrem Mann, jetzt sei er mal dran zu erzählen.

„Ich hatte mich als Fortbildungsmaßnahme für ein Seminar in der Deutschen Richterakademie in Trier angemeldet. Das Seminar wurde für Richter und Staatsanwälte aus dem ganzen Bundesgebiet angeboten, also auch zum Beispiel für Staatsanwältinnen und Staatsanwälte aus Schleswig-Holstein.

Am Anfang des ersten Tages war im Gruppenraum ein kurzer Einführungsvortrag des Seminarleiters vorgesehen. Ich stand vor Beginn mit ein paar Kollegen zusammen und bemerkte, wie mich eine Frau aus einer anderen Runde so eingehend musterte, dass es schon auffällig war.

Irgendwie kam mir das Gesicht bekannt vor."

„Es hätte mich auch gewundert, wenn er mich wiedererkannt hätte, so wie ich mich verändert hatte", warf Dörte ein. „Er aber hatte seine athletische Figur und den Lockenkopf auch noch nach 15 Jahren ziemlich unverändert behalten. Der Vorname Bastian stimmte laut Teilnehmerverzeichnis auch. Darum wusste ich sofort, wer da stand, auch wenn es zunächst kaum glaublich erschien. Erzähl Du weiter, Bastian!"

„Wir nahmen zum Vortrag Platz, ich vorne, sie schräg weiter hinten. Ich grübelte immer noch, woher ich sie kannte, und wollte mir die Dame einmal unauffällig näher ansehen, drehte mich deshalb vorsichtig nach ihr um. Darauf schien sie nur gewartet zu haben.

Denn sie lachte lautlos, aber breit über das ganze Gesicht, aus dem mich zwei fröhliche Augen ansahen. Dabei schwenkte sie leicht ihre Hand, die zu der *Pommes-Gabel* geformt war – dem symbolischen Kuhschädel als Erkennungszeichen der Heavy-Metaller!

Da kam die Erinnerung blitzartig zurück: Wacken!

Die nie verblasste Erinnerung an dieses freche, aber sehr sympathische Mädchen, das jubelnd auf meinen Schultern herumgeturnt war, um anschließend mit einem flüchtigen Küsschen Reißaus zu nehmen!"

„Nach dem Vortrag kam er sofort zu mir und sein erster Satz war: ,Diesmal kannst Du aber nicht so einfach abhauen!' Der Rest in Kurzform:

Sehr angenehmes und interessantes Seminar, dienstlich wie außerdienstlich, eine Zeit lang Fernbeziehung mit wechselseitigen Besuchen, Versetzung und Umzug von Kiel nach Köln, die Spätfolgen des dadurch erlittenen Kulturschocks dauern bis heute an, Heirat und immer noch keine Kinder! So, jetzt wisst Ihr ganz genau Bescheid!“

Dabei lachte Dörte mit fröhlichen Augen so breit über das ganze Gesicht, wie Bastian das eben als ein Markenzeichen seiner Frau geschildert hatte. Verblüfft sah die Runde eine andere Dörte als die man bisher gekannt hatte.

„Tolle Story, wie das Leben doch so spielt!“ – „So eine Geschichte kann sich selbst ein Drehbuchautor einer Seifenoper kaum ausdenken!“ – „Bastian kann jetzt wie Max Giesinger singen: ‚Wie hast Du mich gefunden, einer von 80 Millionen?‘.“

Bastian nickte. Ich weiß sogar noch den Titel der Seminar-Veranstaltung. ‚Psychologie der Zeugenvernehmung‘ war das Thema. Da kommt mir gerade eine hübsche Idee. Wollen wir doch mal sehen, ob das auch bei Euch funktioniert!“ Er lächelte verschmitzt.

„Merkt Euch mal, was ich jetzt erzähle!

Zwei Autos fahren an einer Kreuzung ohne Vorfahrtsbeschilderung aufeinander zu. Es gilt also die Verkehrsregel ‚Rechts vor links‘. Von rechts kommt ein grünes Auto, aus Sicht von dessen Fahrer von links ein rotes. Auf der Kreuzung stoßen sie zusammen. Es entstehen Blechschäden. Die Fahrer steigen aus, gestikulieren erregt, tauschen ihre Personalien sowie die Fahrzeug-Daten aus und fahren mit ihren nur leicht beschädigten Autos weiter.“

Die damalige Seminarteilnehmerin Dörte schmunzelte wissend. Sie kannte ja den Test. Die anderen sahen Bastian fragend an. „Und weiter?“ – „Was soll das jetzt?“

Bastian schüttelte entschieden den Kopf. „Kein weiterer Kommentar! Die Auflösung kommt später am Abend. Erst müssen wir uns noch was erzählen.

Kunibert, Du hast Doch sicher noch einen Kölner Krimi im Programm!“

Den hatte der Hobby-Historiker natürlich.

Die Kölner *Express*–Urausgabe von 1588

„Ihr wollt noch einen Kölner Krimi erzählt bekommen … hm." Kunibert dachte nach. „Da könnte ich sicher noch einige erzählen."

„Aber nicht wieder so einen grausigen Fall wie vom Mord-Pfarrer und durchgeschnittenen Kehlen oder so", warf seine Ehefrau ein. – „Och Ulla, sei doch nicht so empfindlich! Außerdem haben wir dafür auch schon viele lustige Kindergeschichten gehört. Das gleicht doch den einen oder anderen Mord aus."

Kunibert schmunzelte. „Ich hätte einen spätmittelalterlichen Kölner Entführungsfall zu bieten. Den kennt Wolfgang allerdings sicher schon, weil davon die älteste Kölner Boulevardzeitung von 1588 berichtet hat, also sozusagen die erste Ausgabe des Kölner *Express*."

„Wie … was? Kunibert, ich weiß jetzt wirklich nicht, wovon Du redest." Wolfgang wirkte völlig perplex.

„Aber, aber, Wolfgang! Du als leitender Redakteur des Kölner *Express* kennst nicht den historisch bedeutsamen Vorläufer Eurer Zeitung? Das gibt´s doch gar nicht!" Kunibert heuchelte gekonnt großes Erstaunen, lachte jedoch still in sich hinein. Natürlich wusste er, dass selbst alteingesessene Kölner davon noch nichts gehört hatten.

„Das ist dann ein Grund mehr, die Story zu erzählen, um Bildungslücken zu schließen. Es ist keine Mordgeschichte, denn es wird niemand ermordet, sondern ‚nur' entführt. Und das sogar mit glücklichem Ende für das Entführungsopfer. Allerdings …

… wehe, wehe, wehe, wenn ich auf das Ende sehe'!"

Kunibert schielte zu Ulla. Die misstrauische Reaktion kam prompt.

„Das ist aus ‚Max und Moritz‘ von *Wilhelm Busch*. Was willst Du damit sagen?“ – „Ulla, lass den Kunibert doch einfach mal erzählen!“ Die anderen warteten schon ungeduldig auf die interessante Geschichte. Ulla nickte und kramte in ihrer Handtasche. „Ich glaube, ich kenne diese Geschichte mit dem schlimmen Ende auf der Kölner Hinrichtungsstätte *Rabenstein*. Da gehe ich lieber eine rauchen!“

Kunibert begann mit gedämpfter Stimme, um die Spannung zu erhöhen.

„Es ist schon dunkel an diesem 29. September des Jahres 1588, als Bäckermeister Philipp Ecks seine Backstube zusperrt und durch die Gassen nach Hause geht. Er trägt eine Laterne, mit der er den Weg ausleuchtet.

Eine Laterne oder Fackel ist bei Dunkelheit in Köln ratsam, denn eine Straßenbeleuchtung gibt es im Köln des späten Mittelalters natürlich nicht. Und außer in Schlamm und Pfützen kann man unterwegs in den Inhalt von Nachttöpfen treten. Die pflegen die Kölner morgens mit viel Schwung, möglichst weit entfernt von der eigenen Haustür, durch die Schlafzimmerfenster auf die Gassen zu entsorgen. Und zudem werden viele Plumpsklos nicht regelmäßig geleert und der Inhalt läuft über die Gasse.

‚Gott zum Gruße, Meister Ecks!‘ Der Bäckermeister dreht sich zu dem Mann ohne eigene Fackel oder Laterne um, der ihn aus der Dunkelheit von hinten anspricht. Im Schein seiner Laterne sieht er einen Unbekannten, die Kapuze des Umhangs ins Gesicht gezogen. Ecks erkennt aber, dass der Mann schielt. So stark, dass ihm beim Weinen vermutlich die Tränen den Rücken runterlaufen würden.

‚Woher kennt Ihr mich? Wer seid Ihr?‘

‚Bäcker, die so gutes Brot backen, kennt man doch in der ganzen Stadt. Martin ist mein Name. Ich bin Kaufmann, habe gerade ein gutes Geschäft gemacht und möchte Euch deshalb einladen, mit mir ein kühles Wieß-Bier zu trinken. Kommt Ihr mit? Die Gaststätte *Zur Sonne* ist gerade mal um die Ecke.‘

Der Bäckermeister überlegt nur kurz. Ein Feierabend-Bier als Schlummertrunk kommt ihm gerade recht, bevor er in wenigen Stunden wieder in seiner Backstube stehen muss. ‚Gerne!‘ Gemeinsam gehen sie in die Machabäer-Straße.

Sie sind gerade um die Ecke gebogen, da lösen sich aus der Dunkelheit mehrere Gestalten.

Ecks geht durch einen Schlag auf den Hinterkopf zu Boden.

Benommen merkt er noch, dass er an Händen und Füßen gefesselt und ihm ein Knebel in den Mund gestopft wird. Kräftige Männerhände heben ihn in eine Art Käfig, den er später als einen stabilen, geflochtenen Weidenkorb erkennen wird. Der wird auf einen bereitstehenden Handkarren geladen. Dann geht die rumpelnde Karrenfahrt in die Dunkelheit.

Voller Unruhe geht Katharina Ecks, die Frau des Bäckermeisters, in der Stube auf und ab. Ihr Mann ist nicht wie sonst spätestens gegen 21 Uhr nach Hause gekommen. Und jetzt ist es schon tiefe Nacht. Sie ohne Nachricht warten zu lassen, das ist nicht seine Art. Es muss ihm etwas zugestoßen sein!

Da hämmert jemand gegen die Haustüre, zu der sie hastig läuft. Doch draußen steht niemand. Sie hört nur in der Dunkelheit Schritte, die sich schnell entfernen. Sie will die Tür gerade wieder schließen, da sieht sie diesen Brief vor ihren Füßen auf der Türschwelle liegen. Sie öffnet ihn mit zitternden Händen.

Im Kerzenschein liest sie die wenigen Zeilen, wieder und immer wieder. Bis sie das Unglaubliche fassen kann. Man hat ihren Mann entführt! Er wird nur freigelassen, wenn sie 3.000 Kronen zahlt. Geldübergabe soll in einer Woche im Viller Wald an der Holzkapelle mit dem Gnadenbild sein.

‚3.000 Kronen! Wo soll ich denn 3.000 Kronen herschaffen?‘

Katharina weint verzweifelt die ganze Nacht durch. Die Bäckerfamilie ist zweifellos wohlhabend, aber die geforderte Summe übersteigt trotzdem ihr verfügbares Vermögen bei weitem. Das haben die Entführer wohl falsch eingeschätzt. ‚Vielleicht können unsere Verwandten helfen? Oder unsere Freunde?‘ Ihr bleibt nur diese Hoffnung.

Die Zusammenkunft von Familienangehörigen und Freunden der Familie Ecks am nächsten Tag verläuft für Katharina ernüchternd. Die einen Verwandten haben kein Geld flüssig, wie der Schwager, der gerade ein neues Fuhrwerk für sein Fuhrgeschäft gekauft hat, oder der Bruder, der gegen die drohende Pleite seines Geschäfts kämpft.

Die anderen Verwandten wollen nichts beitragen. Die fragen schmallippig, was wohl zu tun sei, wenn Philipp trotz Zahlung nicht freigelassen werde, sondern die Erpresser die Lösegeld-Forderung erhöhen würden.

Die Freunde geben zu verstehen, dass – wenn selbst enge Verwandten nichts zum Lösegeld beisteuern - sie doch erst recht nicht in der Pflicht stehen. ‚Ja, ja. Freunde in der Not gehen hundert auf ein Lot!‘ murmelt Katharina mit Tränen in den Augen und damit ist die Zusammenkunft beendet. Die nächsten Tage verrinnen ereignislos.

Warten und hoffen im Weidenkorb

Philipp Ecks hockt nun schon, nach seinem Zeitgefühl, eine Ewigkeit in einem Weidenkorb, der in einem völlig dunklen, feuchten Keller steht. Der Schmerz in seinem Kopf von dem Schlag lässt langsam nach. Er weiß nicht, wann Tag oder wann Nacht ist.

Hin und wieder kommt eine vermummte Person mit einer Kerze in den Keller und reicht ihm wortlos einen Kanten grobes Brot, ein Stück Blutwurst sowie eine Kanne Wasser in den Korb. Da das bisher vier Mal geschehen ist, vermutet der Bäckermeister, dass seit seiner Entführung vier Tage vergangen sind.

Als Ecks noch bange über sein Schicksal grübelt, hört er von oben lautstarkes Poltern wie von umgestürzten Möbeln, danach das Gebrüll rauer Männerstimmen, dann herrscht einen Augenblick Stille. Jetzt wird es im Keller hell. Zwei Männer mit brennenden Kerzen in Kerzenständern stehen vor seinem Korb.

Die Befreiung

‚Keine Angst, Bäckermeister Ecks. Wir sind die Gerichtsdiener der Kölner Gewaltrichter. Wie ist Euer Befinden? Gut?' – ‚Ja!' – ‚Wir bringen Euch jetzt nach Hause und dann zum Rathaus, um vor den Gewaltrichtern Eure Zeugenaussage zu machen. Eure Entführer sind schon unter Arrest.' – ‚Einer von denen, der Lockvogel, der schielte stark.' – ‚Der ist auch arrestiert!'

Katharina Eck wusste gar nicht, wo ihr vor lauter Glücksgefühlen der Kopf stand, als ihr Ehemann ins Haus gebracht wurde. Aber auch Philipp Ecks war, obwohl völlig erschöpft, der glücklichste Mensch in Köln."

Kunibert machte eine Kunstpause, bevor er fortfuhr. „Und ihr fragt jetzt natürlich, wie es zu dieser schnellen Befreiung des Entführungsopfers kommen konnte. Ein Mitwisser der Erpressung hatte dem Kölner Stadtrat einen Tipp gegeben, wo der entführte Bäckermeister gefangen gehalten wurde. Wer das war, darüber schweigen die Quellen.

Auch die Motivation für die Information ist unbekannt. Aber die Historiker sind sich einig, dass das enge soziale Netzwerk der damaligen Kölner Stadtgesellschaft und die Gottesfurcht im katholischen Köln eine Rolle gespielt haben.

‚Missetaten‘ von ‚bösen Buben‘, wie Straftäter genannt wurden, zeigten die Bürger schnell an. Denn man hatte Angst, dass Gott statt der nicht bestraften Täter sonst die ganze Stadt bestraften würde.

Und jetzt kommt

‚Wehe, wehe, wehe, wenn ich auf das Ende sehe!‘

Bei *Wilhelm Busch* werden Max und Moritz ja auch für ihre Streiche drastisch bestraft. Eine Entführung, mitten in der Stadt! Eine solche unerhörte ‚Missetat‘ hatte es in Köln noch nicht gegeben!

Denn die Bürger fühlten sich bis dahin innerhalb ihrer Stadtmauern sehr sicher, abgesehen von der üblichen Straßenkriminalität in den ‚No-go-Areas‘. Das waren das Armenviertel in der Schmierstraße, heute Komödienstraße, und Auf dem Berlich, wo die Stadtverwaltung zeitweise sogar offiziell ein Bordell betrieben hatte. Entsprechend groß war die Empörung in der Bevölkerung.

Aus dem Schock dieses Tabu-Bruchs und der Wut der Bürger auf die Entführer erklärt sich auch das ungewöhnlich harte Urteil des Gewaltgerichts. Obwohl das Opfer ja nicht ernstlich zu Schaden gekommen war, erhielten der Textilhändler, dem das Haus mit dem Keller gehörte, und sein Diener, der den Lockvogel für Ecks gegeben hatte, die Höchststrafe:

Die Todesstrafe!

Aber die Täter wurden nicht einfach hingerichtet, sondern zunächst in einem Weidenkorb, ähnlich dem Käfig ihres Opfers, auf einem Schlitten durch die Stadt geschleift. Der Weg führte vorbei an allen

Stationen des Verbrechens. Also an den Orten, wo die Entführer das Opfer angesprochen, niedergeschlagen und gefangen gehalten hatten.

Erst dann wurden sie außerhalb der Stadt auf dem berüchtigten *Rabenstein*-Gelände neben Melaten, wo auch der Galgen stand, hingerichtet. Vor tausenden Zuschauern wurden die Verurteilten erst gerädert und dann geköpft.

Der eigentliche Drahtzieher der Entführung war ein Junker namens Rutger von Impell gewesen, wie die Ermittlungen ergaben. Er hatte mit seinen Dienern, den mutmaßlichen Helfern bei der Entführung, noch fliehen können. Um zu zeigen, was ihm im Falle seiner Verhaftung drohen würde, war symbolisch auf dem *Rabenstein* ein drittes Rad mit seinem Namen aufgestellt worden.

Vor der Urteilsvollstreckung hatte der Rat der Stadt die Hinrichtungsstätte zu einem Rondell ausbauen lassen. So konnten bis zu 8.000 Zuschauer, rund um die grausige ‚Bühne‘ in der Mitte, das Geschehen von allen Seiten verfolgen.

So, Wolfgang, jetzt kommt Deine Zeitung ins Spiel!

Wegen des Publikumsinteresses an dem Fall fertigte der Kölner Kupferstecher Franz Hogenberg damals einen Kupferstich zu dem Verbrechen an, mit dem er eine Art Zeitung druckte und für kleine Münze verkaufte. Weil aber seinerzeit die wenigsten Kölner lesen konnten, nahm der Text mit der Schilderung der Tat und der Hinrichtung nur einen geringen Platz am Rand ein. Die Zeitung, etwa 1820 kopiert von dem Lithografen Jodocus Schlappal und bis heute erhalten, besteht vielmehr aus einem großen Bild im Querformat.

Das Bild zeigt auf einem Stadtplan von Köln mit gestrichelten Linien, wie in einem Comic, den Weg, den der Weidenkorb mit den beiden Verurteilten durch die Straßen bis zum Rabenstein als Endstation genommen hatte. An jeder Verbrechensstation und der

Hinrichtungsstätte ist der Schlitten mit dem Korb im Detail eingezeichnet, um den Ablauf der Tat und dessen Sühne darzustellen.

Express und _Bild-Zeitung_ hätten es nicht viel besser gekonnt!"

„Erpresserische Entführungen sind auch heute noch Straftaten, die bei den Bürgern größte Empörung auslösen," bemerkte Wolfgang. „Als kurz vor Weihnachten 1981 die 8-jährige Nina von Gallwitz entführt und 149 Tage gefangen gehalten wurde, stand nicht nur Köln Kopf. Dass ein kleines Kind das Opfer dieses Verbrechens war, machte die Tat noch skandalöser. Der leider ungelöst gebliebene Fall ist in dem Buch _Köln kriminell_ von Bernd Imgrund im Einzelnen beschrieben."

„Die Ecks-Entführer sollten übrigens ursprünglich, bevor man den Junker als eigentlichen Drahtzieher ermittelt hatte, noch schlimmer bestraft werden. Sie sollten zunächst nämlich zunächst mit glühenden …". Kunibert stockte.

Ulla kam gerade wieder rein und schüttelte sich. „Draußen ist gerade die Hölle los. Das ist schon mehr als ein Sturm!"

Dörte sah das gelassener. „Wir hier im hohen Norden sagen: ‚Sturm ist erst, wenn die Schafe keine Locken mehr haben.' Vorher ist nur Wind!"

Allgemeine Heiterkeit. „Dann gehe ich jetzt mal raus zum Deich und sehe dort nach den Schafen nach!" scherzte Ulla.

„Noch mal zurück zu dem Entführungsfall Ecks. Diese interessante geschichtliche Information möchte ich Euch doch mitgeben." Kunibert schien noch etwas anderes als die Schilderung der Tat wichtig. „Die Definition, was ‚hoch kriminell' war und deshalb besonders schwer bestraft wurde, spiegelt in jeder Zeitepoche auch die gesellschaftlichen Herrschaftsverhältnisse wider.

Der Historiker und Geschichtsprofessor _Gerd Schwerhoff_ hat speziell die Kölner Rechtsquellen der damaligen Zeit erforscht. So wurden damals Eigentumsdelikte, die Beleidigung der Obrigkeit und auch Gotteslästerung weitaus härter bestraft als Gewalttaten. Selbst Totschläger konnten sich durch eine finanzielle Entschädigung der Angehörigen ihrer Opfer von Strafe freikaufen.

Weil aber die Oberschicht und das wohlhabende Bürgertum den Schaden ihres Eigentums aufgrund von Diebstahl oder Raub durch arme Kriminelle eher als die unwahrscheinlichen körperlichen Angriffe auf Leib und Leben fürchteten, wurden solche Vermögensdelikte hart bestraft.

Der Einfluss der katholischen Kirche in Köln als Machtfaktor zeigte sich in den nach heutigen Maßstäben überzogenen Strafandrohungen für Gotteslästerei und für Verstöße gegen die allgemeine Sittlichkeit.“

Bastian nickte. „Dann war natürlich eine versuchte Erpressung als Griff nach fremdem Eigentum, selbst wenn das Opfer Ecks heil davongekommen war, nach dem damaligen Rechtsverständnis hoch kriminell. Und das war weitaus strafwürdiger, als wäre der erfolgreiche Bäckermeister Ecks etwa von einem neidischen Kollegen im Streit um Geschäftliches erschlagen worden.“

„Ja“, stimmte Kunibert zu. „Heute undenkbar. Aber mit dem Wandel der Zeiten wandeln sich auch die Ansichten zu strafwürdiger Kriminalität.“

Die Provokation von Dörte kam ohne Vorwarnung, wie aus dem Nichts. „Hört mal, Ihr Bio-Kölner! Habt Ihr eigentlich mal gemerkt, wie dreckig Eure Stadt ist?

Nicht nur Sylt ist im Vergleich zu der vielbesungenen und geliebten ‚Stadt am Ring‘ geradezu klinisch sauber. ‚Ich möch zo Fooß noh Kölle jonn‘ ist okay, aber ab der Stadtgrenze sind Gummistiefel zu empfehlen!“

Ob Köln jemals eine saubere Stadt wird?

Die provokative Frage von Dörte zu der fehlenden Sauberkeit ihrer Stadt traf die Ur-Kölner am Tisch doch ziemlich unvorbereitet. Dörte legte noch einmal nach.

„Ich will jetzt nicht mit der Sauberkeit von Rendsburg um die Ecke kommen. Aber Kunibert hat eben von den katastrophalen hygienischen Zuständen auf den Kölner Straßen und Gassen in 1588 erzählt. Wann hat sich denn daran etwas entscheidend geändert?"

Kunibert lachte, vielleicht etwas bitter. „Fast hätte ich jetzt gesagt: Bis heute nicht! Aber das wäre sicherlich stark übertrieben. Nein, im Ernst. Erst gut 200 Jahre später, mit der Besetzung Kölns durch die Franzosen, wurde das besser. Es ist überliefert, dass die französischen Soldaten, als sie 1794 in Köln einmarschieren, weniger von dem halbfertigen Dom beeindruckt waren.

Beeindruckt waren sie vielmehr von dem widerliche Gestank in der Stadt!

Der ekelhafte Geruch kam von menschlichen und tierischen Fäkalien, von Essensresten und von Tierkadavern, die in Kölns Straßen und Gassen herumlagen. Solche katastrophalen hygienischen Zustände hatten sie von der größten Stadt im Rheinland - mit immerhin damals etwa 40.000 Einwohnern - nicht erwartet.

Aber den Kölnern war das wohl erstaunlicherweise gleichgültig. Genauso wie sie damals auch immer noch keinen Wert auf Straßenbeleuchtung oder Hausnummern legten. Ohne die französischen Besatzer gäbe es die Parfum-Marke *4711* nicht. Die Zahl ist bekanntlich eine ursprünglich von den Franzosen vergebene, frühere Hausnummer für das Stammhaus des Parfum-Herstellers in der Glockengasse.

Es war jedenfalls eine der ersten und dringendsten Maßnahmen der französischen Verwaltung, für die regelmäßige Leerung der Plumpsklo-Gruben und die Reinigung der Straßen zu sorgen. Nach dem Abzug der Franzosen in 1814 setzte dann wieder der alte Schlendrian ein. In Reiseberichten von Kaufleuten und anderen Besuchern in Köln aus der Zeit kann man lesen:

‚Wir haben auf unserer ganzen Reise keine so schmutzige Stadt gesehen!‘ “

„Und das ist auch heute noch so“, ärgerte sich Bastian. „Egal, wer das Thema anspricht und in der Presse endlich eine Beseitigung der Drecksecken fordert, wenigstens in Dom-Nähe, schon wegen der Touristen.

Ob das die Kölner Stadtführer der Touristengruppen sind oder zuletzt noch die frühere Dombaumeisterin Barbara Schock-Werner im *Kölner Stadt-Anzeiger*. Es ist immer das Gleiche: Lebhafte Zustimmung von allen Seiten zu der Kritik und dann passiert wenig bis gar nichts.

Schock-Werner hat das Problem tiefer untersucht und meint zu Recht, dass es nicht um den einen oder anderen überquellenden Mülleimer gehe, sondern um den ‚Schlendrian in den Köpfen‘, wie sie das nennt. Dahinter stehe eine seltsame Einstellung der Verantwortlichen in Köln. Bei denen gerate so etwas immer ins schwarze Loch der Unzuständigkeit und jeder in der Stadtverwaltung meine zutiefst überzeugt: ‚Nicht meine Sache!‘ “

„Genauso ist es, Bastian. Da hat die Schock-Werner hundertprozentig recht“, stimmte Wolfgang zu. „Und so wird das eigentlich Unnormale zur Normalität, es ist halt so wie immer. Von den

Drogenabhängigen rund um den Neumarkt und ihren diversen Hinterlassenschaften will ich erst gar nicht reden. Selbst Kölns Oberbürgermeisterin Reker hat das in einem Interview mit den Worten beklagt:

,Köln verwahrlost zunehmend!'

Aber ihr fehlten die Mittel, sagt sie, um das zu ändern. Zudem wolle die Ratsmehrheit bei manchen Zuständen in der Innenstadt keine Änderung. Punkt! Ein Kommentator im *Kölner Stadt-Anzeiger* hat diese Feststellung daraufhin zutreffend als ,Offenbarungseid' bezeichnet."

„Recht hat die Oberbürgermeisterin jedenfalls mit der Feststellung, dass die Ratsmehrheit wirksame Maßnahmen gegen die Drogen- und Obdachlosenszene am Neumarkt, Friesenplatz und anderen zentralen Orten der Stadt nicht will", warf Rieke ein. „Eine dezentrale Umquartierung wird abgelehnt, obwohl die Klientel die Plätze als Freilicht-Toilette und offenen Drogen-Markt nutzt. Überspitzt formuliert wird da so begründet:

Dazu hätten die Obdachlosen und Dealer praktisch ein Recht. Es seien ja - so die Mehrheitsmeinung im Stadtrat – öffentliche Plätze. Da dürfe sich schließlich jeder aufhalten. Was er vielleicht dann da in aller Öffentlichkeit tagtäglich Asoziales oder Kriminelles treibe, sei eine andere Frage. Soviel Toleranz müsse eben sein! Das Ergebnis sind rechtsfreie Räume. Für mich nicht nachvollziehbar!"

Kunibert hatte dazu eine interessante Phantasie. „Ich stelle mir gerade vor, dass Frau Reker eine Gruppe von französischen Honoratioren, etwa aus einer Partnerstadt Kölns, empfängt. Und dann sagt sie:

,Wenn Sie nach der Besichtigung des Kölner Doms die nähere Umgebung erkunden, schauen Sie nicht auf das schöne Rhein-Panorama, nicht auf die Türme der romanischen Kirchen und nicht auf andere Sehenswürdigkeiten unserer wunderschönen Stadt.

Schauen Sie beim Spazieren unbedingt auf den Boden vor sich!

Sonst treten Sie in das rein, was schon Ihre Vorfahren 1794 bei der Besetzung Kölns mit Erstaunen und Ekel in Kölns Gassen vorfanden: Fäkalien von Mensch und Tier, verschimmelte Essensreste, tote Tauben. Heute liegen da allerdings - anders als damals - zusätzlich noch die blutigen Spritzen der Junkies herum, in die Sie hineintreten könnten.

Aber, liebe französische Gäste, unsere Ratsmehrheit hat kein echtes Interesse, das zu ändern. Darum nehmen wir Kölner das in Kauf und sagen:

‚Do mähste nix!‘

oder übersetzt, wie Sie in Frankreich zu sagen pflegen: ‚C´est la vie‘!"

Wolfgang seufzte mehr als er lachte „Der Kölner Erfolgsschriftsteller Frank Schätzing hat das Problem neulich ironisch auf den Punkt gebracht. In einem Interview mit dem *Kölner Stadt-Anzeiger* sagte er:

‚Mitunter gehe ich durch Köln, schaue mir den Dreck an und sage: Nein, das ist nicht so, weil wir Dreck lieben, wir sind einfach sehr traditionsbewusst! Es war damals so, warum sollte es heute anders sein?‘

Wir Journalisten können über die Lokalpresse natürlich Druck machen, das tun wir ja auch. Aber den großen Durchbruch, den nachhaltigen Erfolg, den sehe ich noch lange nicht."

„Die Stadtverwaltung könnte ja mal bei den Franzosen nachfragen, ob die nochmal aushelfen können. Die haben das seinerzeit doch schon mal für die Kölner auf die Kette bekommen. Oder …".

Dörte setzte ein spitzbübisches Lächeln auf. „Oder ich frage mal meinen Vater." Sie genoss die fragenden Blicke der anderen. Dann lachte sie über das ganze Gesicht. „Der war in Rendsburg im Ordnungsamt tätig gewesen und könnte sicher ein paar gute Tipps geben!"

„Ja, das Thema ist schon eine Lachnummer“, seufzte Kunibert mit einem gequälten Lächeln. – Wolfgang gab sich grimmig entschlossen: „Aber die Presse bleibt dran – versprochen!“

„Wolfgang, wie bist Du denn eigentlich Journalist geworden und zum *Express* gekommen?“ wollte Dörte dann überraschend wissen.

Die Schützenkönigin – etwa von Ratten angenagt?

„Wie ich Journalist geworden und zum *Express* gekommen bin?". Wolfgang strich sich nach der Frage von Dörte erst einmal nachdenklich durch die Haare. „Zum *Express* bin ich über den *Kölner Stadt-Anzeiger* gekommen. Und ganz am Anfang stand ein Praktikum bei der *Kölnischen Rundschau* in einer Lokalredaktion. Da begann meine Journalistenlaufbahn und da hätte sie auch ganz schnell nach ein paar Wochen wieder zu Ende sein können."

„Och, Wolfgang, die Story hast Du uns aber noch nie erzählt!" Bastian und auch Kunibert wirkten ehrlich erstaunt über die bisher offensichtlich verheimlichte berufliche Vorgeschichte ihres Kumpels. „Das wollen wir aber jetzt hören!"

„Okay, ist vielleicht nicht so spannend oder gruselig wie Kuniberts *True Crime*-Fälle, aber lustig vielleicht doch. Auch wenn die Geschichte für mich anfangs keineswegs lustig war.

Journalist wollte ich schon vor dem Abi werden. Die dafür von mir ausgeguckte Kölner Journalistenschule verlangte allerdings vor Studienbeginn ein mindestens 6-monatiges Praktikum in einem journalistischen Beruf. Irgendwie landete ich nach ein paar Bewerbungen in der Siegburger Lokalredaktion der *Rundschau*.

Der Redaktionsleiter Nordheim war mir von Anfang an unsympathisch. Mürrisch, kurz angebunden und keinesfalls gewillt, sich mit einem Praktikanten zu beschäftigen, der etwas lernen wollte. Sein Stellvertreter, Herr Ossenberg, nahm mich als Mentor unter seine Fittiche, wofür ich ihm sehr dankbar war.

An den Wochenenden wurde ich zu Vereins-Terminen über die Dörfer des Umlands geschickt. Zu Kleingärtner-Vereinen, Kaninchenzüchter-Vereinen, Gesangsvereinen, zur freiwilligen Feuerwehr der Ortschaften und anderen dörflichen Organisationen. Die hatten Jubiläen zu feiern und veranstalteten Ausstellungen, ihre Traditionsfeste oder Konzerte.

So stand für das nächste Wochenende um den 1. Mai ein Junggesellenverein mit seinen Bräuchen und Mai-Festlichkeiten auf meinem Terminplan. Der Pressesprecher des Vereins, den ich sogar zufällig vom FC-Fanclub her kannte, versorgte mich mit einem Programmheft und zusätzlichen Infos.

Begeistert vom brillanten Feuerwerk – das nicht stattfand!

Ich schrieb danach am Sonntagnachmittag in der Redaktion anhand des Programmflyers brav zu jedem Punkt vom Maibaum-Setzen, Krönung des Maikönigspaars bis zum Tanz im Festzelt einige Zeilen für einen Zwei-Spalter, also einen Artikel mit einer Breite von zwei Zeitungsspalten.

Beim letzten Punkt „Feuerwerk am Sonntagabend" zögerte ich. Aber nur kurz, denn mein Bericht, der am Montag, also am folgenden Morgen, im Blatt stehen sollte, musste doch brandaktuell sein – oder etwa nicht?

Also lobte ich mit Phantasie das *„brillante halbstündige Feuerwerk zum gelungenen Abschluss. Bunte Lichteffekte bildeten weithin sichtbare, leuchtende Bilder und Kaskaden von bunten Funkenregen entlockten den begeisterten Besuchern des Festes viele ,Ah!' und ,Oh!'."*

Der diensthabende Redakteur warf kaum einen Blick auf meinen Entwurf, weil es schon kurz vor Redaktionsschluss war. Also ab damit in die Druckerpresse!

Am nächsten Morgen las ich in der Redaktion, sehr zufrieden mit mir selbst, noch mal meinen gedruckten Artikel im Lokalteil. Da ging das Telefon. Der Junggesellen-Pressesprecher war dran. Er prustete vor Lachen und fragte mich fröhlich:

‚Wolle, welches Kraut hast Du denn gestern Abend geraucht?

Das Feuerwerk ist doch wegen der Sturmwarnung ausgefallen!' Mir wurde abwechselnd heiß und kalt!

Der nächste Anrufer war dagegen nicht so amüsiert, sondern sehr förmlich und wollte ohne weitere Erklärungen zum Redaktionsleiter durchgestellt werden. Es war, wie ich dann erfuhr, der Chef des zuständigen städtischen Ordnungsamtes.

Der legte Wert auf die Feststellung, dass er wegen der amtlichen Sturmwarnung pflichtgemäß die Absage des Feuerwerk verfügt habe, um keine Menschen zu gefährden. Wie die *Rundschau* denn dazu komme, ein Feuerwerk zu beschreiben, das es nicht gegeben habe?

Nach dem Telefonat kam Herr Nordheim zu mir. ‚Kommen Sie mal bitte in mein Zimmer!' Mein Mentor raunte noch: ‚Ich empfehle Doppeldeckung!'

Als ich wie ein Häufchen Elend vor Herrn Nordheim saß, wurde ich richtig rundgemacht. So von wegen journalistischer Sorgfaltspflicht, die auch und gerade für Praktikanten gelte. ‚Wir berichten Fakten und keine Phantasien! Merken Sie sich das ein für alle Male!'

Es lief danach ein paar Wochen ziemlich gut für mich. Meine Artikel wurden kaum abgeändert und die von mir druckfertig umgeschriebenen Meldungen aus dem täglichen Polizeibericht gingen ‚eins zu eins' ins Blatt.

Dann kam das Wochenende. Ich hatte als Termin die Jahreshauptversammlung mit Vorstandswahlen eines Männer-Gesangvereins. Ich fuhr hin und machte mir meine Notizen. Das Übliche: Zu Beginn Totenehrung. Dabei wurde insbesondere der verstorbene Vorsitzende Schmitz für seine Verdienste gewürdigt. Zum neuen Vorsitzenden wurde danach sein bisheriger Stellvertreter Müller gewählt. Daraus wurde ein routiniert geschriebener Vereinsartikel. Dachte ich jedenfalls.

Es wurde ein traumatisches Déjà-Vue-Erlebnis!

Kaum war der Artikel veröffentlicht, kamen die wütenden Anrufe. Ich hatte im Text die Namen Schmitz und Müller verwechselt, also den neuen Vorsitzenden zum verdienstvollen Toten und den tatsächlich Toten zum neuen Vorsitzenden gemacht! Es war mir selbst ein Rätsel, wie mir das passieren konnte.

Als ich wieder vor dem Redaktionsleiter saß, schüttelte er den Kopf und meinte verständnislos: ‚Mein Gott, eine simple Namensverwechslung! Man sieht seinen Artikel doch noch einmal gründlich durch, bevor man ihn abgibt!‘

Danach verschränkte er die Arme, musterte mich kühl und sagte: ‚Sind Sie sich sicher, dass Sie für den Beruf des Journalisten geeignet sind?‘ Ich war so am Boden zerstört, dass ich mir diese Frage auch stellte. Das Praktikum wollte ich aber jedenfalls planmäßig abschließen. Allerdings war mir klar:

Noch ein Schnitzer und Du bist raus aus der Nummer!

Später erzählte mir mein Mentor Ossenberg vertraulich, dass Herr Nordheim seine Arbeit bei der *Rundschau* nur als Sprungbrett für höhere Positionen ansah. Eine Anstellung beim *Spiegel* oder bei der *Zeit* sollte es nach seiner Berufsplanung am Ende schon sein. Da durfte ihm natürlich kein Praktikant mit Anfängerfehlern die Suppe versalzen.

Die nächsten Monate verliefen für mich erfreulich. Es gab nicht nur keine weiteren Beschwerden zu meinen Artikeln, vielmehr wurden diese sogar in den morgendlichen 11 Uhr-Redaktionskonferenzen von meinen Kolleginnen und Kollegen bei der täglichen Blattkritik ausdrücklich gelobt. Dabei glaubte ich manchmal sogar, ein zustimmendes Nicken von Herrn Nordheim zu sehen. Im sechsten Monat meines Praktikums war ich sicher, diese Hürde für mein kommendes Studium gut genommen zu haben.

Dann kam der Skandal!

Es war an diesem Wochenende ein Vereinstermin wie fast jeder andere. Ich sollte über das Stiftungsfest des örtlichen Schützenvereins *St. Sebastianus* schreiben. ‚Das kann ruhig ein größerer Drei-Spalter werden, also etwa 150 Zeilen. Kollege Heinen wird die Fotos machen‘, teilte mir Herr Nordheim dazu mit.

Diese Großzügigkeit bei dem Umfang der Berichterstattung verstand ich inzwischen: Abonnenten-Pflege. *St. Sebastianus* war einer der mitgliederstärksten Vereine in der Stadt. Und viele Mitglieder waren Abonnenten unserer Zeitung. Diese erwarteten – sicher zu Recht – einen angemessenen Bericht über das im Jahr wichtigste Vereinsfest in ‚ihrer‘ Lokalzeitung lesen zu können.

Ich arbeitete den Termin mit allen Programmpunkten routiniert, aber gewissenhaft ab: Am Samstag: Abholen des designierten Königspaares zu Hause, Schützenzug mit Fanfarencorps durch die Stadt zum Dankgottesdienst mit Kirchenchor in der Pfarrkirche, danach im Festzelt Krönung des Königspaares durch den Bezirkspräses, Empfang der Königspaare befreundeter Schützenvereine und der Ausklang des Tages mit dem Festball, natürlich *Schneewalzer* zur vorgerückten Stunde. Am Sonntagmorgen musikalischer Frühschoppen im Festzelt, Schlager, Volksmusik und ‚hoch die Tassen‘. Eben das ganze Traditionsprogramm zu dem Schützen-Motto ‚Glaube, Sitte, Heimat‘.

Mein Kollege Heinen fotografierte. Besonders das Foto mit dem neu gekürten Schützen-Königspaar war ansprechend. Die beiden älteren Herrschaften strahlten im königlichen Ornat beglückt in die Kamera: Er mit Königskette und sie mit Diadem im Haar. Ich sah meinen Artikelentwurf dreimal durch.

Nichts durfte, nichts sollte schiefgehen!

Redaktionsleiter Nordheim entschied, meinen Artikel mit einem Foto des Königspaares für den folgenden Dienstag auf die ‚Eins' zu nehmen, also auf die erste Seite des Lokalteils. Zusätzlich zu dem eigentlichen Aufmacher. Der war der Bericht über die Bekämpfung der Rattenplage in der Stadt. Diese Plage beunruhigte viele Bürger und die Giftköder-Aktion der Stadtverwaltung würde sicher einen großen Leserkreis interessieren.

Die ‚Eins' wurde seinerzeit immer ‚gespiegelt', d.h. die Platzierung der zeilenzahlgenau geschriebenen Artikel und der Fotos wurde für die Setzer in der Druckerei in einer großformatigen Skizze ‚eins zu eins' vorgegeben. Die Bilder waren passgenau ausgemessen. Und das galt auch für die Überschriften und die erläuternden Bildunterschriften.

Diese Aufgabe war immer schon Sache des Redaktionsleiters gewesen und Herr Nordheim widmete sich dieser Aufgabe stets mit größter Sorgfalt, wie man anerkennen musste. Die Überschriften und Foto-Unterzeilen zu meinem Schützenfest-Bericht zu schreiben war also nicht meine Aufgabe, sondern das war Sache des Redaktionsleiters.

Am Dienstag kam ich wegen eines Arzttermins erst gegen 10 Uhr in die Redaktion. Schon auf der Treppe hörte ich eine Männerstimme lautstark und entrüstet aus der Redaktionsetage tönen, fast schreien. Ich konnte aber noch nichts verstehen.

Beim Betreten der Redaktion sah ich durch die offene Tür des Zimmers von Herr Nordheim einen kleinen Mann, der heftig gestikulierend und manchmal mit dem Fuß aufstampfend, zornbebend Vorwürfe erhob:

‚Ach, bedauerliche Verwechslung! Kommen Sie mir doch nicht mit so einer albernen Ausrede, das glaubt Ihnen doch kein Mensch! Hier geht es um die Verhöhnung des ältesten Traditionsvereins dieser Stadt!

Das wird Konsequenzen haben!' Vor dem Wüterich stand händeringend, in fast demütiger Haltung, mein Redaktionsleiter Nordheim.

Jetzt erkannte ich das Rumpelstilzchen. Es war der Schützenkönig!

Sollte ich etwa erneut … ? Mein hilfesuchender Blick ging zu meinem Mentor Ossenberg. Er winkte mich zu seinem Schreibtisch, auf dem ausgebreitet die Seite 1 des heutigen Lokalteils lag. Die schob er zu mir rüber. Dann tippte er wortlos abwechselnd auf die Bild-Unterzeilen der beiden Fotos dieser Seite.

Das erste Foto, richtig in den Aufmacher zur Rattenbekämpfung platziert, zeigte zwei Giftköder, die die Stadt ausgelegt hatte. Die Bildunterzeile lautete jedoch fehlerhaft: ‚Stolz zeigte sich das neue Königspaar nach dem Königsschießen seiner Schützenbruderschaft'.

Auf dem zweiten Foto, das ebenfalls korrekt in meinen Artikel über das Schützenfest eingefügt war, strahlte das Schützen-Königspaar in die Kamera. Der katastrophale Fehler war die erläuternde Foto-Unterzeile. Die lautete nämlich: ‚Unser Foto zeigt zwei der Ratten-Fraßköder. Der rechte Köder ist bereits stark angenagt.' Rechts im Bild war – die offensichtlich doch schon gealterte Schützenkönigin!

In den nächsten Tagen herrschte in der Redaktion Ausnahmezustand!

An normales Arbeiten war nicht zu denken. Das, was man heute als *shit-storm* bezeichnen würde und was gerade hier draußen als Unwetter los ist, brach damals in mehreren Wellen über uns herein.

Am ersten Tag stand das Telefon nicht still. Es war so, als hätten sich 250 Schützenbrüder und Schützenschwestern verabredet, nacheinander ihre Wut telefonisch bei uns los zu werden. Unsere Redaktionssekretärin weigerte sich schließlich, überhaupt noch den Hörer abzuheben. Dann nämlich wurde sie oft, kaum hatte sie sich mit dem Namen der Zeitung gemeldet, aufs Übelste beschimpft.

Am zweiten und dritten Tag kamen als zweite Welle die Leserbriefe, eine schriftliche Flut von empörten Vorwürfen und aufgrund der oft beleidigenden Wortwahl zumeist nicht druckbar. Fast alle warfen der Zeitung vor, die Bildunterzeilen absichtlich vertauscht zu haben, um das Schützenpaar der Lächerlichkeit preiszugeben.

Und das, obwohl die Redaktion in der Mittwochsausgabe auf der ‚Eins‘ in einem vom Redaktionsleiter Nordheim namentlich gezeichneten Beitrag die Verwechslung der Foto-Unterzeilen als Versehen erklärt hatte. Zudem bat er Königspaar, Verein sowie Leser ausdrücklich um Entschuldigung.

Danach kamen die Abo-Kündigungen, dutzendweise!

Der Leiter des Vertriebs, zugleich zuständig für die Abonnentenwerbung, erschien bei Nordheim und fragte erregt, wie der Redaktionsleiter denn seiner Meinung nach die Kündigungswelle stoppen könne.

Zur weiteren Schadensbegrenzung trat Nordheim persönlich dann den ‚Bittgang nach Canossa‘ an, indem er mit einem üppigen Blumenstrauß und einer hochpreisigen Flasche Wein das Königspaar zu Hause aufsuchte. Vertriebsmitarbeiter standen bei den Kündigungswilligen mit edlen Kugelschreibern als Präsente auf der Matte und baten wortreich um die Rücknahme ihrer Abo-Kündigungen.

In den morgendlichen Redaktionskonferenzen beteuerte Nordheim ein um das andere Mal, er sei sicher, die Bildunterzeilen nicht verwechselt zu haben. Die von ihm im Verlag zurückgeholten Unterlagen der Redaktion für die Dienstagsausgabe der ‚Eins‘ schienen das sogar zu bestätigen. Es kam der Verdacht auf, dass sich einer der Setzer in der Druckerei einen üblen Scherz erlaubt hatte. Aber sicher war das keineswegs.

Nicht nur ich stellte nach diesem Vorfall eine bemerkenswerte Wesenswandlung bei unserem Redaktionsleiter fest. Der mürrisch-arrogante Gesichtsausdruck wich einer freundlich-kollegialen Miene. Beflissen kümmerte er sich jetzt auch um Redaktionsangelegenheiten, die er zuvor als unter seiner Qualifikation angesehen hatte.

Mein Zeugnis über das absolvierte Praktikum, ausgestellt von Kollege Nordheim, ließ keine Wünsche offen. Und so stand auch meinem Studium an der ausgesuchten Kölner Journalistenschule nichts mehr im Wege. In der WG während des Studium habe ich dann Bastian und Kunibert kennengelernt.

Angefangen habe ich nach meinem Studienabschluss beim *Kölner Stadt-Anzeiger*. Als ich merkte, dass mir der Boulevard-Journalismus mehr Freude machte, wechselte ich zu dem Schwesterblatt des *Kölner Stadt-Anzeiger* im *DuMont*-Verlag, eben dem *Express*.“

Wolfgang zögerte einen Moment bis er fortfuhr: „Daraus ergaben sich dann aber für mich ungeahnte kleine familiäre Problemchen. Ach, egal, ist nicht so wichtig.“

Fragende Blicke richteten sich auf ihn. „Wolfgang, was meinst Du damit? Jetzt komm schon, Klartext!“

Von lustigen Spaßvögeln und …

„Nun", begann Wolfgang sehr vorsichtig, „der Boulevard-Journalismus wird nicht von allen als eine qualifizierte, seriöse Medienarbeit wahrgenommen. Dieser Fehleinschätzung können leider auch durchaus gebildete Menschen unterliegen, selbst solche aus dem engeren Familienkreis."

„Was Wolfgang mit seiner geschwurbelten Formulierung letztlich sagen will, ist, dass das Verhältnis zwischen meiner Mutter Erika und ihm etwas distanziert ist!" Der Tonfall von Riekes Erläuterung verriet schon, dass ihr das Thema nicht passte.

„Die Formulierung ‚etwas distanziert' trifft es nicht annähernd!" grummelte Wolfgang halblaut.

„Gut, meine Mutter hat beim ersten Kennenlernen Deine Berufstätigkeit nicht richtig verstanden. Muss man diese olle Kamelle jetzt, und das am Heiligabend, wieder mal aufwärmen?"

„Nur für die anderen zum besseren Verständnis. Fakt ist: Als ich bei Deinen Eltern zum ersten Mal zu Kaffee und Kuchen eingeladen war, hat Deine Mutter mich nach meiner Berufstätigkeit gefragt. Ich habe korrekt geantwortet: Redakteur beim Kölner *Express*, zurzeit leite ich das Ressort ‚Kriminalität und Polizeiarbeit'. Darauf hat sie das Gesicht verzogen wie bei Zahnschmerzen und gemeint: ‚Aha, Sie sind also so etwas wie

ein Krawallreporter bei einem Revolverblättchen!'.

Fakt ist weiterhin: Ich bin inzwischen stellvertretender Chefredakteur dieser regional durchaus bedeutenden Boulevard-Zeitung. Aber Erikas Einschätzung zu meinem Job hat sich dadurch um keinen Deut verändert. Die Tochter aus einer alteingesessenen Düsseldorf Familie, die auf der Kö einzukaufen pflegt, hätte besser einen Arzt geheiratet, wie ihre Schwester. Hat sie auch mal gesagt."

Rieke seufzte und schwieg, die Arme vielsagend verschränkt. Sie wollte nicht noch Öl ins Feuer gießen.

Wolfgang kicherte. „Im September habe ich die alte Dame in der verbotenen Stadt mit ‚D‘ mit dem Auto zu uns abgeholt. Direkt nachdem wir in Düsseldorf losgefahren waren, ging sie mir wieder mit ihren besserwisserischen Fahranweisungen auf den Keks. Niemals im Leben Auto gefahren, aber wie ein Fahrschullehrer bei einem Anfänger Anweisungen geben!

Ich habe mich höflich für ihre fürsorglichen Kommentare zu unserer Sicherheit im Straßenverkehr bedankt, aber trotzdem auf meine erfolgreich abgelegte Führerscheinprüfung sowie auf jahrzehntelanges unfallfreies Fahren hingewiesen. Das wurde einfach überhört. Nach zehn Minuten habe sich sie dann mit meinem Lieblings-KDW zum tödlich beleidigten Schweigen gebracht. Bis zur Ankunft in Köln war danach Ruhe im Auto.“

„Mit was? KDW?“

„Ja, KDW, also Köln-Düsseldorf-Witz. Davon gibt es bekanntlich viele, schlechte und gute.

Mein Lieblingswitz und meiner Meinung nach beste KDW geht so:

Zwei Kölner genießen auf der Aussichtsplattform des Südturms vom Kölner Dom den Blick auf ihre Heimatstadt. Da kommt schnaufend und schwitzend ein beleibter Düsseldorfer die 533 Stufen der Wendeltreppe hochgestampft. ‚Nicht mal einen Aufzug haben die hier‘, beschwert er sich lautstark. ‚Und das soll ein Weltkulturerbe sein?

Unser *Rheinturm*, also der Fernsehturm in Düsseldorf, hat sowas selbstverständlich. Und viel höher ist der ja auch noch. Da oben haben wir Düsseldorfer ein feines Dreh-Restaurant. Hier oben gibt es noch nicht mal eine Pommesbude. Und was gibt es zu sehen? Einen langweiligen Bahnhof und ein paar Kirchtürme!' So geht die Nörgelei weiter.

Die beiden Kölner hören sich das mit aufsteigendem Ärger noch eine Weile an. Dann sagt der erste: ‚Ich brauche ein bisschen Bewegung. Ich flieg mal eine Runde um den Nordturm.' Sprachs, schwingt sich über die Brüstung der Plattform und fliegt mit ausgebreiteten Armen wie angekündigt seine Runde.

Als er zurückkommt, sagt der zweite Kölner: ‚Dann fliege ich mal schnell zum Rhein und schaue, wie hoch der Kölner Pegel steht. Es könnte Hochwasser geben!' Fliegt, kommt zurück und landet mit ausgebreiteten Armen sanft auf der Plattform.

Der Düsseldorfer hat dem Schauspiel verblüfft zugesehen. Aber dann sagt er mit dem überlegenen Selbstbewusstsein eines Landeshauptstädters zu den beiden Kölnern:

‚Was Ihr Kölner könnt, das kann ein Düsseldorfer doch schon lange!'

Er klettert auf die Brüstung, breitet die Arme aus, springt und – fällt wie ein Stein auf die Domplatte. Mausetot!

Da sagt der erste Kölner zu seinem Kumpel: ‚Dafür, dass wir Engelchen sind, sind wir ja ganz schön gemein!' "

Schallendes Gelächter, nur Rieke lachte nicht mit. „Wenn es um die Animosität zwischen Köln und Düsseldorf geht, kann Wolfgang als Spaßvogel zur Hochform auflaufen. Dass ich in Düsseldorf geboren bin, ist dann für ihn völlig unwichtig! Und wenn er dann noch meine Mutter … ."

Jetzt war es Kunibert, der reaktionsschnell in die drohende eheliche Streitigkeit hineingrätschte und Rieke mitten im Satz unterbrach.

„Spaßvögel gibt es sogar dort, wo man sie gar nicht vermuten sollte, nämlich beispielsweise bei der KVB. Nur zur Erklärung für Dörte: Die Abkürzung KVB steht nicht für *Kölner Verkehrsbetriebe*, wie man oft hört, sondern ist die Abkürzung für *Kommt-Vielleicht-Bald*.“ – „Das ist aber auch falsch, denn die Bahn kommt oft gar nicht“, ergänzte Dörte und fügte entschuldigend hinzu: „Aber man kennt ja auch die Gründe: Personalmangel, überalterte Bahnen und sowas.“

„Jetzt zu meinem KVB-Spaßvogel. Ich stehe letzte Woche in der U-Bahn-Station *Dom / Hauptbahnhof* und warte auf meine Linie 18 nach Dellbrück. Zunächst kommt aber die Linie 3. Türen auf, Fahrgäste raus und rein, es piepst warnend und langsam gehen die Türen, eine nach der anderen, wieder zu.

Da kommt von oben ein junger Mann, vielleicht 18 Jahre alt, die Treppe herabgestürmt, der offensichtlich mit der Linie 3 fahren will. Er hat starke Ähnlichkeit mit einem Bauernschrank: so hoch, so breit und so bunt, weil von oben bis unten bemalt mit hübschen, mehrfarbigen Ornamenten. Er greift nach dem Türgriff des nächsten Wagens und zerrt daran, obwohl das Lämpchen neben dem Türgriff schon ‚rot‘ zeigt. Die Tür ist also zur Abfahrt verriegelt. So wie die anderen Türen auch schon.

Das löst bei dem jungen Mann einen Wutanfall aus.

Erst trommelt er mit den Fäusten auf die Scheiben der Tür und schreit dabei ‚Scheiße! Fuck!‘ und ähnliche, sehr ungehörige Worte. Dann tritt er noch mit voller Wucht gegen die Tür, die natürlich trotzdem geschlossen bleibt. Der Zugführer denkt im Traum nicht daran, die randalierende Bauernschrank-Imitation noch in die Bahn zu lassen. Vielmehr schaltet er den Außenlautsprecher der Bahn ein, es knackt vernehmlich.

Wer nun erwartet, wie ich, dass er den Randalierer per Lautsprecher ärgerlich zur Ordnung rufen würde, sieht sich getäuscht. Der

Zugführer ist offenbar *ne echt Kölsche Jung*. Gelassen gibt er beim An-
fahren des Zuges dem entgeisterten Jugendlichen den Tipp:

‚Jung, dä Schlössel litt unger dä Fooßmatt!‘

Also: ‚Junge, der Schlüssel liegt unter der Fußmatte!‘ Das bessert die
Laune des jungen Mannes nicht, wohl aber die der wartenden Fahrgäste auf dem Bahnsteig, soweit sie denn Kölsch verstehen.“

In das Gelächter der anderen meldete sich Rieke zu Wort. „So einen
humorvollen KVB-Fahrer habe ich erst vor zwei Wochen erlebt. Auf
der Fahrt nach Dellbrück bleibt der Zug plötzlich auf freier Strecke
stehen. Er steht und steht. Da kommt die Ansage des Zugführers über
den Lautsprecher. ‚Liebe Fahrgäste!‘ Die warten schon auf eine Info
und horchen auf. ‚Wir haben leider eine kleine Panne. Aber es geht
gleich weiter. Der platte Reifen an der Vorderachse ist schon gewech-
selt!‘

Einige lachen, wenn auch mit etwas Verzögerung. Andere gucken
die Lacher fragend an. Nach zehn Sekunden kommt die nächste
Durchsage des Zugführers mit sanftem Spott in der Stimme: ‚Jetzt mal
ehrlich: Wie lange haben Sie gebraucht, um den Witz zu erkennen?‘
Da fiel bei manchen erst der Groschen!“

„Das erinnert mich an ein lustiges Erlebnis, ebenfalls mit einem
Zugführer, allerdings nicht von der KVB, sondern dem einer S-Bahn.“
Jetzt war Wolfgang dran.

„Ich sitze an einem frühen Montagmorgen in der Bahn zum Kölner
Hauptbahnhof mit den typischen Pendlern, das übliche ‚fahrende
Volk‘ eben. Um mich herum die ebenso typischen Montagmorgen-
Gesichter: Müde, lustlos, gelangweilt bis mürrisch. Keiner sagt was,
viele gähnen. Jetzt werden Zeitungen zusammengefaltet, denn wir sind
in Deutz und nach der kurzen Fahrt über die Hohenzollernbrücke
werden wohl die meisten am Hauptbahnhof aussteigen.

Die Türen der Bahn schließen sich zur Abfahrt in Deutz und dann hören wir über die Lautsprecher des Wagens die irritierende Ansage:

‚Boarding completed!‘

Fragende Blicke der Fahrgäste: Heben wir gleich ab oder was? Kurz darauf:

‚Guten Morgen, verehrte Fahrgäste! Hier spricht Ihr Zugführer. Ich begrüße Sie an Bord unserer S 19. Wir haben unsere Reisegeschwindigkeit bereits vermindert und befinden uns auf der Hohenzollernbrücke bei der Anfahrt zur Haltestelle *Dom / Hauptbahnhof.* Unsere Fahrweghöhe über dem Rhein beträgt noch 90 Fuß oder etwa 30 Meter.

Wir sind selbstverständlich auf die Minute pünktlich, so dass Anschlussreisende alle gebuchten Anschlusszüge erreichen. Ich verabschiede mich von aussteigenden Fahrgästen und bedanke mich, dass Sie mit der Deutschen Bahn gefahren sind. Ich würde mich freuen, Sie heute Nachmittag, bei Ihrer Rückfahrt nach Hause, wieder an Bord der S 19 begrüßen zu dürfen!‘

Auf einmal wandeln sich die Montag-Morgen-Gesichter in Freitag-Nachmittag-Gesichter: Schmunzeln, Lachen, amüsierte Kommentare und schon ist der Wochenbeginn nicht mehr ganz so grau!“

„So etwa Ähnliches habe ich auch an einem Freitagnachmittag im vorigen Jahr erlebt“. Jetzt war Bastian noch was zum Schmunzeln eingefallen. „Allerdings war der Spaßvogel dabei ein Fahrgast. Am Anfang sah wieder einmal alles nach einem DB-typischen Bockmist aus.

Ich war auf der Rückfahrt nach Hause und machte mich bereit, an meiner Station auszusteigen. Da rauscht unsere S-Bahn zunächst ungebremst auf meine Haltestelle zu. ‚Ach Gott, der fährt wieder durch, wie vor ein paar Monaten schon mal!‘ denke ich noch. Irgendwer, wohl auch ein erfahrener Dauerpendler, stöhnt: ‚Nein, nicht schon wieder!‘

Doch dann bremst der Zugführer in letzter Sekunde heftig ab und der Zug kommt hinter dem Bahnsteig zu stehen. Allerdings nicht ganz dahinter: Die letzte Tür des Zuges ist noch knapp im Bahnsteigbereich. Erst tut sich mal nichts, außer dass viele meiner Mitreisenden ärgerliche Kommentare von sich geben. Denn die Türen sind verriegelt und keiner kommt aus dem Zug.

Dann meldet sich der Zugführer über Lautsprecher und entschuldigt sich für die Fehlleistung. Und weiter: ‚Ich gebe jetzt die Türen auf der linken Seite des Zuges frei. Aber bitte benutzen Sie zum Aussteigen nur die letzte Tür, sonst landen Sie im Schotterbett!‘ – ‚Na, immerhin, dann machen wir das mal!‘ brummt der Mann, der vor mir schlecht gelaunt im Gang steht.

Und so setzt sich eine Schlange von geschätzt 30 Fahrgästen im Gänsemarsch langsam in Richtung der einzigen, weit entfernten Ausstiegstür am Ende des Zuges in Bewegung. Aber das dauert … und dauert … . Vor mir in einer Gruppe von schon zuvor lustigen Fahrgästen, vermutlich Arbeitskollegen, lässt man sich die gute Laune nicht verderben. Vielleicht hatten die am Nachmittag etwas zu feiern gehabt.

Jedenfalls stimmt einer lautstark ein passendes Lied an:

> *‚Hier fliegen gleich die Löcher aus dem Käse*
> *denn nun geht sie los unsere Polonäse …‘*

Und auch andere in der Schlange singen fröhlich mit:
> *‚… von Blankenese bis hinter Wuppertal …!‘.*

Dazu: Hände auf die Schultern des Vordermannes und Marschschritt, wenn möglich. Gelächter im Zug, launige Bemerkungen wie ‚Wer von den Damen heißt denn Heidi? Ich bin der Erwin!‘ Die miese Stimmung über den fast verpassten Bahnsteig und die Wanderung zur Tür am Zugende ist jedenfalls verflogen.

Beim Abendessen fragte mich Dörte: ‚Wie war denn Dein Tag?‘ und ich antwortete: ‚Am Morgen viel langweiliger Routine-Kram, nachmittags eine erfreuliche Unterhaltung mit meinem Chef und auf der Rückfahrt von Köln eine lustige Polonäse von vorne bis hinten durch die S-Bahn.‘

Dörte sah mich misstrauisch an.

Dann fragte sie: ‚Polonäse von vorne bis hinten durch die S-Bahn? Kann es sein, dass die Unterhaltung mit Deinem Chef auch so erfreulich war, weil ihr beide ein Gläschen oder auch zwei getrunken habt? Aber wahrscheinlich ist hier in Köln am Freitagnachmittag automatisch so etwas wie ein Wochenend-Karneval!‘

Ich sagte: ‚Richtig, liebste Dörte, du machst Fortschritte! So langsam kennst Du die Kölner Mentalität. Dann bist Du bald auf dem zweiten Bildungsweg eine sehr gute Wahl-Kölnerin‘ geworden!“

Ulla wurde ernsthaft. „Das war gerade eine bemerkenswerte Sammlung von Erzählungen von Euch. Denn ich wette, in 99 Prozent von Erinnerungen zum Stichwort *KVB* oder *Deutsche Bahn* würde bei einer solchen Gelegenheit von Verspätungen, Zugausfällen, verpassten Anschlüssen und ähnlichen unliebsamen Ereignissen geredet werden. Gerade wurden aber erstaunlicherweise lustige Begebenheiten zum Besten gegeben, obwohl Ihr sicher auch gegenteilige Erlebnisse zu beklagen gehabt hättet.“

Kunibert wusste das zu erklären. Meine Oma Anni sagte immer: ‚Spaß un Freud muss mer sich maache, Kummer un Sorch kummen vun allein!‘ Also ‚Spaß und Freude muss man sich machen, Kummer und Sorgen kommen von alleine!‘ Diesen Ratschlag haben wir gerade umgesetzt.“

„Das bringt mich etwas in Verlegenheit“, begann Bastian. „Ich wollte nämlich jetzt von weniger lustigen Richterkollegen erzählen.“

„Egal, Bastian! Jetzt erzähl schon!“

… von weniger lustigen Spaßvögeln in Richterrobe.

„Es gibt ja Kollegen", begann Bastian, „die halten sich für lustig. Und weil sie eine Richterrobe anhaben, meinen sie sogar, sie könnten auch zweifelhaft lustig sein. Obwohl ihre ‚Kundschaft', also die Kläger und Beklagten, die Angeklagten, Verteidiger sowie Staatsanwälte, das oft gar nicht so lustig finden.

So fand es ein Richter witzig, der Klägerin in einem aussichtslosen Fall schon durch den Zeitpunkt der in der Ladung angesetzten mündlichen Verhandlung zu zeigen, was er von ihrer Klage hielt. Er terminierte nämlich den

Prozess auf den 11.11. um 11.11 Uhr.

Es ist nicht überliefert, ob die Klägerin ein Karnevalsmuffel war. Aber jedenfalls fühlte sie sich durch den Zeitpunkt der Terminierung ‚nicht ernst genommen', also ‚veräppelt' und sogar ‚in der Menschenwürde verletzt'. Deshalb wollte sie den Richter wegen der ‚Besorgnis der Befangenheit', so heißt das in der Prozessordnung, von der Entscheidung über ihre Klage ausschließen.

‚Och, nöh!', meinten dazu die Richter des Oberlandesgerichts, die über den Befangenheitsantrag zu befinden hatten, sehr großzügig. ‚Der Richterkollege hat eben Humor! Wer wird denn da so empfindlich sein?' “

Kunibert schmunzelte. „Ich hätte dazu als Oberrichter noch zur weiteren Begründung reingeschrieben: ‚Dat is doch nur *wejem dem Brauchtum*!' “

„So gnädige Oberrichter hatten aber nicht diejenigen Kollegen, die ihren eigenwilligen Humor doch sehr übertrieben." Bastian hatte passende Fälle parat. „Wie der Arbeitsrichter, der den Prozessparteien dringend empfahl, einen von ihm vorgeschlagenen Prozessvergleich anzunehmen. Das tat er mit den seiner Meinung nach humorvollen Worten:

,Sonst reiße ich Ihnen den Kopf ab!'

und ,Sonst werden Sie gleich an die Wand gestellt und erschossen!'.

Das war dem Bundesarbeitsgericht in nächster Instanz dann doch ein zu schräger Humor. Der Richter flog aus dem Verfahren raus.

Genauso erging es dem Amtsrichter, der die Argumentation eines Verteidigers unterbrach mit der seiner Meinung nach witzig-launischen Bemerkung, er ,müsse sich nicht jeden Blödsinn anhören!'

Ein anderer Richterkollege äußerte zu einem Plädoyer eines Verteidigers freiweg, aber für den Verteidiger wenig witzig, er habe ,noch nie so einen Quatsch gehört!' " Damit war er aber auch als Richter aus dem Prozess raus.

„So etwas in der Art hatten wir hier in Köln doch vor ein paar Jahren auch", erinnerte sich Rieke. „Da hat doch ein Richter ,Affe tot, Prozess am Ende!' oder so ähnlich gesagt und meinte damit erstaunlicher Weise einen Freispruch der Angeklagten, wenn auch nicht im Namen des Volkes!"

„Ganz genau, Rieke!" Bastian nickte. „Damals hatte ein Kölner Richter, dessen Name ich mal in mitfühlender kollegialer Nachsicht mit ,Dr. Neumüller' verfremde, als Strafrichter und Vorsitzender des Schöffengerichts über die doch ganz erheblichen Anklagepunkte Entführung, Körperverletzung und Raub zu entscheiden. Die drei Angeklagten hätten das Opfer bei einer Hochzeitsfeier entführt, danach in der Keupstraße brutal verprügelt und ihm Handy sowie 500 Euro Bargeld geraubt. Das behauptete jedenfalls der Staatsanwalt.

Das Tatgeschehen spielte im kriminellen Milieu, illegale Kupfergeschäfte waren wohl der Hintergrund. Aber das 26-jährige mutmaßliche Opfer der angeklagten Straftaten verwickelte sich bei seiner Vernehmung in Widersprüche. Ein zur Vernehmung geladener Zeuge war bei der Aufklärung auch nicht hilfreich: Er wolle ‚keine Probleme haben‘, begründete er seine rechtswidrige Weigerung, zur Sache auszusagen. Aussagepflicht hin oder her.

Versteht man doch, muss man doch ausnahmsweise akzeptieren - oder? Der Richter hatte jedenfalls vollstes Verständnis.

Damit war für Dr. Neumüller klar: Alles in diesem Prozess ist unklar! Wozu dann noch Formalien? Plädoyers von Anklagevertreter und Verteidiger? Letztes Wort der Angeklagten? Beratung mit den als Richtern gleichberechtigten Schöffen? Urteilsverkündung im Namen des Volkes? Alles doch überflüssiger Kram der Strafprozessordnung, das muss man nicht beachten! Denn, so Dr. Neumüller: ‚Man muss erkennen, wenn ein Pferd tot ist!‘

Und so sagte er zum Abschluss des Strafprozesses die in der Folgezeit von der fassungslosen Presse oft zitierten Worte:

‚Akte zu! Affe tot!‘

und zu den Angeklagten: ‚Sie können jetzt nach Hause gehen!‘ Das sollte wohl ein Freispruch für alle drei sein.

‚Oder wollen Sie es förmlich?‘ fragte er noch beiläufig die Prozessbeteiligten. Jedenfalls die grinsenden Angeklagten wollten das nicht. Die waren auch so mit den merkwürdigen Freisprüchen hochzufrieden.

Eine Schulklasse, die eigentlich als Zuschauer im Saal den Ablauf eines klassischen Strafprozesses miterleben wollte, war dagegen am Ende sehr verblüfft: Das war doch wie bei Barbara Salesch in RTL! Nur noch ein bisschen lockerer!“

Ulla schüttelte den Kopf und fragte Bastian verwundert: „Und das kann man sich als Richter so alles ohne Konsequenzen erlauben?"

„Nein, natürlich nicht! Für den Kollegen Dr. Neumüller hatte die merkwürdige Verhandlung mit dem Skandal-Urteil natürlich noch ein Nachspiel. Das Justizministerium bestätigte gegenüber der Presse eine gegen den Richter verhängte Disziplinarstrafe.

Und das Präsidium des Amtsgerichts meinte nachvollziehbar, dass der Richter zukünftig nicht mehr über Strafsachen, sondern über Nachlass-Angelegenheiten in Erbstreitigkeiten entscheiden solle", schloss Bastian seine Erzählung. „Da gibt es – anders als in Strafprozessen – z.B. auch keine förmliche Strafprozessordnung und kein Publikum.

Solche Kollegen sind sicher kein Ruhmesblatt für die Justiz. Aber bei ca. 22.000 Richterinnen und Richtern in Deutschland sind diese Ausnahme-Erscheinungen nicht verwunderlich. Man hat es auch bei den Personen hinter der Richtertheke immer mit Menschen zu tun."

Wolfgang griemelte still in Vorfreude auf seinen Beitrag zu dem Thema. „Jetzt erzähle ich Euch die Geschichte von Kölns vielleicht unterhaltsamsten Spaßvogel der letzten zwei Jahrhunderte – auf Kölns Straßen, in Gaststätten und sogar in den Gerichtssälen. Er ist eines der historischen Kölner Originale, nämlich der ‚Maler Bock'!"

Ulla hatte schon vorher mit den Fingern auf der Tischplatte getrommelt – für ihren Ehemann Kunibert ein untrügliches Zeichen. Sie sagt gleich, dachte er schon länger: ‚Ich muss mal eine rauchen!'

„Ich muss mal eine rauchen!" sagte Ulla und wandte sich dann an ihren Ehemann. „Kunibert, vielleicht kannst Du in der Zeit eine von Deinen gruseligen Mord-und-Totschlag-Geschichten erzählen, die ich sowieso nicht hören will.

Und Du, Wolfgang, wenn Du mit dem ‚Maler Bock‘ noch warten könntest, bis ich zurückkomme? Das wäre lieb von Dir!“

„Mache ich, Ulla, aber lass Dich nicht vom Sturm bis in das Lister Hafenbecken wehen. Das Unwetter hat nämlich noch einmal zugelegt, meine ich.“ Tatsächlich heulte der Wind inzwischen noch stärker als vorher um das Haus.

„Kunibert, hast Du denn noch einen gruseligen Köln-Krimi auf Lager?“

„Habe ich! Und *wie* gruselig!“

Die eiskalte Giftmörderin und …

„Ich fange mal mit einer Zeitungsmeldung an", sagte Kunibert.

> ‚Tausende von Menschen umstanden am Freitage von der Mittagsstunde an in gedrängten Haufen das Justizgebäude, um den Ausgang der Criminal-Procedur gegen die Witwe Brückmann abzuwarten. Die Zugänge des Gerichtgebäudes waren durch Militär abgesperrt, um übermäßigen Andrang zu verhüten. Vor Verkündung des Wahrspruches der Geschworenen richtete der Präsident einige Worte an das Publicum, welches den Gerichtssaal bis auf den letzten kleinen Platz anfüllte.'

Die Meldung der *Kölnischen Zeitung* am 9. Mai 1858 von dem Menschenauflauf um den Kölner Appellhof kurz vor der Urteilsverkündung zeigt das Aufsehen, das das Strafverfahren gegen die Angeklagte Josefine Brückmann wegen Mordes damals unter der Kölner Bevölkerung erregt hatte. Der Schwurgerichtsprozess, der in der ersten Maiwoche 1858 stattfand, hatte aber auch wirklich alles, was einen Sensationsprozess für ein breites Publikum attraktiv machte.

Die Angeklagte hatte nach dem Vorwurf der Anklage nicht irgendwen ermordet, sondern ihren treusorgenden Ehemann Michael Joseph Brückmann. Der musste aus dem Weg geräumt werden, weil die 37-jährige Ehefrau frei sein wollte für ein neues Leben mit ihrem Liebhaber!

Als wäre das nicht schon entsetzlich genug, hatte sie auch noch, so die Anklageschrift des General-Prokurators Nicolovius (General-Staatsanwalt), ihr liebes siebenjähriges Töchterchen Pauline umgebracht. Und warum hatte sie das getan? Um dann nach den Bestimmungen des *Heiratsvertrages* der Eheleute Brückmann das vererbte Vermögen des ermordeten Gatten nicht mit dem Kind teilen zu müssen!

Dazu kam dann noch die perfide und grausame Art der beiden Morde – nämlich heimtückisch durch ein Gift, das bei den beiden Opfern bis zum Tod höllische Qualen verursachte! Wann hatte es in Köln ein solches Verbrechen jemals gegeben? Unfassbar! Zunächst aber ein Rückblick auf die Vorgeschichte.

‚Ist *er* wieder bei ihr?‘

Das Dienstmädchen Elisabeth Buschhausen flüstert ihre Frage an ihre Kollegin Anna Maria Rohr. Die sieht sich vorsichtshalber noch einmal um, bevor sie – ebenfalls flüsternd - antwortet: ‚Ja, und sicher nicht zum Kaffeetrinken! Ich glaube, die Gnädigste ist jetzt mit ihm im Schlafgemach! Komm, wir gehen in unsere Kammer. Da können wir frei reden.‘

Er, das ist der Goldschmied Heinrich Dahmen, ebenfalls 37 Jahre alt wie die ‚Gnädigste‘ und unverheiratet. Der besucht Josefine Brückmann erstaunlicherweise seit über einem Jahr fast täglich. Zunächst immer dann, wenn der Ehemann beruflich als erfolgreicher Kaufmann und Wein-Handelsvertreter auf einer seiner häufigen, oft längeren Dienstreisen unterwegs ist. Kein Wunder, dass die Dienstboten im stattlichen Haus Brückmann in der Breite Straße tuscheln!

Eine wohlanständige Ehefrau war Josefine noch nie. In der späteren Anklageschrift wird es heißen, dass sie schon früher ‚einen unsittlichen, ehebrecherischen Lebenswandel geführt‘ sowie ‚unziemliche Abenteuer unternommen‘ habe. Doch ihr Michael, gutmütig und auf den äußeren Anschein einer guten Ehe bedacht, verzeiht ihr immer wieder.

So auch jetzt, als der Besucher dreist selbst bei Anwesenheit des Hausherrn und Ehemannes der Ehefrau seine Aufwartung macht und die Affaire überdeutlich wird. ‚Warum tut er das? Warum haut er nicht mit der Faust auf den Tisch und schmeißt den raus? Und die Gnädigste gleich mit!' fragen sich die Dienstmägde kopfschüttelnd. ‚Also, wenn ich bei mir zu Hause … mein Paul würde …. Ach, ich weiß nicht was!' ist sich Elisabeth sicher.

Michael Brückmann ist guter Dinge und vor allem kerngesund, als er im Mai 1857 von einer Dienstreise zurückkehrt. Zum Mittagessen hat seine Ehefrau ihm eine Suppe gekocht. Sie isst etwas anderes, weil sie diese Suppe nicht so gern möge, wie sie sagt. Die Suppe bekommt Michael allerdings nicht:

‚Josefine, ich habe Bauchweh!'

klagt er kurz nach dem Mahl und erzählt das später auch seinem Schwager bei einem Krankenbesuch.

Dieses Bauchweh geht auch in den folgenden Tagen nicht weg. Im Gegenteil, die Beschwerden werden heftiger, ganz gleich, was die nicht sehr besorgt erscheinende Ehefrau ihm auch kocht. Der schließlich doch hinzugezogene Hausarzt Dr. Schniedewind diagnostiziert ein Gallenfieber. Leider hilft die von ihm verordnete Medizin gar nicht. Das ist dem Arzt ein Rätsel!

Die beiden Dienstmägde stehen vor ganz anderen Rätseln. ‚Warum ist der Mörser zum Zermahlen der Gewürze nicht mehr in der Küche?' – ‚Ich glaube, der ist in der Kammer der Gnädigsten. Jedenfalls habe ich durch die Tür Mahlgeräusche gehört.'

‚Und wir sollen nichts von dem Essen für die Herrschaft anrühren. Aber wenn das Essen doch frisch aus der Küche kommt, kann das doch nicht ansteckend oder ekelig sein!' Die beiden Mägde ahnen noch nicht, dass ihre Beobachtungen später für das Schwurgericht sehr wichtig werden sollten.

Die Krankheit des Hausherrn nimmt immer schlimmere Formen an. Seine Zunge und der Stuhlgang sind schwarz. Krämpfe des Unterleibs lassen ihn so laut stöhnen, dass es bis ins Erdgeschoss zu hören ist.

‚Er blökt mal wieder. Aber das ist nur Schauspiel!' pflegt dann seine Ehefrau kalt zu bemerken. Anweisungen des Hausarztes befolgt sie nicht. Anfang Juli 1857 stirbt Michael Brückmann.

‚Freude und Erleichterung' empfinde sie, sagt sie danach unverhohlen ihren fassungslosen Bediensteten. Später wird sie in der Gerichtsverhandlung aussagen, sie habe ihren Gatten nie geliebt. Nur auf Drängen ihrer Eltern habe sie ihn geheiratet. Plötzlich ist auch der Mörser wieder in der Küche und die Hausherrin gibt der Magd Buschhausen die Anweisung, dieses Küchengerät besonders gründlich zu reinigen.

Den Vorschlag von Dr. Schniedewind, eine Autopsie des Toten vornehmen zu lassen, um die Art der Erkrankung zu klären, lehnt die Witwe schroff ab: ‚Nie und nimmer! Michael und ich haben uns wechselseitig versprochen, dass niemand uns nach unserem Tod aufschneiden soll!'

Und dann stirbt auch noch Pauline!

Das lebenslustige und bis dahin gesunde Töchterchen erkrankt kurz nach dem Tod des Vaters zunächst mit den gleichen Symptomen wie Michael Brückmann. Aber das Kind erholt sich, als es in den Sommerferien 1857 von Michaels Verwandten nach Sinzig geholt wird. Kaum wieder zu Hause, kommt die Krankheit auch zurück.

Dr. Schniedewind ist ratlos. Als Pauline am 12. Oktober 1857 stirbt, ist die Mutter nicht am Sterbebett ihres Kindes, sondern mit ihrem – jetzt ohne jede Scheu öffentlich präsentierten – Liebhaber in Köln unterwegs.

Da rumort es in Michaels Verwandtschaft, aber auch in der Nachbarschaft! Das gehe doch nicht mit rechten Dingen zu, wird gemunkelt. Bald werden die Gerüchte deutlicher: ‚Den beiden Todesfällen liegt ein fürchterliches Geheimnis zugrunde!‘

Dieses Geheimnis soll die Obrigkeit lüften, die von jemandem über die höchst verdächtigen Vorgänge im Hause Brückmann informiert wird.

Die Obrigkeit tut das im Oktober 1857 mit preußischer Gründlichkeit, Schlag auf Schlag: Hausdurchsuchung bei der Witwe Brückmann, Exhumierung erst der Leiche des Kindes und schon tags darauf die ihres Vaters sowie pathologische Untersuchungen der sterblichen Überreste der Toten.

Ergebnis dieser Untersuchung in beiden Fällen:

Tod durch Bleivergiftung!

Josefine zeigt aufgrund der behördlichen Maßnahmen und der Obduktionsergebnisse alle Anzeichen eines psychischen Ausnahmezustandes. Als ihr wohl bis dahin argloser Liebhaber – Liebe macht ja bekanntlich blind - sie im Oktober 1857 besucht, findet er eine weinende, panische und verwirrte Josefine vor. Sie stammelt: ‚Heinrich, ich habe uns beide ins Unglück gestürzt!‘ – ‚Herr im Himmel, Finchen! Was ist passiert?‘

‚Ich habe sie beide umgebracht! Vergiftet mit *Bleizucker*!‘

Heinrich ist entsetzt, fassungslos, sucht nach Worten und stellt dann die ihn am meisten bewegende Frage: ‚Aber Josefine, warum denn um Gotteswillen das Kind?‘ Das ist das Ende der Liebschaft und des Eheversprechens, das sich das Paar nach dem Tod von Michael Brückmann gegeben hatte.

Bleiacetat ist ein Kristall, das man damals problemlos kaufen kann. Denn es ist ein Süßstoff, der in sehr geringen Mengen zum Süßen von Speisen und Getränken verwendet wird. Daher auch der volkstümliche Name *Bleizucker*.

Die Kristalle mahlt man in einem Mörser zu feinem weißen Pulver, das sich in Flüssigkeiten spurlos auflöst. Schon die alten Römer süßten damit sparsam saure Weine, um sie genießbarer zu machen. In höheren Dosen und dauernd eingenommen ist das Kristall allerdings sehr giftig.

Danach schreibt Josefine am 31. Oktober 1857 ihrem Liebhaber noch einen letzten feurigen Liebesbrief, den sie mit

‚1.000 Küsse von Deinem Finchen'

schließt. Vergebens. Die Erkenntnis, mit seiner verbotenen Liebe den Anlass für ein monströses Verbrechen gegeben zu haben, triff Heinrich mit voller Wucht. Er fällt in eine tiefe Depression und wird bettlägerig.

Kurz darauf werden sowohl Josefine wie auch Heinrich unter dem Verdacht des gemeinschaftlichen Mordes verhaftet und im Arresthaus inhaftiert. Beide bestreiten, etwas mit der Bleivergiftung der beiden Verstorbenen zu tun zu haben.

Im Dezember 1857 bittet Heinrich Dahmen den Gefängnisdirektor um ein Gespräch, denn: ‚Ich will die Wahrheit sagen und alles, was ich weiß!' Bei diesem Gespräch berichtet er von dem Geständnis seiner früheren Geliebten Josefine, das sie ihm gegenüber abgegeben habe.

Die dreht allerdings dann den Spieß um und beschuldigt Heinrich, die Morde allein begangen zu haben. Am 7. Februar 1858 äußert Heinrich Dahmen noch zu dem Arresthaus-Aufseher: ‚Das verfluchte Weib hat mich unglücklich gemacht!'

Das tragische Ende der zerbrochenen Liebesbeziehung können die Leser Kölner Zeitungen und sogar der Aachener Zeitung am 11. Februar 1858 aus ihrem Blatt erfahren:

> ‚Köln, 8. Februar. Einer der wegen des doppelten Giftmordes hierselbst Verhafteten, nämlich der Goldschmied Heinrich Dahmen, hat in der vorigen Nacht Hand an sich selbst gelegt, so daß man ihn heute Morgen, an einigen aneinander geknüpften Taschentüchern an den Fensterstäben seiner Zelle hängend todt fand. Ein Stuhl, auf welchem er während der Ausführung stand, lag umgestürzt neben ihm.‘

In einem Abschiedsbrief beteuert Dahmen noch einmal seine Unschuld. Auch das Leben von Josefine ist zerstört. Der Geliebte, für den sie ihre Familie ermordete, ist tot. Josefine Brückmann selbst wird alleine vor dem Schwurgericht stehen und angesichts der Ermittlungsergebnisse vermutlich zum Tode verurteilt werden – ihr grausiger Mordplan ist auf der ganzen Linie entsetzlich gescheitert!

Die Giftmörderin hat jedoch sogar ungewollt weitere Schuld auf sich geladen. Sie ist nämlich

verantwortlich für den Tod eines weiteren Kindes!

Die kleine Marie Guilleaume, eine Klassenkameradin von Pauline, ist seinerzeit kurz vor Pauline mit denselben rätselhaften Krankheitssymptomen verstorben. Ermittlungen bringen jetzt ans Tageslicht: Marie tauschte oft ihr Pausenbrot gegen Zuckerkügelchen, die Pauline von ihrer Mutter mitgegeben worden waren. Die Zuckerkügelchen waren aber giftiges Bleiacetat, das das Kind als vermeintliches Naschwerk fast täglich aufnahm!

Der Schlagabtausch zwischen Anklage und Verteidigung in der mündlichen Verhandlung vor dem Schwurgericht im Appellhof ist, was die Argumente angeht, ziemlich einseitig. Die Anklage, vertreten durch den Ober-Prokurator (Ober-Staatsanwalt) Boelling, lässt aussagekräftige Zeugen vernehmen:

Der Hausarzt wird zu seinen medizinischen Befunden und zu dem Verhalten der Angeklagten befragt, die Dienstmädchen zu ihren zunächst rätselhaften Beobachtungen und das Arresthauspersonal zu den belastenden Aussagen des verstorbenen Heinrich Dahmen vor seinem Selbstmord. Die Angehörigen von Michael Joseph Brückmann, die ihn während der Krankheit besucht sowie Pauline vorübergehend in den Ferien aufgenommen hatten, berichten als Zeugen, was ihnen dabei aufgefallen war.

Das Ergebnis der Beweisaufnahme ist ein dichtes Indiziengeflecht, das eigentlich nur einen Schluss zulässt:

Auf der Anklagebank sitzt die Täterin!

Josefine ist die unglaublich brutale und heimtückische Mörderin, wie sie schon in der Anklageschrift beschrieben worden ist! Die Witwe Brückmann leugnet allerdings hartnäckig ihre Schuld.

Ihr Advokat Elven bemüht sich in seinem über dreistündigen Schlussplädoyer wortreich, Zweifel an der Anklage zu wecken: Warum ist denn bei der Hausdurchsuchung kein Krümelchen Bleioxyd gefunden worden, wenn die Angeklagte doch dieses Gift benutzt haben soll?

War nicht vielleicht doch eine andere seltene Krankheit die Todesursache, wie schon ärztlicherseits damals als Vermutung diagnostiziert? Den Beschuldigungen des verstorbenen Heinrich Dahmen sei doch kein Glauben zu schenken, wenn er selbst der Täter der Morde war, wie die Angeklagte behauptet!

Die zwölf Geschworenen, die über schuldig oder nicht schuldig zu entscheiden haben, brauchen jedenfalls nur kurze Zeit für ihre Beratung und kommen zu dem sogenannten *Wahrspruch*:

‚Schuldig in beiden Mordanklagen!'

Die Berufsrichter setzen dafür in ihrem Urteil das erwartete Strafmaß fest: Todesstrafe! Die Angeklagte nimmt den Richterspruch, den Kopf in die Hände vergraben, regungslos entgegen.

Das Begnadigungsgesuch der Angeklagten hat Erfolg, der preußische König wandelt die Todesstrafe in lebenslängliche Haft um. Das kommt sehr häufig vor, wohl auch deshalb, weil der König skeptisch gegenüber dieser vielleicht zu oft verhängten Höchststrafe ist. Viel genutzt hat es Josefine Brückmann allerdings nicht: Nur wenige Wochen später erkrankt sie schwer und stirbt. Niemand trauert um sie.“

Ulla war gerade hereingekommen und bekam den Schluss der Geschichte mit. „Draußen ist gerade Weltuntergang!“ rief sie von der Garderobe, wo sie ihre Regenjacke aufhängte.

„Aber wie ich höre, hat Kunibert mal wieder die Story von der eiskalten Giftmörderin Brückmann erzählt. Dazu will ich Euch jedoch eine Ergänzung liefern, damit Ihr das richtig einordnen könnt.“

... die verzweifelte Küchenmesser-Mörderin

„Achtung, jetzt wird´s feministisch!" warnte Kunibert spöttisch. „In Ullas Frauengruppe hat jemand mal zu dem Thema einen Vortrag gehalten." - „Ach Kunibert, jetzt hör aber auf! Ich will nur ein paar Fakten zur Erläuterung beisteuern, die Du natürlich nicht erwähnt hast!" Ulla wirkte ärgerlich.

„Zunächst einmal: Die Frauenquote in Mordfällen betrug damals und beträgt auch in unserer Zeit weniger als 20 Prozent. Auf eine Mörderin kommen also vier Mörder. Weiterhin ist die heimtückische Giftmörderin ein Klischee, das zu dem ‚schwachen Geschlecht' passt.

Deutlich häufiger als Gift setzen Frauen als Tatwaffe jedoch ein Messer ein. Sicher schon deshalb, weil wirksames Gift schon lange nicht mehr einfach zu besorgen ist. Dagegen liegt ein Küchenmesser griffbereit in der Schublade.

Die Frau als hinterlistige Giftmörderin ist also, gemessen an der Gesamtzahl aller Mordtaten beider Geschlechter, fast ein exotischer Ausnahmefall. Aber natürlich ist dieser Ausnahmefall immer publikumswirksam und für die Medien ein gefundenes Fressen.

Das gilt erst recht, wenn bei der Mörderin für die Tat ein erotisches oder sexuelles Motiv erkennbar ist. Darum kann ich es auch gut verstehen, dass Kunibert Euch die spannend-gruselige Brückmann-Geschichte erzählt hat und ihr interessiert zugehört habt.

Tatsache ist weiterhin: Wenn die Leiche des mit dem Küchenmesser erstochenen Ehemannes in der Blutlache am Boden liegt, dann ging in dreiviertel aller Fälle der Tat eine heftige verbale oder meist sogar körperliche Auseinandersetzung der Eheleute voraus. Mitunter waren auch Gewalttätigkeiten des Mannes gegen die Kinder der Auslöser.

Erst dann eskaliert in der Regel die Situation durch die verzweifelte Ehefrau zu einem tödlichen Drama:

Küchenmesser aus der Schürze und zustechen"

„Das ist dann aber doch eher Totschlag und nicht Mord!" wandte der Jurist Bastian als Fachmann ein.

„Dann nehmen wir den Fall an, dass die verprügelte Ehefrau später ihren Mann im Schlaf ersticht. Solche Morde werden häufiger begangen, weil die Frau das als letzten Ausweg aus einer als hoffnungslos empfundenen Ehe-Situation, zum Beispiel mit einem Alkoholiker, ansieht.

Sich scheiden zu lassen, das war für die Frau im 19. Jahrhundert praktisch unmöglich und auch im letzten Jahrhundert zunächst noch sehr schwer, allein schon wegen der wirtschaftlichen Konsequenzen für die unversorgte Ehefrau, oft genug ohne Berufsausbildung.

Ein Kölner Zeitgenosse des vorletzten Jahrhunderts schilderte die damals typische Situation der in ihrer Ehe mit einem Alkoholiker verzweifelten Ehefrau so:

,Die Frau, die vielleicht ohne Geld und Brot die Rückkehr des Mannes erwartet, der den kärglichen Wochenlohn mit sich trägt. Die Kinder, hungrig und verschüchtert, die aus Erfahrung schon wissen, was drohen kann, wenn der Vater so spät über die gewohnte Zeit bleibt. Dann Tränen und Vorwürfe der Frau, Zornesausbrüche des Trunkenen, gemeinste Schimpfworte vor den Ohren der Kinder, oft nicht nur Zank, sondern wildes Einschlagen auf Frau und Kinder, Zertrümmern mühsam erworbenen Hausrates.'

Es war deshalb auch kein Zufall, dass sich damals in Köln ein *Deutscher Bund abstinenter Frauen – Ortgruppe Köln* gründete, der dem Alkohol auf allen gesellschaftlichen Ebenen den Kampf angesagt hatte. Die dort engagierten Frauen waren oft leidgeprüfte Betroffene. Die kannten sich beim Thema Alkohol aufgrund eigener Erfahrungen - meist mit ihren Ehemännern - bestens aus!

So, Ihr Lieben, jetzt wisst Ihr, wie und warum Frauen häufiger anders morden als eiskalt mit Gift und dass die Josefine Brückmann eher eine untypische Mörderin war! Und nach dieser schweren Kost haben wir uns den Spaßvogel ‚Maler Bock‘ zur Entspannung redlich verdient. Der war keinesfalls ein Giftmörder!"

„Er war ja auch keine Frau!" versuchte Kunibert einen versöhnlichen Witz, sah aber, dass seine Frau tief Luft holte, um ihm eine ernsthafte Antwort zu geben. Deshalb legte er seinen Arm um ihre Schultern. „Sollte ein Scherz werden, Liebes! Und außerdem ist Weihnachten.

So, Wolfgang, lass den Spaßvogel fliegen! Hoffentlich kommt er gegen die Windböen da draußen über der Nordsee an!"

Jetzt zu ‚Maler Bock‘ – der Top-Spaßvogel auf Kölner Straßen!

Wolfgang begann die Geschichte mit einem Rückblick. „Man muss sich in die damalige Zeit zurückversetzen.

‚Was soll aus diesem Jungen nur einmal werden?‘ seufzt die verwitwete Mutter des jungen Heinrich das eine über das andere Mal sorgenvoll. Denn Heinrich zeigt schon frühzeitig sein außerordentliches Talent, seine Mitmenschen mit – sagen wir mal – unangepassten Verhaltensweisen zu erheitern.

Erheitert sind allerdings nicht alle Mitmenschen. Besonders nicht diejenigen, denen angepasstes Verhalten im Alltag wichtig sein muss, wie es zum Beispiel von Lehrern, Polizisten und Richtern aufgrund ihres Berufs erwartet wird. Aber auch Heinrichs Mutter ist nicht erfreut, wenn ihr Jüngster nachts in den Garten geht und dort lustige Reden hält.

Das wäre weiter ja nicht schlimm gewesen, wäre Heinrich Peter Bock – wie etwa Kinder der Dynastie Millowitsch – in eine Familie von Schauspielern und Komödianten hineingeboren worden“, holte Wolfgang aus. „Aber er kommt 1822 in der Maximinenstraße zu Köln als jüngstes von acht Kindern einer sehr bodenständigen Schreinerfamilie mit wenig Geld zur Welt.

In der Jesuitenschule ist Heinrich sogar ein guter Schüler, der leicht lernt und das Erlernte problemlos behält. Maler, also Kunstmaler, wolle er später einmal werden, kündigt er seiner erstaunten Mutter an. Dieser Kindertraum wird allerdings nicht in Erfüllung gehen. Bald zeigt sich jedoch eine andere Begabung: Nämlich die, das Leben nicht so ernst zu nehmen, sondern es mit viel Humor zu genießen, etwa als Klassenclown.

Nach der Schule soll er das Metzgerhandwerk erlernen. So will es seine Mutter. Heinrich Peter will das allerdings nicht und bricht die Lehre ab. Vielleicht sucht er schon damals die berufliche Bühne für seine bemerkenswerten Auftritte als Unterhalter. Diese Bühne glaubt er erstaunlicherweise gefunden zu haben, als er sich mit 19 Jahren freiwillig zu den Dragonern in der Deutzer Garnison meldet.

Das Militär weiß seine Unterhaltungskünste allerdings nicht zu schätzen. Denn seine Militärkarriere endet jäh schon nach wenigen Wochen: Sofortige Entlassung aus den preußischen Diensten, weil – so seine Vorgesetzten zur Begründung –

‚der Dragoner Bock sonst die ganze Schwadron närrisch machen würde‘.

Und so beginnt die Laufbahn des Heinrich Peter Bock als Straßenkünstler, der in ganz Köln in wenigen Jahren unter dem Namen 'Maler Bock' bekannt und bei seinem Publikum beliebt wird. Ein Zeitgenosse beschreibt seine Alltagskleidung, die zugleich seine ‚Bühnengarderobe‘ war, so:

Am linken Fuß einen Pantoffel, am rechten einen Wasserstiefel mit einem Reitersporn, der ihn als früheren Dragoner ausweisen sollte. Über seiner linken Schulter hing ein kleiner spanischer Mantel, seinen Kopf schmückte ein spitzer Hut mit einer Feder. Unter dem linken Arm eine Rolle, angeblich von ihm gefertigte Zeichnungen enthaltend.

Natürlich hat kein Mensch diese Zeichnungen jemals gesehen. Aber mit dieser Zeichnungsrolle mit unbekanntem Inhalt begründet Bock seine auch offiziell gemachten Berufsangaben wie Maler, Restaurator, Kunstsammler oder ähnliches.

Seine stets in hochdeutscher Sprache und mit gewählten Worten gehaltenen Reden auf Kölner Plätzen zu allen möglichen Themen reizen das Straßenpublikum zu Lachsalven und Applaus. Man hätte die Vorträge als hervorragende Büttenreden bezeichnen können.

Als 1861 das Wallraf-Richartz-Museum eröffnet wird, fühlt sich Bock natürlich in seinem Element. Als ‚Kunstkenner‘ hält er vor den Besuchern ‚sachkundige‘ Vorträge. Jedenfalls die auswärtigen Besucher, die das Kölner Original nicht kennen, wissen dann nicht, was sie von den krausen Ausführungen des merkwürdigen, selbsternannten ‚Experten‘ halten sollen. Ein Hausverbot für Bock beendet schließlich seine Auftritte als Museumsführer.

‘Maler Bock’ ist darüber allerdings hell empört!

Das kann das Kunstgenie natürlich nicht widerspruchslos hinnehmen!

Entrüstet über so viel Ignoranz kündigt Bock gegenüber der Museumsleitung eine angemessene Belehrung über seine Fähigkeiten an: ‚Ich werde dem Museum ein Gemälde, von meiner Hand gemalt, stiften, welches Rubens, Rembrandt und Raffael in den Schatten stellen wird!‘ Leider ist es nie zu der angekündigten Stiftung gekommen. Das Kölner Museum wäre sonst sicher noch bekannter und bedeutender als ohnehin schon!

Der Künstler Bock beherrscht insbesondere eine Kunst: Ohne jemals auch nur einen Tag zum Broterwerb gearbeitet zu haben – abgesehen von einem nicht nennenswerten, gelegentlichen An- und Verkauf von Bildern - dennoch gut zu essen und zu trinken.“

„Vermutlich bestand die Kunst nicht darin, mit einem Pappbecher am Dom zu sitzen und die Passanten anzuschnorren – oder?“ schmunzelte Bastian.

„Natürlich nicht! So eine phantasielose Art, über die Runden zu kommen, wäre dem Kunstgenie niemals in den Sinn gekommen. Tatsächlich hatte Bock verschiedene erprobte Techniken entwickelt, um seinem hohen persönlichen Anspruch gemäß tagtäglich problemlos satt zu werden. Eine Variante ging so:

Hat zum Beispiel die Wirtin einer Kölner Gaststätte Namenstag, erscheint Bock bei ihr zur Essenszeit mit einem Strauß von am Wegesrand schnell gepflückten Wildblumen und gratuliert der Dame mit den Worten

‚Herzlichen Glückwunsch! Sie sind die Edelste Ihres Geschlechtes!‘

Es folgen weitere bestens formulierte Schmeicheleien und die theatralische Übergabe des Blumenstraußes. Schon der Auftritt des Gratulanten ist für die Wirtin und die anderen Besucher der Gaststätte eine gern gesehene Lachnummer. Die Wirtin lädt den stadtbekannten Komödianten dann natürlich ein, etwas auf Kosten des Hauses zu verzehren.

‚Oh, Schönste der Schönen, Ihnen kann ich nichts abschlagen! Aber nur ein Röggelchen mit Käse und ein Glas Bier, bitte!‘ pflegt Bock dann bescheiden zu antworten – um sich dann trickreich den Bauch vollzuschlagen: Er isst abwechselnd von dem *Halve Hahn* mal den Käse und mal das Brötchen. Dabei ordert er den *Köbes* mehrfach an seinen Tisch und reklamiert:

Das schon verzehrte Röggelchen oder das schon aufgegessene Stück Holländer Käse sei leider unzureichend klein gewesen und deshalb müsse Nachschlag gereicht werden.

Und wer mehr isst, der darf sicher auch mehr Bier trinken. Sonst ist das Essen ja zu trocken! Wirtin und Personal spielen bei der Posse gerne mit. Man kann dem Hauptdarsteller einfach nicht böse sein.

Häufig erbittet sich Bock in Metzgereien, Bäckereien und auf den Kölner Märkten Lebensmittelspenden.“

„Also schnorrte er doch!“

„Ulla, ich bitte Dich! Bock erbat die Spenden doch natürlich nicht für sich! Und das stellt er auch unmissverständlich klar:

‚Ich sammele für Arme, Kranke und Wöchnerinnen.‘

So pflegt er seine Bitten mit der Mine eines barmherzigen Samariters den Händlern zu erklären. Für die Zubereitung eines warmen Essens aus den gesammelten Zutaten belegt er dann gerne ungefragt, aber mit vielen Schmeicheleien für die Hausfrau, die Küche eines beliebigen Bürgerhauses. Dort lässt man ihn als bekanntes Kölner Original gewähren.

Als ihm einmal eine mitleidige Marktfrau ungefragt ein Stück Käse hinhält, wird Bock sehr ungehalten: ‚Sie elende Person wagen es, einem Künstler einen solchen Bettel anzubieten?‘ Aber noch bevor die sprachlose Marktfrau reagieren kann, schnappt Bock sich das Käsestück mit den Worten: ‚Doch her damit – Großmut gegen geringe Leute war stets mein Prinzip!‘

Auch besondere Leckereien weiß der Lebenskünstler zu schätzen. Die ordert er einmal in der Delikatessenhandlung Rahm auf der Schildergasse. Kaum stehen sie auf der Bedientheke, steckt Bock sie flugs ein. Statt zu bezahlen bedankt er sich bei dem Geschäftsinhaber überschwänglich mit den gesetzten Worten: ‚Sie sind ein Ehrenmann vom Scheitel bis zur Sohle im schlichten Kleide des Bürgers. Meine Dankbarkeit kennt keine Grenzen. Stets möge das Glück Sie auf allen Ihren Lebenswegen begleiten!‘

Der Geschäftsinhaber Rahm ahnt aufgrund der Schmeicheleien wohl, was da kommen könnte und bittet unmissverständlich um Bezahlung. Bock beantwortet dieses Ansinnen mit einer tiefen Verbeugung und verlässt gemessenen Schrittes den Laden. Rahm wird diesen Verlust in seiner Buchführung vielleicht über das Konto ‚Erfahrungen mit ‚Maler Bock‘ ausgebucht haben.“

„Schon großes Theater!“ lachte Bastian. „Und wie löste der Lebenskünstler das Problem seiner sicher doch auch kostenlosen Unterkunft?“

Wolfgang nickte. „Ja, anders als das tägliche Brot war die Behausung jedoch ein kleines Problem. Denn eine richtige Wohnung hatte Bock nie. 'Maler Bock' schlief im Sommer unter den schützenden Bäumen der Rheinpromenade oder in den Bögen der historischen, damals noch nicht abgerissenen Kölner Stadtmauer.

Wurde es im Winter kalt, war ein ausrangierter, am Rheinufer abgestellter Dampfkessel seine Unterkunft. Der wurde von ihm liebevoll als sein ‚Hotel‘ bezeichnet.“

„Wie der Philosoph ‚Diogenes in der Tonne!‘ “, lachte Ulla.

„Und wie der Philosoph ist auch 'Maler Bock' mit diesen Unterkünften durchaus zufrieden“, fuhr Wolfgang fort. „Das kleine Problem ist vielmehr die preußische Ordnungsbehörde in Köln, die Obdachlosigkeit nicht duldet, ja sogar als den Straftatbestand *Obdachloses Herumtreiben* wertet und gerichtlich verfolgt.

Ein ihm wohl gesonnener Polizeisergeant, vielleicht aus Köln, will ihn nachts in seinem ‚Hotel‘ kontrollieren und beordert Bock dazu aus dem Dampfkessel heraus. Dem leistet Bock nicht Folge, sondern erwidert den Befehl mit einer Einladung: ‚Bemühen Sie sich doch bitte in meinen Salon!‘

Von diesem ihm bekannten freundlichen Ordnungshüter hat Bock nichts als die Störung seiner Nachtruhe zu befürchten. Doch andere preußische Polizisten, die er verächtlich als ‚Henkersknechte der nächtlichen Bosheit‘ bezeichnet, bringen ihn mehrfach zur Anzeige. Dann droht Bock den Polizisten:

‚Ich wandere aus – und gehe nach Nippes!‘

Manchmal läuft es bei den Gerichtsprozessen wegen Obdachlosigkeit gut für 'Maler Bock'. So etwa das Berufungsverfahren im Appellhof gegen eine erstinstanzliche Verurteilung zu vier Wochen Zwangsarbeit in der *Arbeits- und Korrektionsanstalt Brauweiler*. In der mündlichen

Verhandlung weigert sich Bock demonstrativ, auf der Anklagebank Platz zu nehmen. Er steht vielmehr in seiner vollen, sehr stattlichen Größe direkt vor der Richtertheke.

Hier ist wieder einmal seine Bühne als großer Unterhalter!

Die Zuschauerbänke des Gerichtssaales sind voll besetzt und das Publikum verspricht sich von der Sitzung einen hohen Unterhaltungswert. Diese Erwartungen sollen dann auch nicht enttäuscht werden.

Natürlich habe er eine Wohnung, nämlich in Kalk, beginnt Bock seine phantasievolle Verteidigungsrede und dann: ‚Ich besitze 200 wertvolle Gemälde und einen Raffael. Aber die verkaufe ich nicht, das habe ich nicht nötig!‘

Die Zuschauer lachen vergnügt. Bock dreht sich zu ihnen um und schimpft: ‚Armseliges Bürgerpack!‘, um dann fortzufahren: „Jetzt hat man mir von der Armenverwaltung einen Anzug aus dem Depot geschickt. Aber den ziehe ich nicht an, dafür bin ich zu stolz. Ich kaufe mir meine Kleider alle selbst.‘ Und so gehen Bocks erstaunliche Ausführungen zur Freude des johlenden Publikums weiter.

Was bringt es, einen solchen Menschen schuldig zu sprechen? Das denken die einsichtigen Richter vielleicht, die ihn deshalb in diesem Falle freisprechen. Der hocherfreute 'Maler Bock' entbietet dafür dem ‚hohen Gericht den allerverbindlichsten Dank‘ und schreitet, nach allen Seiten freundlich in das Publikum grüßend, hoch erhobenen Hauptes aus dem Gerichtssaal.

Wird er dagegen in Gerichtsverfahren – wie wohl sehr oft - zur Arbeit in der Anstalt Brauweiler verurteilt, pflegt Bock zu sagen:

‚Dann ziehe ich mich jetzt auf mein Landgut in Brauweiler zurück!‘

Im Winter kommt ihm das noch nicht einmal ungelegen. Wenn man seine Verurteilungen zusammenrechnet, verbringt er etwa vier Jahre seines Lebens auf seinem ‚Landgut' in Brauweiler.

Die *Arbeits- und Korrektionsanstalt Brauweiler* ist in der früheren Abtei des Ortes untergebracht. Und so wird der ‚Kunstmaler Bock' in dieser Eigenschaft einmal von dem Direktor der Anstalt gefragt, ob er vielleicht Lust habe, die romanischen Wandmalereien in der früheren Abteikirche auszubessern.''

Wolfgang machte eine Pause und fragte in die Runde: „Na, was meint Ihr? Erstrahlten die Wandmalereien der Kirche kurz darauf in wieder leuchtenden Farben, aufgetragen vom Künstler Bock mit feinem Pinselstrich?''

„Da kam wohl eher wieder so eine für Bock typische Clownerie, vermute ich mal!''

„Ulla, da liegst Du völlig richtig! Der Direktor erhielt nämlich für sein gut gemeintes Angebot eine entrüstete Abfuhr des Künstlers:

Dazu sei er keinesfalls bereit!

Die selbstbewusste Begründung: ‚Spätere Geschlechter werden fragen: Welch vorzüglicher Restaurator hat diese schlechten, primitiven Malereien so vorzüglich restauriert?'

Doch das Leben auf der Straße hat Spuren hinterlassen und Bock erkrankt 1877 schwer, u.a. an Brustfellentzündung. Er muss mehrfach im Bürgerhospital operiert werden.

Ein Jahr später, 1878, wird Bock in der ‚Städtischen Irrenanstalt Lindenburg', wie die Psychiatrie damals hieß, von Prof. Laudahn auf seinen Geisteszustand untersucht. Dessen Anamnese in der Krankenakte Bock verdanken wir einen Blick hinter die Fassade des Spaßvogels auf Kölner Straßen.

Als Kind habe er manchmal ‚Blitze im Kopf‘ gehabt, gibt der Patient zu Protokoll. Der Arzt vermutet dahinter Gehirnkrämpfe. Mehrere Geschwister von Heinrich sind daran als Kind gestorben. Der Professor diagnostiziert schließlich einen ‚krankhaften, manischen Trieb zur Selbstinszenierung‘ mit dem Ziel, Aufmerksamkeit und Bewunderung zu erhalten.

Im Anschluss an den kurzen Aufenthalt in der Lindenburg wird Bock in die *Provinzial-Irrenanstalt Düren* eingewiesen. Hier, weit weg von seiner geliebten Domstadt, stirbt Kölns vielleicht größter Straßenkomödiant. Still und unbeachtet wird ‘Maler Bock’ in Düren anonym in einem Armengrab beigesetzt.

Ganz anders dagegen in Köln, wo die Nachricht von seinem Tod allgemeine Aufmerksamkeit erregt. Schon nach wenigen Wochen spielen die beiden damals konkurrierenden Hänneschen-Theater mit großem Erfolg beim Kölner Publikum Szenen aus dem Leben von ‘Maler Bock’ als Puppen-Theater nach.

In Liedern und Gedichten werden seine Schlitzohrigkeiten gefeiert. Auf Bierdeckeln tausendfach in seiner typischen Aufmachung abgebildet, wird er auch späteren Generationen als eines der unvergesslichen Kölner Originale bekannt. Und als eine besondere Art von Ehrenbürger benennt die Stadt Köln sogar eine kurze Gasse nach ihm:

Im Severinsviertel gibt es heute das ‚Maler-Bock-Gässchen‘!

Ernsthaft? So eine hohe Ehrung für einen vielfach vorbestraften, meist obdachlosen und wohl auch geistig gestörten Witzbold des vorletzten Jahrhunderts? Dazu sagt der Kölner: ‚Jo woröm dann nit? Mer sin doch he en Kölle!‘

Und so steht der ‚Maler Bock‘ in der Kölschen Adelsgalerie zusammen mit den vielen anderen Kölner Originalen seiner Zeit, wie beispielsweise die ‚Bolze Lott‘, der ‚Lehrer Welsch‘ oder das ‚flötende Arnöldche‘ “, schloss Wolfgang.

„Das hast Du wirklich toll erzählt, Wolfgang," meinte Kunibert anerkennend. „Dazu hätte ich noch eine Frage."

„Dann frag mich mal!"

Der ‚Maler‘ und die ‚Ente‘ – Kölner Spott vom Feinsten!

„Wolfgang, ich kenne die Geschichte vom 'Maler Bock' natürlich. Aber manche Details, die Du erzählt hast, waren selbst mir als einem alten Kölner und Archiv-Mitarbeiter bisher nicht bekannt." Kunibert war ganz offensichtlich erstaunt über die präzise Erzählung seines Freundes. „Gibt es einen besonderen Grund, warum Du gerade über das Leben des Heinrich Peter Bock so gut Bescheid weißt?"

Wolfgang lächelte und nickte. „Ja, das hat etwas mit meinem Beruf als Journalist und mit einer dicken ‚Ente‘ zu tun,

nämlich mit einer fetten ‚Zeitungsente‘!

Die hat 'Maler Bock' damals unbeabsichtigt *zu Wasser gelassen*, um mit Loriot zu sprechen.

Ich habe Euch ja eben über die beiden blöden Falschmeldungen in der Zeitung erzählt, die mir als Praktikant bei der *Rundschau* unterlaufen sind. Und es waren leider nicht die letzten, Berufsrisiko eben. Sowas ist selbst schon dem *Stern* mit den gefälschten ‚Hitler-Tagebüchern‘ passiert. Dann tut es immer gut, wenn man erfährt, dass auch anderen Journalisten solche Fehler machen.

Eine Zeitung in Düsseldorf, wo Bock auch bekannt wie ein bunter Hund war, erlaubte sich schon einige Jahre von seinem Tod einen makabren Scherz. Sie meldete ironisch nicht nur das Ableben des ‚bekannten Kölner Künstlers Maler Bock‘, sondern schilderte auch phantasievoll ausgeschmückt den absurden Inhalt des angeblich von ihm hinterlassenen Testaments!

Die Berliner Zeitung *Germania* erkannte den rheinischen Scherz aus Düsseldorf nicht, nahm die Satire für bare Münze und schrieb ihrerseits einen Nachruf. Dabei verwendete sie allen Ernstes – man glaubt es kaum - die vermeintlichen Informationen der Düsseldorfer Kollegen ohne jede Recherche für einen eigenen Artikel.

‚Maler Bock‘ wird sogar Professor!

So erfuhren die *Germania*-Leser, der ‚Kölner Professor Bock, ein bedeutender Künstler und namentlich durch seine Altarbilder bekannt‘, habe nach dem Übertritt zur römisch-katholischen Kirche sehr viele Anfeindungen erfahren müssen. Deshalb habe er sich auf ‚sein Landgut in Brauweiler‘ zurückgezogen, um ‚dort den Rest seiner Tage in Ruhe und wahrer Frömmigkeit zu verbringen‘.

In dem jetzt nach seinem Tode eröffneten Testament habe der sehr vermögende Künstler, so die Berliner Zeitung weiter, insgesamt 45.000 Thaler für verschiedene fromme und mildtätige Zwecke vermacht. Diese vermeintlichen Vermächtnisse wurden dann sogar im Einzelnen dargestellt.

Kaum wurde die ‚Zeitungsente‘ in den Kölner Redaktionsstuben bekannt, wandelte sich dort die anfängliche Verblüffung in hämischen Spott gegenüber den aus verschiedenen Gründen missliebigen Berlinern. So hatten die hauptstädtischen *Germania*-Kollegen auch wegen eines arroganten Berichts über Köln den Groll der Rheinländer geweckt. Das war doch jetzt ein gefundenes Fressen, um den Preußen eins auszuwischen!

Die *Kölnische Volkszeitung* ebenso wie die *Kölnische Zeitung* ließen es sich deshalb nicht nehmen, die Berliner Falschmeldung ‚zur Erheiterung des Kölner Publikums‘, wie man schrieb, im vollen Wortlaut abzudrucken.

Ganz Köln lachte sich schlapp!

Und dann erschien auch noch im folgenden Kölner Karneval ein Flugblatt mit dem Impressum ‚Gequetscht, verlegt und verschlissen von der Hanswurstlichen Hofdrückerei'. Der Inhalt war ein so bezeichneter ,Offener Brief' an die Berliner *Germania* und in typischer Bock-Wortwahl verfasst.

Darin äußert sich angeblich Bock persönlich, sehr empört über die Berliner Falschmeldung über seinen angeblichen Tod. Er ,erheischt eine pflichtgemäße Berichtigung nach § 26 des Preßgesetzes'. Unterzeichnet ist die ironische Abrechnung mit ,Arbeitsanstalt Brauweiler, 17. Februar 1873. Bock, Maler und moderner Diogenes'.

In Berlin reagiert man, peinlich berührt, als Entschuldigung für die ,Zeitungsente' mit einer weiteren Falschmeldung: Das Ganze sei eine Intrige der beiden Kölner Zeitungen gewesen! Durch diese habe man die *Germania* bösartig auf den Leim geführt. Egal, in Köln hatten jedenfalls nicht nur die Karnevalisten ihren Spaß!"

„Und selbst wir können heute noch darüber lachen", kommentierte Kunibert. „Schöne Geschichte!"

„Was meinst Du, Bastian, sollen wir unsere Freunde jetzt mal testen, ob sie glaubwürdige Zeugen sind?" frage Dörte ihren Ehemann. – Bastian grinste, offenbar in Vorfreude auf den Test. „Ja, Dörte! Und wenn die Zeugen dummes Zeug erzählen, schreibe ich das ins Urteil rein!"

... die reine Wahrheit und nichts als die Wahrheit!

„Ich hatte Euch ja von dem Seminar erzählt, bei dem ich Dörte wiedergesehen habe. Und am Schluss der Geschichte habe ich Euch einen banalen Verkehrsunfall geschildert", begann Bastian.

Dörte ergänzte noch: „Bei dem Seminar damals in Trier war die Abfolge eines unwichtig scheinenden Programmpunktes so: Ohne Ankündigung wurde uns als Teilnehmern am Morgen des zweiten Tages ein kurzes Video ohne Ton gezeigt. Der Inhalt war, wie Bastian es Euch vor drei Stunden erzählt hat, also ein Zusammenstoß von zwei Autos auf einer Kreuzung mit Blechschäden.

Dann räumte der Seminarleiter, ohne auf irritierte Fragen von uns näher einzugehen, seine Vorführgeräte ab, wünschte noch einen schönen Tag und verschwand. Das Seminar wurde anschließend von einem anderen Dozenten mit einem Thema fortgesetzt, das nichts mit dem Videogeschehen zu tun hatte. Schon am nächsten Morgen hatten wir das belanglose Filmchen ziemlich vergessen.

Die Zeugenaussage als Klassenarbeit

Am Nachmittag dieses dritten Tages erschien der Seminarleiter wieder, diesmal jedoch mit leeren, durchnummerierten Blättern, die er austeilte. Es war wie in der Schule bei einer überraschenden Klassenarbeit!

Die Aufgabe des Seminarleiters lautete: ‚Bitte schildern Sie, was Sie in dem gestern gezeigten Video gesehen haben. In 15 Minuten ist Abgabe der Blätter. Diese bitte ohne Ihren Namen, aber merken Sie sich Ihre Blatt-Nummer!‘

Es sollte so eine typische Zeugen-Situation simuliert werden: Jemand sieht einen Unfall und gibt – für alle Fälle mal – den Unfallbeteiligten oder den hinzugerufenen Polizisten zum Beispiel seine

Visitenkarte. Monate später kommt dann unerwartet eine Ladung als Zeuge im Prozess zu diesem Unfall, den man schon halb vergessen hat. Dann sitzt der Zeuge in dieser ungewohnten Rolle nervös vor dem Richter und kratzt das von der Festplatte in seinem Kopf, was vielleicht noch abrufbar ist.

So, Ihr Lieben, jetzt Ihr! Wer will bei der Unfallschilderung von Euch den Anfang machen? Keiner? Dann nehme ich, wie in der Schule, einfach einen dran!" Dörte hatte richtig Spaß an diesem Test.

Ulla machte dann doch freiwillig den Aufschlag. „Auf der Kreuzung kam von rechts ein rotes Auto, das …". – „*Das* Auto war grün, das andere war rot!" fiel Ehemann Kunibert seiner Ulla ins Wort. – „Ich meine auch, das Auto von rechts war grün," meldete sich Wolfgang.

„Definitiv nicht, es war rot!" beharrte Ulla. „Nein, grün!"

Da waren sich Rieke, Kunibert und Wolfgang jedoch einig: „Grün! Und dann muss das andere das rote gewesen sein." – „Wenn es nicht blau war!" spöttelte Bastian mit Augenzwinkern. „Aber macht mal weiter!"

Ulla war verunsichert. „Kunibert, jetzt bis Du mal dran!" – „Das grüne Auto fuhr dann trotz des ‚Vorfahrt gewähren'-Schildes über die Kreuzung und …".

„Nee, da war überhaupt kein Schild.

Es galt deshalb ‚rechts vor links' ", korrigierte ihn Rieke. – „Stimmt, Rieke, hatte ich vergessen." – „Die Autofahrer haben sich dann gestritten, ob die Polizei gerufen werden sollte." – „Nein, sie haben nur gestikuliert. Von Streiten hat Bastian nichts gesagt und Dörte hat auch erklärt, dass das Video ohne Ton war!" – „Richtig, so muss es gewesen sein. Und dann …"

„Stopp, das reicht!" Bastian schien zufrieden. „Ihr seht: Selbst bei simplen Ereignissen sind Zeugen oft unsicher oder haben sogar eindeutig falsche Erinnerungen. Bei unserem Seminar war es nach Auswertung der ‚Zeugenaussagen' durch den Seminarleiter ähnlich wie bei Euch.

Zeugen irren sich - Phantasie statt Erinnerung.

Den Vogel schoss dabei eine Teilnehmerin oder ein Teilnehmer ab, vom Seminarleiter nur mit der Blatt-Nummer angesprochen: ‚Nein, Nr. 14, entgegen Ihrer Erinnerung ist kein Abschleppwagen für die Unfallfahrzeuge gekommen. Aber trösten Sie sich: Bei einem früheren, gleichen Test in einem Seminar zu dem Thema glaubte jemand sogar sich zu erinnern, dass Polizei und Krankenwagen vor Ort waren!' "

„Und die Seminarteilnehmer waren dabei ebenfalls Richter und Staatsanwälte, also Experten, denen aus der täglichen beruflichen Arbeit die Bedeutung einer erforderlichen präzisen Zeugenaussage bewusst war!" stellte Dörte nüchtern fest und gab auch gleich die Erklärung für diesen Widerspruch.

„Die Erklärung liegt in der neurologischen Struktur unseres Gehirns: Es vergisst zwar, akzeptiert jedoch, wenn es darauf ankommt, keine Gedächtnislücke. Dann wird die Lücke mit anderen Erfahrungen oder sogar Phantasie gefüllt. Das war für das Überleben des Menschen zu frühesten Zeiten unbedingt notwendig.

Denn wenn der Säbelzahn-Tiger aus dem Gebüsch trat, musste ganz schnell die Erinnerung an frühere Bewältigungen dieser Gefahrensituation abgerufen werden, notfalls auch eine phantasievolle Erinnerung. Überhaupt keine Erinnerung zu haben war oft tödlich."

Zeugen lügen zudem manchmal.

„Als Richter muss man versuchen, aus widersprüchlichen Zeugenaussagen die richtige herauszufiltern, um diese als Basis für ein zutreffendes Urteil zu verwenden," ergänzte Bastian. „Meist gar nicht so einfach! Wer von den Zeugen irrt sich und wer hat doch die bessere Erinnerung? Schon dabei braucht man Menschenkenntnis und Berufserfahrung.

Aber noch viel schwieriger wird es, wenn Zeugen lügen. Wahrheitspflicht hin oder her: Es wird tagtäglich vor Gericht aus den verschiedensten Motiven gelogen – finanzieller Eigennutz, Begünstigung eines Freundes, Abneigung gegenüber einem Angeklagten, Kameradschaftsgeist, Angst vor Repressionen, sogar aus Rache wird gelogen.

Wie erkennt man den Lügner?

Es gibt kein Patentrezept, um die Lügen von Zeugen zu erkennen", stellte Bastian klar. „Angeblich schauen Lügner bei ihrer falschen Aussage nach links unten, sie vermeiden den Blickkontakt oder unterbrechen ihn, blinzeln nervös oder zupfen sich am Ohrläppchen – alles Quatsch!"

„Aber es gibt doch in Amerika den Lügendetektor! Warum wird der denn nicht auch bei uns in Deutschland eingesetzt?" wollte Rieke wissen.

Bastian nickte. „Ja, den gibt es seit über 90 Jahren. Eine Art erweitertes EKG. Der Apparat soll bei Lügen auffällige körperliche Reaktionen, also Atmung, Hautwiderstand, Blutdruck und periphere Hautdurchblutung eines Zeugen oder Tatverdächtigen auf Fragen, etwa zum Tatgeschehen, feststellen und als Kurven auf Millimeterpapier erkennbar machen."

Auch der ‚Lügendetektor' erkennt die Lügen nicht zuverlässig.

„Soweit die Theorie. In der Praxis sieht das anders aus!" erläuterte jetzt Dörte weiter. „Abgezockte, coole Lügner zeigen keine Auffälligkeiten, die der Lügendetektor sichtbar machen könnte. Denn sie schwitzen nicht beim Lügen, ihr Puls bleibt unverändert."

„Ich kenne einen amerikanischen Präsidenten, auf den das zutreffen dürfte!" murmelte Wolfgang. „Sonst wäre der täglich in Schweiß gebadet!"

„Fazit zum Lügendetektor: Schon wegen der hohen Fehlerquote von bis zu 50 Prozent, die sich bei Versuchsreihen in den USA zeigte, ist das Ding wertlos. Denn das bedeutet, dass man mit demselben Erfolg genauso gut eine Münze werfen könnte." Bastian zuckte resignierend die Schultern.

„Ja, was also macht man denn als Richter, um den Lügner zu erkennen und die Wahrheit herauszufinden?" Ulla wollte mehr wissen.

„Man muss die erste Aussage des zweifelhaften Zeugen hinterfragen. Man fragt immer weiter und tiefer in die Details. Wie ein schlechter Schachspieler, der nur einen Zug im Voraus denkt, erwarten lügende Zeugen meist nicht solche Detailfragen. Sie haben sich deshalb vorher auch keine passende Antwort zurechtgelegt.

Aber wer die Wahrheit als Kompass aufgibt, verstrickt sich bei diesen Detailfragen schnell in Unklarheiten oder Widersprüche. Erst recht, wenn man nach diesen Details im Laufe der Vernehmung ein zweites Mal fragt. Damit dann konfrontiert fangen nicht wenige Lügner an zu stottern."

„Und wenn die einzige Zeugin oder der einzige Zeuge gleichzeitig das Opfer der Straftat ist, wird es sicher besonders schwierig. Ich denke da gerade an die #*MeToo*-Bewegung, vor allem in den USA, oder den Vergewaltigungsprozess gegen den Meteorologen Jörg Kachelmann." Ulla war gerade an dieser Problematik besonders interessiert.

Aussage gegen Aussage – Lügt Kachelmann oder Claudia D. ?

„ Ja, Ulla, so ein ‚Aussage-gegen-Aussage'-Strafverfahren wegen eines Sexualdelikts, zumal gegen eine bekannte Persönlichkeit, kann zum Alptraum auch für das Gericht werden."

„Achtung Bastian, feministisches Minenfeld!" raunte Kunibert seinem Freund halblaut zu, worauf dieser jedoch nicht einging.

„Bekanntlich wurde der Wetter-Moderator Kachelmann in 2010 von seiner Ex-Geliebten Claudia D. beschuldigt, sie im Februar dieses Jahres vergewaltigt zu haben. Vorher habe sie am Nachmittag dieses Tages durch ein anonymes Schreiben in ihrem Briefkasten von einem weiteren Liebesverhältnisses ihres Lovers erfahren, ihn zur Rede gestellt und die Beziehung für beendet erklärt. Daraufhin habe Jörg Kachelmann sie mit einem Tomatenmesser aus der Küche bedroht, ins Schlafzimmer gedrängt und missbraucht.

Nach Kachelmanns Darstellung war es an diesem Abend jedoch zu einvernehmlichen Sex gekommen, bevor er von Claudia D. mit seiner weiteren Affaire mit Isabella M. konfrontiert worden sei. Als sie deshalb Schluss mit ihm gemacht habe, habe er das akzeptiert und die folgende Nacht in einem Hotel verbracht.

Der in jeder Beziehung Aufsehen erregende Prozess endete im Mai 2011 nach 44 Verhandlungstagen mit einem Freispruch Kachelmanns nach dem Grundsatz ‚in dubio pro reo‘, also ‚im Zweifel für den Angeklagten‘."

Tatsächlich ein ‚Skandal-Urteil‘?

„Ein Skandal-Urteil!" Ulla hatte zu dem Urteil ihr eigenes, sehr entschiedenes Urteil. „Da traut sich endlich mal eine vergewaltigte Frau, ihren prominenten Peiniger anzuzeigen und prompt wird sie von unserer von Männern dominierten Strafjustiz als rachsüchtige Lügnerin abgestempelt. Der Vergewaltiger aber darf sich als das eigentliche Opfer des Falles hochstilisieren."

Bastian suchte nach Worten. „Liebe Ulla", begann er. „Mir geht es hier und jetzt nur darum aufzuzeigen, mit welchen Schwierigkeiten Richterinnen und Richter zu kämpfen haben, wenn in solchen Fällen die vorliegenden Beweise keinen klaren Schluss zu dem Tatvorwurf zulassen. Dafür ist der Fall Kachelmann nur eines von vielen Beispielen.

Das Gericht hat damals 30 Zeuginnen und Zeugen vernommen, darunter zehn frühere Geliebte Kachelmanns, es hat zehn Sachverständige angehört, die zu teilweise unterschiedlichen und damit nicht eindeutigen Ergebnissen gekommen sind. An dem Tomatenmesser konnte zum Beispiel eine DNA von Kachelmann nicht klar nachgewiesen werden.

Das Gericht hat Handy- und PC-Daten aus den beschlagnahmten Kommunikationsmitteln sowohl von Kachelmann wie auch Claudia D. auswerten lassen. Daraus ergab sich übrigens eine Lüge zu dem von Claudia D. angeblich nachmittags im Briefkasten vorgefundenen Brief. Denn diesen Brief hatte sie erkennbar selbst auf ihrem PC geschrieben.

Man hat also, auch gemäß den Beweisanträgen beider Parteien, alles getan, um die Wahrheit ans Licht zu bringen. Aber am Ende zeigte sich: Trotz aller Bemühungen bleiben die Geschehnisse in der Wohnung unklar.

Es ist jedenfalls keinesfalls ein ,klarer Fall'!

Auch wenn das Personen und Medien mit vorgefasster Meinung damals so sahen und lautstark behaupteten.

Wenn aber, wie in diesem Fall, der einzelne Richter dann doch begründete Zweifel hat, ob der Angeklagte die Frau vergewaltigt hat, *muss* er nach dem Grundsatz ,im Zweifel für den Angeklagten' für Freispruch stimmen.

Ein Unding wäre es jedenfalls, wenn der Richter trotz solcher Zweifel für ,schuldig' stimmen würde mit dem Argument: ,Durch die Verurteilung dieses vielleicht Unschuldigen werden vergewaltigte Frauen in Zukunft ermutigt, Anzeige zu erstatten.' Das wäre krasses Unrecht!" schloss Bastian mit Nachdruck.

Es entstand eine längere Pause. Auch Ulla war offenbar nachdenklich geworden.

„Ich trau mich ja fast nicht zu fragen, denn die Problematik ist sehr emotional besetzt. Aber ich könnte das Thema noch durch einen kleinen, aber sehr beeindruckenden Fall ergänzen. Meint Ihr, das ist okay?" Die Frage von Bastian kam etwas zaghaft.

„Ja, das halten wir aus, nun mach schon!" lachten die Freunde.

„Mir ist die Problematik dieser ‚Aussage gegen Aussage'-Prozesse schon als junger Referendar in einer Arbeitsgemeinschaft vor Augen geführt worden, die von einem Bonner Strafrichter geleitet wurde", begann Bastian. „Der erzählte von einem Fall, besser gesagt, von zwei Fällen, die sich wie folgt abgespielt hatten:

Der unbekannte, wirkliche Skandal-Fall von nebenan

Ein Ehemann kommt früher von der Arbeit. Kaum dreht er den Wohnungsschlüssel im Schloss, hört er seine Ehefrau aus dem Schlafzimmer um Hilfe rufen. Im Ehebett findet er nicht nur seine schluchzende Ehefrau, sondern auch einen Handwerker vor, der in der Wohnung etwas ausbessern sollte.

Der Handwerker schwört Stein und Bein, es habe keine Vergewaltigung, sondern nur einvernehmlicher Sex stattgefunden. Dazu habe ihn die Frau ermuntert. Das weist die Ehefrau empört zurück. Später präsentiert sie der herbeigerufenen Polizei ihre Bluse ohne Knöpfe. Die Bluse habe ihr der gewalttätige Beschuldigte so vom Körper gerissen, dass die Knöpfe abgerissen seien.

Die Ehefrau bleibt als Zeugin im Strafverfahren bei ihrem Vergewaltigungsvorwurf. Der Mann wird allen Unschuldsbeteuerungen zum Trotz dann auch wegen Vergewaltigung zu zwei Jahren Freiheitsstrafe verurteilt. Dabei misst der Richter der Bluse mit den abgerissenen

Knöpfen einen hohen Beweiswert zu. Andere aussagekräftige Indizien gibt es nicht.

Jahre später wiederholt sich dieser Vorgang fast genauso. Nur dass der Mann im Ehebett und angebliche Vergewaltiger diesmal ein Wohnungsnachbar der Ehefrau ist. Und wieder präsentiert das angebliche Opfer später der Polizei eine Bluse mit abgerissenen Knöpfen zum Beweis der Gewaltanwendung.

Der Fall wird zur Verhandlung und Entscheidung auch dem Richter zugewiesen, der für das erste Urteil zuständig war. Und diesem Richter kommen jetzt doch angesichts dieser merkwürdigen, weil sich wiederholenden Tatumstände erhebliche Zweifel an der Glaubwürdigkeit der Ehefrau als Zeugin, auch schon hinsichtlich des ersten Strafprozesses!

Darum wird diesmal die Ehefrau als Zeugin vom Gericht und der Verteidigung des Angeklagten gehörig ‚in die Mangel genommen' und nicht als anscheinend tief verletztes Opfer geschont. Nach stundenlangem Verhör gesteht sie: ‚Nein, es hat weder damals noch jetzt eine Vergewaltigung gegeben. Ich habe gelogen, um meine Ehe zu retten. Die Knöpfe habe ich jeweils selbst abgerissen!' "

Ein bedrückter Richter warnt die Jung-Juristen.

Einer von uns Referendaren hat dann sehr mutig den Leiter der Arbeitsgemeinschaft direkt gefragt: ‚Und der Richter, das waren Sie?' – ‚Ja, das war ich. Seien Sie also bei Ihrer späteren Juristenlaufbahn äußerst skeptisch, wenn Aussage gegen Aussage steht! Es ist bedrückend, morgens auf dem Weg zum Gericht an der Justiz-Vollzugsanstalt vorbeizufahren, in dem einmal ein von Ihnen als Richter unschuldig Verurteilter gesessen hat!' "

Beeindrucktes Schweigen in der Runde der Freunde.

„Das war leider sehr schwere Kost,“ schloss Bastian, fast schon bedauernd. „Wer hat denn zum Ausgleich jetzt eine unterhaltsame Geschichte zu bieten?“

„Wir drei Männer könnten ja unseren Frauen gemeinsam etwas über eine sehr unterhaltsame Musikveranstaltung erzählen, die wir Anfang der 1980-er Jahre oft und gerne besucht haben!“ schlug Kunibert vor und lächelte dabei in Vorfreude.

Udo Werners Talentprobe – „Gnade!" - „Kotz!" - „Grausam!"

„Eine Musikveranstaltung besucht? – Wir zusammen?" rätselte Wolfgang über Kuniberts Vorschlag. Der gab noch einmal einen Tipp: „Ja! Mit Käsewürfeln in der Frischhaltebox." - „Ach, Du meinst *Udo Werners Talentprobe*!" Bastian kam auf die richtige Lösung. „Die muss man aber auch nicht unbedingt als Musikveranstaltung bezeichnen, Mitmach-Theater ginge auch, wäre vielleicht sogar treffender!" grinste Wolfgang.

„Also, dann sollten wir unseren Angetrauten doch mal erzählen, was sie verpasst haben."

„Ihr habt die Mutter aller Castingshows verpasst!

Deutschland sucht den Superstar, Germanys next Topmodel, Bachelor und andere – alles abgekupfert von *Udo Werners Talentprobe* am Kölner Tanzbrunnen! Naja, die haben die Idee vielleicht ein bisschen weiterentwickelt."

„Und wir drei waren nicht nur dabei! Wir haben sogar aktiv geholfen, dieses sensationelle Show-Ereignis aus der Taufe zu heben! Gut, die jeweils etwa 4.000 anderen Zuschauer am Tanzbrunnen haben auch immer ihr Bestes gegeben. Jedenfalls waren wir Mitwirkende der Show." Die drei Männer am Tisch steigerten sich kichernd in die Erinnerung zurück.

„Ihr solltet besser von Euch als schlimmen Mittätern sprechen!" Ulla bremste das Selbstlob der drei spöttisch aus. „Ich habe von einer Freundin gehört, was da abging: Nämlich die Persönlichkeitsvernichtung von harmlosen Amateurkünstlern durch übelste Häme und Beleidigungen durch das Publikum!"

„Och, da hat Deine Freundin aber was missverstanden!" Kunibert heuchelte Unverständnis und Erstaunen, gluckste aber, wie seine beiden Freunde auch, still vergnügt vor sich her.

Bastian versuchte, sachlich zu bleiben. „Jetzt mal im Ernst, bleiben wir bei den Fakten. So ähnlich kann man es auch auf *Wikipedia* nachlesen:

Es gab seinerzeit diesen schon damals älteren, pomadigen Conférencier Udo Werner, der ab 1971 unter dem Motto ‚Eine Chance für junge Talente' am Tanzbrunnen im Kölner Rheinpark *Udo Werners Talentprobe* moderierte. In den Sommermonaten bis September konnten sich alle 14 Tage freitags jeweils 12 Amateurkünstler - oder die sich dafür hielten - dem kritischen Urteil von rund 4.000 Zuschauern stellen.

Berüchtigt für Schadenfreude und Häme

Aber die Veranstaltung wurde schnell berüchtigt für ihr gnadenloses und schadenfrohes Publikum, das weniger überzeugende ‚Talente' mit Gebrüll, unflätigen Rufen sowie Schildern und Transparenten mit gehässigen Aufschriften von der Bühne jagte, wobei Udo Werner dieses Treiben wohlwollend zu begleiten pflegte."

„Das fällt alles noch unter das Recht auf freie Meinungsäußerung!" war sich Wolfgang sicher.

„Erinnert Ihr Euch noch an den Auftritt von dem Duo, das das Duett *In dem Wagen vor mir fährt ein junges Mädchen* singen wollte, aber keinen einzigen Einsatz und keinen Ton traf? Und sich dann wie ein altes Ehepaar auf offener Bühne über Mikro darüber stritt, wer daran schuld sei?

Was haben wir Spaß gehabt!" Kunibert konnte sich jetzt noch ausschütten vor Lachen.

Kunstkritik mit Pressluft-Fanfahren und Trillerpfeifen

„Man hätte ja gerne gehört, was die sich so genau an den Kopf warfen, aber wegen der Pressluftfanfaren und Trillerpfeifen war es leider nicht zu verstehen," bedauerte Wolfgang.

„Pressluft-Fanfaren und Trillerpfeifen?" Dörte war doch sehr erstaunt über die Instrumente, mit denen das Publikum sein Missfallen an den Darbietungen der Talente zum Ausdruck gebracht hatte.

„Ja, außerdem kamen noch Kochtopf-Deckel, Knarren, Karnevals-Trömmelche und was sonst so Krach macht zum Einsatz. Bei solchen Highlights der Veranstaltung wurden dann die liebevoll gebastelten Transparente und Plakate optisch wirksam hochgehalten. Da stand dann drauf: ‚Kotz!‘, ‚Gnade!‘, ‚Hau ab!‘, ‚Grausam!‘, ‚Kulturschänder!‘ oder so etwas. Das Publikum war schon eine vereinte Ansammlung von Scharfrichtern!"

„Man konnte das Publikum aber auch für sich gewinnen. So wurde der Song *Weine nicht, kleine Eva* immer gerne angenommen. Die Lärmkulisse beschränkte sich dabei auf ein vielstimmiges Heulen und Jaulen, wie von einem Rudel hungriger Wölfe bei Vollmond. Dazu wurden Taschentücher in Massen geschwenkt und Pärchen lagen sich schluchzend in den Armen. Großes Theater eben!"

Bastian nickte bei der Erinnerung noch anerkennend. „Sag ich doch, ein Mitmach-Theater!"

Wolfgang hatte genau dazu noch weitere Beispiele. „Das Publikum verfeinerte geeignete Songs auch durch eigene Textbeiträge. Dabei erfreute sich die Textergänzung ‚Zack! Zack!‘ besonderer Beliebtheit.

Außer Konkurrenz durfte regelmäßig ein sehr sonderbarer, aber lustiger Sänger mit blauer Arbeitsschürze und Korthut unter dem Künstlername ‚Robby‘ auftreten, der *Ich bin verliebt in die Liebe* intonierte. Weil dabei das ‚Zack! Zack‘ hervorragend hinter fast jede Zeile passt und natürlich auch vom begeisterten Publikum reingebrüllt wurde, hieß der Künstler bald auch offiziell ‚Robby Zack Zack'. In andere Lieder wurde ein passendes ‚Hossa!' hineininterpretiert."

Empörende sexistische Sprechchöre – aber auch von Frauen!

„Meine Freundin erwähnte auch, dass Sängerinnen grundsätzlich beim Betreten der Bühne mit dem Sprech-Chor ‚Ausziehen, ausziehen!' begrüßt wurden." Ulla versuchte etwas empört zu wirken, schien aber doch Vergnügen an der ganzen Erzählung zu haben.

Bastian hatte damit kein Problem. „Ja, schon. Jedenfalls bei manchen, besonders attraktiven Damen, also nicht immer. Aber das wurde dadurch ausgeglichen, dass bei ansehnlichen Sängern dann eben die Zuschauerinnen den Interpreten lautstark zum Ausziehen aufforderten."

„Und von wegen ‚gezielte Persönlichkeitsvernichtung', wie Ullas Freundin meinte! Das kann man von Dieter Bohlen bei DSDS sagen, wenn er einen Kandidaten vor einem Millionen-Fernsehpublikum plump mit den Worten abkanzelt: ‚Du singst wie ein Schwein im Weltall!'. Bei Udo Werner hieß es da nur höflich: ‚Ich wusste noch gar nicht, dass es so viele verschiedene Tonarten gibt!' oder ‚Die Melodie zu erkennen war nicht einfach!' Richtig fair, meine ich!" Wolfgang wirkte ehrlich überzeugt.

Ein Plattenvertrag für den Sieger

„Und außerdem", setzte er nach, „der Publikumssieger des großen Finales nach allen Freitagsveranstaltungen Ende September bekam tatsächlich einen Plattenvertrag, ich glaube bei *Ariola*.

Denn wenn ein Interpret wirklich singen konnte und einen guten Bühnenauftritt hinlegte, war das Publikum fair! Es hielt die Klappe und wählte das Talent am Ende per Startnummer auf der abgegebenen Eintrittskarte zum Sieger des Abends. Der kam dann ins Finale."

„War denn der Plattenvertrag was wert oder war das nur heiße Luft?" fragte Dörte skeptisch.

„Jedenfalls sind Stars und Sternchen wie *Mary Roos*, *Ingrid Peters*, *Nicole* und *Linus* frühere *Talentproben*-Teilnehmer und das heißt ja schon was. Das Kölner Show-Talent *Linus* hat übrigens die Veranstaltung nach dem Tod von Udo Werner in 1989 noch fast zwei Jahrzehnte weitermoderiert "

„Aber nicht alle Träume von der großen Star-Karriere über die *Talentprobe* gingen in Erfüllung, wie meine Nichte schmerzvoll erfahren musste", begann Kunibert und verzog bedauernd das Gesicht.

Wolfgang und Bastian horchten auf. „Deine Nichte? Da waren wir aber nicht am Tanzbrunnen! Erzähl mal!"

„Nein, das war nach unserer Zeit, etwa Ende der 1980-er Jahre. Die Geschichte ist dramatisch, hat aber ein Happy End.

Deborah will Schlager-Star werden.

Mein ältester Bruder feierte Geburtstag und dabei erzählte er vor den Gästen, dass seine 18-jährige Tochter Deborah gerade das Abi bestanden habe und nun eine Karriere als Sängerin plane. Dabei verdrehte er die Augen, was Deborah aber nicht sehen konnte. Deborah, übrigens ein ausgesprochen hübsches Mädchen, fühlte sich daraufhin aufgerufen, dazu etwas zu sagen.

Sie sei ja schon lange im Schul- und im Kirchenchor, habe als Sopranistin auch schwierige Partituren gesungen, könne Klavier und Gitarre spielen, kurzum, sie wolle möglichst bald in das Musikbusiness einsteigen. ‚Den Anfang soll nächsten Freitag ein Auftritt bei *Udo Werners Talentprobe* am Tanzbrunnen machen,' schloss sie. ‚Ihr seid natürlich alle eingeladen, dahin zu kommen.'

Mir wurde ganz anders und das Mädchen tat mir irgendwie jetzt schon leid. Im Laufe der späteren Feier nahm ich sie auf Seite und frage sie, ob sie schon mal selbst bei der *Talentprobe* als Zuschauerin dabei gewesen sei.

‚Nein‘, erwiderte sie mit einem Lächeln, ‚aber viele aus meiner Stufe, die da waren, haben mir davon erzählt: Wer nicht singen kann, wird ausgepfiffen. Wer mit einer guten Performance Talent zeigt, hat das nicht zu befürchten!‘

‚Und was willst Du singen?‘ – ‚Von meinem Lieblingssänger Adriano Celentano *Una festa sui prati*. Danach eine ruhige Eigenkomposition, so im Stil von *Nicole*, zu der ich mich allein auf der Gitarre begleite.‘

‚Deborah, ich war oft bei der *Talentprobe* und weiß deshalb, dass bei dem schwierigen Publikum einfache Lieder besser ankommen. Warum singst Du nicht vielleicht *Er gehört zu mir* oder *Ein Bett im Kornfeld* oder etwas in der Art?‘

Deborah schenkte mir einen mitleidigen Blick. ‚Wenn Du als Plattenboss von *Ariola* im Publikum sitzen würdest, würdest Du dann auf die Sängerin eines Aller-Welt-Liedchens aufmerksam werden oder doch eher auf die Interpretin, die etwas Besonderes zu bieten hat?‘

4.000 blutgierige Hyänen

Ich versuchte, ruhig und überzeugend zu sein. ‚Deborah, wenn Du am Freitag von der Bühne runter ins Publikum schaust, wird da kein Plattenboss sitzen. Da warten 4.000 blutgierige Hyänen auf Deinen ersten falschen Ton, den sie dann als Vorwand nehmen, um in einer Beißwut-Orgie über Dich herzufallen!‘

‚Onkel Kunibert, nimm es mir nicht übel. Aber Du hast mich noch nie singen gehört. Es wird keinen ersten falschen Ton geben!‘ Damit war für sie das Gespräch beendet. Ziemlich arrogant, fand ich. Im

Laufe des Abends suchte ich trotzdem diskret das Gespräch mit meinem Bruder zu dem Thema und äußerte meine Befürchtungen.

Er winkte resignierend ab. ‚Das Kind hat ‚Flausen im Kopf‘. Was meinst Du, wie viele Stunden wir schon vergeblich mit ihr diskutiert haben, damit sie jetzt nach dem Abi ein vernünftiges Studium anfängt!‘ Na dann, dachte ich: *Jede Jeck es anders*, wie die Kölner sagen. Und so nahm das Verhängnis seinen Lauf.

Mit ‚Flausen im Kopf‘ zu den Hyänen

Am folgenden Freitag ist schönes Wetter und der Tanzbrunnen entsprechend voll mit einer gut gelaunten, erwartungsvollen Menschenmenge. Ich sitze im Zentrum der ‚Killer-Gemeinde‘, wie ich an den Dachlatten-Stangen mit Plakaten und den noch zusammengerollten Transparenten am Boden um mich herum merke. Alles liebe Menschen, die mir als Fremden Mini-Frikadellen, Holländer-Würfel und gesalzene Erdnüsse anbieten.

Zur Getränkeversorgung vom nahen Bier-Pilz wird ein Reih-um-Getränke-Shuttle eingerichtet. Es soll eben für alle ein gemütlicher Abend werden. Außer natürlich für minderbegabte Künstler.

Die Veranstaltung beginnt und Udo Werner, der alte Schmiernippel, reißt schon bei den ersten beiden Auftritten seine bekannten spöttischen Witzchen.

Mit Startnummer 1 kommt ein Versicherungskaufmann aus Leverkusen, der das Geschäft wohl kennt und keine Gelegenheit zum Frohsinn der besonderen *Talentproben*-Art bietet. Er spult routiniert ohne Patzer *Schöne Maid, hast Du heut für mich Zeit* und *Michaela* ab. Außer ein paar ‚Zack-Zack!-Rufen‘ ist da für das Publikum nicht viel mitzumischen.

Die Nummer 2 ist nach der *Talentproben*-Philosophie für das Publikum ähnlich uninteressant. Ein Elektriker als *Eifel-Elvis*, der sicher an jedem Wochenende Auftritte als Elvis-Imitator bei privaten Feiern gegen Honorar hat, liefert eine gekonnte Zwei-Nummern-Rock-Bühnenshow ab. Anerkennender Beifall von etlichen Elvis-Fans im Publikum ist ihm sicher. Die Menge hofft lauernd weiter auf ihr erstes Opfer.

Der Auftritt

,Wenn Deborah jetzt als Nächste käme, wäre das keine gute Ausgangsposition,' denke ich noch. Aber tatsächlich kommt es dann so. Dazu die Ansage von Udo Werner:

,Mit der Startnummer 3 begrüßen wir Deborah aus Köln. Sie ist 18 Jahre alt und gibt als Beruf ,Sängerin' an. Also, ich meine: 18 Jahre und schon ,Sängerin' als Beruf, das ist eine richtig steile Karriere!' Dabei zieht Werner das Wort Sängerin ironisch betont in die Länge. Gelächter, unverständliche Zwischenrufe aus dem Publikum.

,Sie singt uns von Adriano Celentano *Una festa sui prati* und als zweites Lied dürfen wir sogar eine Eigenkomposition der Künstlerin hören: *Du bist für ewig mein.* Viel Vergnügen!'

Schon bei dem Wort ,Eigenkomposition' erhöht sich der Lärmpegel durch Pfiffe und sonstige Krach-Emissionen deutlich. Dann kommen die Sprechchöre ,Ausziehen, ausziehen!', als Deborah die Bühne betritt. Diese Begrüßung scheint Deborah zu verwirren und entsprechend unsicher wirkt sie. Die Meute wittert ihr Opfer.

Deborah fängt sich aber und nach dem Gitarren-Intro der Begleitband trifft sie sicher und glasklar jeden Ton: ,*Una festa sui prati ...*'. Dann jedoch macht sie, mit dem Arm weit nach oben ausholend und mit geschlossenen Augen, eine affektiv-theatralisch wirkende Geste, so als stünde sie in der *Mailänder Scala* bei einer Opernpremiere auf der Bühne. Daraufhin bricht die Lärmhölle los.

Das ändert sich erst, wenn auch nicht zum Besseren, als sie den Zwischen-Part des Liedes ‚Na-na-na, nananna-na-na' anstimmt. Begeistert grölt der Mob mit – und bleibt dabei, auch als Deborah den ruhigen weiteren Teil des Liedes intoniert. Das Auditorium beharrte auf ‚Na-na-na, nananna-na-na' und das in Endlos-Schleife. Schließlich wird zudem noch die Band ‚fahnenflüchtig' und schließt sich der musikalischen Vorliebe vor der Bühne an: ‚Na-na-na, nananna-na-na'.

Vorzeitiger stiller Abgang von der Bühne

Deborah sieht, nachdem sie ihr Lied beendet hat, noch eine Zeitlang ungläubig ins weitersingende Publikum. Dann nimmt sie ihre eigentlich für das zweite Lied bereitstehende Gitarre und geht wie betäubt von der Bühne. Ob sie die spöttische Abmoderation von Udo Werner noch mitbekommt?

Wie es dann weiterging? Ich ging zum Backstage-Eingang, gab mich gegenüber dem Security-Mann als Angehöriger von Deborah zu erkennen und suchte sie. Schließlich fand ich sie, in Tränen aufgelöst, in einer Gruppe weiterer Mitwirkenden. Die versuchten, ihr Trost zu spenden. Nachdem ich ihre Gitarre verpackt hatte, fuhr ich sie nach Hause.“

„Ja, jetzt könnte man sagen: Hochmut kommt vor dem Fall! Aber ein bisschen Mitleid kann man schon haben.“ Rieke hatte trotzdem Mitgefühl.

„Kunibert, Du hattest doch gesagt, die Geschichte habe ein Happy End?“

Dieses Happy End vermisste nicht nur Ulla.

Kunibert nickte. „Der katastrophale Reinfall bei der *Talentprobe* hatte bei Deborah zwar keine Persönlichkeitsvernichtung, wohl aber eine ‚Flausen-im-Kopf-Vernichtung' zur Folge.

Sie studierte danach Musik und Kunst auf Lehramt, wurde Lehrerin, später Rektorin, gründete einen über die Ortsgrenzen bekannten Schulchor und sitzt heute als Sachkundige Bürgerin im Schulausschuss der Stadt. Mein Bruder und meine Schwägerin sind stolz auf sie.“

„Na, da sieht man doch“, feixte Wolfgang selbstzufrieden, „wir sind nicht Mittäter, sondern sicher bei vielen Pfeif-Konzerten sowas wie ‚Mit-Förderer auf dem soliden Lebensweg‘ gewesen!“

„Ulla, bevor Du Dich wieder zum Qualmen nach draußen in das tobende Unwetter stürzt: Du hast heute Abend noch gar nichts aus Deinem Beruf als Steuerfahnderin erzählt“, meinte Rieke „Der muss doch auch spannend sein!“

Steuern? – Zahlen doch die anderen!

„Ja", stimmte Wolfgang dem Vorschlag seiner Ehefrau zu. „Ulla, erzähl doch mal, wie es bei Deiner Steuerfahndung so zugeht! Die Steufa ist doch immerhin die Polizei der Finanzverwaltung! Was die Finanzämter nicht herauskriegen, das deckt Ihr auf!"

„Gut. Dann erzähle ich Euch erst einmal einen typische Steufa-Fall aus den letzten Jahren. Aber der ist nichts Besonderes, für uns nur Tages-Routine. Einen besonderen, nicht alltäglichen Fahndungserfolg kann ich Euch aber danach noch anbieten, wenn Ihr wollt.

Richard kam spät und unangemeldet von seiner – wie er es genannt hatte – mehrtägigen Geschäftsreise in seine noble Villa in Köln-Rodenkirchen zurück, wo ihn seine Ehefrau ohne jede Wiedersehensfreude erwartete. Richard hielt sich nicht lange mit einer erklärenden Vorrede auf, sondern kam gleich zur Sache.

,Iris, wir haben uns ja schon mehrfach ausgesprochen. Unsere Ehe ist leider zu Ende. Darum habe ich den Entschluss gefasst, dass wir uns trennen. Ich werde heute Abend nur noch ein paar Sachen packen und dann wieder fahren.'

Iris schien nicht allzu überrascht. ,Du ziehst also zu *ihr*? Jetzt gleich?' - ,Ja, ich bin sicher, dass ich mit Britta die Richtige für mein weiteres Leben gefunden habe. Mein Fahrer holt morgen die großen Koffer mit meiner Garderobe ab. Alles andere erledigen später die Anwälte!'

Der dringende Rat der besten Freundin

Iris hörte, wie Richard im Schlafzimmer rumorte, aber auch, wie er im Arbeitszimmer länger zu tun hatte. Später sah sie, dass der kleine Möbel-Tresor im Sekretär offenstand – leer! In diesem Augenblick war sie ihrer besten Freundin Constanze zutiefst dankbar. Denn mit der hatte sie vor einiger Zeit vertraulich über ihre mögliche Scheidung gesprochen.

‚Iris, Du musst unbedingt die Geschäfts- und Bankunterlagen, die Richard zu Hause hat, fotokopieren. Auch die Sparbücher und anderen Vermögensanlagen! Ich habe den Tipp damals von meiner Anwältin vor meiner Scheidung bekommen. Der Tipp war Gold wert!

Glaub mir! Richard wird – genau wie es mein Ex versucht hat – im Scheidungsprozess bei Deinem nachehelichen Unterhalt ebenso wie bei der ehelichen Vermögensaufteilung versuchen, sich arm zu rechnen! Damit würde er Dich über den Tisch ziehen! Du solltest alles kopieren und die Fotokopien sicher verstecken!‘

Iris war unsicher. ‚Auch die Sachen aus der Schweiz, von denen ich keine Ahnung habe?‘ – Constanze horchte auf. ‚Ja, die auch, gerade die auch!

Da hat er vielleicht Schwarzgeld aus der Firma gebunkert.‘

Wo der Schlüssel für den kleinen Möbeltresor im Sekretär war, wusste Iris. Sie kopierte alles, was an Papieren im Tresor war, Blatt für Blatt. Nicht nur, wo Zahlen draufstanden, sondern auch die ihr seltsam erscheinenden Verträge mit Schweizer Treuhändern und Notaren.

Es kam für Iris so, wie die Freundin prophezeit hatte: Richard erklärte im Scheidungsverfahren seine noch im letzten Jahr gutgehende Firma für notleidend, fast schon konkursreif. Alle Reserven aus den gemeinsamen Ersparnissen seien aufgebraucht. Als Beweis präsentierte er Sparanlagen und Konten-Endbestände, die durch Abhebungen und Auflösungen in letzter Zeit auf 0 Euro lauteten.

Daraufhin legte Iris' Anwältin die von Iris gemachten Fotokopien der Schweizer Konto-Unterlagen vor, die gerade in letzter Zeit erstaunlich hohe Einzahlungen aufwiesen. Richard schien geschockt, blockte aber weiter: Ja, diese früheren Anlagen in der Schweiz habe es mal gegeben. Aber auch die seien vor kurzem alle aufgelöst und in die marode Firma gesteckt worden, um noch zu retten, was zu retten sei."

Ulla schmunzelte. „Ein schlimmer Fehler! Denn so kam es, dass wir kurz darauf in der Eingangspost der Steufa Köln ein dickes Paket mit höchst sensiblen Unterlagen von Iris' Anwältin ‚mit der Bitte um Überprüfung' vorfanden. Ein kurzer Abgleich mit Richards Einkommensteuer-Erklärungen der letzten Jahre beim Kölner Finanzamt machte klar:

Der Unternehmer Richard hatte allein schon Gewinne im gewerblichen Bereich, also die aus seiner Firma, über die Jahre zusammengerechnet im sechsstelligen Bereich in den Erklärungen verschwiegen! Und von Kapitaleinkünften aus der Schweiz war in den Steuererklärungen erst recht nichts zu finden. Dann machten wir das Übliche: Einen Durchsuchungs- und Beschlagnahme-Beschluss des Amtsgerichts Köln beantragen und mit dem Beschluss dann rausfahren."

Ärgerlich früher und ungebetener Besuch, der auch noch sehr teuer wird!

„Ihr sollt ja, wie man hört, richtig unhöflich sein. Also morgens in aller Frühe unangemeldet kommen. Und notfalls, wenn keiner aufmacht, mit dem dafür bereitstehenden Schlüsseldienst sofort die Wohnungstür aufmachen! Dann wird auch noch die Benutzung von Handys und Telefonen der Bewohner unterbunden!" Der erfahrene Journalist Wolfgang kannte die Arbeitsweise der Steufa schon aus seinem Job und grinste.

Ulla nickte. „Das ist so. Wir haben auch Richard und seine neue Flamme Britta morgens um halb sieben aus dem Bett geholt.

Damit in solchen Situationen eine Sekretärin im Unternehmen nicht noch schnell auf telefonische Anweisung etwas schreddern kann, darf grundsätzlich nur der gewünschte Anwalt angerufen werden. Aber in diesem hier geschilderten Fall war ohnehin ein zweites Team von uns zeitgleich in Richards Firma im Einsatz.

Was wir bei den Durchsuchungen beschlagnahmt und in Umzugskartons mit ins Amt genommen haben, reichte zusammen mit Iris‘ Unterlagen nach der Auswertung für etwa eine halbe Million Euro Steuernachforderung aus den letzten zehn Jahren sowie ein Strafverfahren gegen Richard wegen Steuerhinterziehung. Klar war auch: Iris würde eine wohlhabende Ex-Ehefrau sein. Richards Firma ging es — entgegen seiner Schilderung im Scheidungsprozess — bestens.“

„Wer beschafft Euch denn die Infos für einen begründeten Verdacht und erfolgreichen Einsatz? Die kommen doch nicht immer von alleingelassenen Ehefrauen oder abservierten Geliebten?“ Wolfgang merkte man an, dass ihn das Thema stark interessierte.

„Nein, die Informationen kommen auch selten von gefeuerten Angestellten oder anonymen Informanten mit angeblichem Insiderwissen. Ohne überprüfbare Unterlagen sind wir ohnehin kaum an dem Fall interessiert. Die Prüfaufträge kommen zumeist von aufmerksamen Kollegen aus den Finanzämtern.

Wenn der Betriebsprüfer geht, kommt die Steufa!

Vor allem sind es die Betriebsprüfer, die bei ihren Außenprüfungen vor Ort auf Ungereimtheiten und Widersprüche zu den Erklärungen und Bilanzen stoßen. Wenn die dann noch bei Rückfragen offensichtlich belogen werden und beweiskräftige Unterlagen für fadenscheinige Behauptungen fehlen, unterbrechen sie die Betriebsprüfung unter einem Vorwand. Und dann heißt es diskret: ‚Kolleginnen und Kollegen von der Steufa, bitte übernehmen!‘ “

„Wer gehört denn hauptsächlich zu Eurer ‚Kundschaft‘?“ wollte Rieke wissen.

„Das geht wirklich durch alle gesellschaftlichen Schichten. Wir haben den Inhaber der Dönerbuden-Kette, den erfolgreichen Handwerksmeister, den mittelständischen Familienunternehmer, eine bekannte deutsche Bank in Frankfurt, da ist alles vertreten.

Bekannt ist ja auch, dass Spieler des 1. FC Köln nebst Trainer Mitte der 1990-er Jahre durch einen Scheinwohnsitz im belgischen Eupen hohe Einkommensteuerbeträge hinterzogen haben. Das schien ein paar Jahre zu klappen, bis dass der von der Presse aufgedeckte Skandal des Vereins, als ‚1. FC Eupen‘ verhöhnt, aufflog.

Ich sagte Euch ja eingangs, dass ich noch einen wirklich besonderen Fall erzählen kann. Und weil der Fall bis ins kleinste Detail durch alle Medien gegangen ist, verletze ich damit auch nicht das Steuergeheimnis.

Der TV-Übertragungswagen steht versteckt um die Ecke.

Da klingelt am 14. Februar 2008, etwa gegen sieben Uhr, eine Gruppe von fünf Damen und Herren an der Haustür der Villa Mehlemer Str. 22 im vornehmen Kölner Stadtteil Marienburg. Als ihnen geöffnet wird, stellen sie sich als Steuerfahnder unter der Leitung der Staatsanwältin Lichtinghagen vor, die dem überraschten Hausherrn einen gerichtlichen Durchsuchungs- und Beschlagnahmebeschluss präsentiert. Vorwurf: Steuerhinterziehung von mehr als einer Million Euro mithilfe einer anonymen Stiftung bei der Liechtensteiner LGT-Privatbank.

Und damit endet an diesem Wintertag die höchst erfolgreiche Karriere von Klaus Zumwinkel, damals 64 Jahre alt und seit 18 Jahren Chef der Deutschen Post AG, auf eine ziemlich unrühmliche Weise. Denn der Hausherr ist niemand anderes als dieser bekannte Unternehmensmanager, der zudem in vielen Aufsichtsräten von DAX-Unternehmen sitzt und so als begnadeter ‚Netzwerker‘ auch Einfluss auf andere Unternehmen nimmt. Er ist es, der hinter der geheimnisvollen

Liechtensteiner Stiftung mit dem Tarnnamen ‚Devotion‘ steckt und die Kapitaleinkünfte daraus ‚schwarz‘ einsteckt.

Um die nächste Straßenecke haben an diesem eiskalten Wintermorgen seit 6 Uhr schon Journalisten mit voller Ausrüstung einschließlich eines TV-Übertragungswagens fröstelnd gewartet. Sie sind offensichtlich rechtswidrig über die bevorstehende Aktion informiert worden. Kaum sind die Ermittler im Haus verschwunden, wird vor der Villa alles aufgebaut, was ein Objektiv hat. Es geht darum, den erwarteten entscheidenden Moment zu filmen oder zu fotografieren.

Dieser Moment kommt dann auch:

Klaus Zumwinkel, einer der mächtigsten deutschen Vorstandsvorsitzenden, wird von den Ermittlern in die bereitstehende zivile Mercedes-Limousine geführt und zur Vernehmung gefahren. In allen folgenden TV-Nachrichtensendungen kann diese kaum glaublich wirkende Szene von einem Millionen-Fernsehpublikum verfolgt werden.

Und genau das ist es, was der bis heute unbekannte Informant mit der rechtswidrigen Benachrichtigung der Medien über die bevorstehende ‚Aktion Zumwinkel‘ erreichen will:

Die besserverdienenden Steuerhinterzieher, die das damals weit verbreitete Hinterziehungsmodell mit einer anonymen Liechtensteiner Stiftung nutzen, sollen durch die Fotos in der Presse und die Berichterstattung sogar in *Tageschau* und *Heute-Journal* erkennen: Euer Hinterziehungsmodell ist enttarnt und wir haben sogar einen Prominenten aus dem Wirtschaftsleben wie Zumwinkel erwischt! Ihr seid dann die nächsten, die auffliegen werden!

Panik bei den Steuerkriminellen!

Die beabsichtigte Folge dieser drastischen Warnung: Es herrscht Panik unter den Betroffenen, die ein öffentliches Strafverfahren mit Verurteilung fürchten! Bald hagelt es deshalb sogenannte ‚Selbstanzeigen‘

dieses Personenkreises mit Berichtigungen zu den früheren Steuererklärungen. Es folgt ein wahrer Geldregen von freiwillig nachgezahlten Steuern bei fast allen Finanzämtern von Nordsee bis Bodensee.

Und noch einen nicht gering einzuschätzenden Erfolg kann die Steuerfahndung dabei verbuchen: Sie muss für diese unverhofften Millionen-Steuernachzahlungen an den Fiskus nichts mehr unternehmen und kann sich anderen Fällen zuwenden. Es kommen deshalb schon bald böse Gerüchte auf, dass der verbotene Tipp an die Medien von einer bestimmten Person aus der Ermittlergruppe gegeben worden sei.

Aber nochmal zurück zu Zumwinkel. Der erhielt im Strafprozess wegen Hinterziehung durch wohlwollende Richter und vielleicht aufgrund seiner unbestreitbaren Verdienste um die deutsche Wirtschaft ‚nur‘ eine Freiheitsstrafe von zwei Jahren auf Bewährung. Dazu musste er noch eine Bewährungsauflage von einer Million Euro zahlen.

Ich bin mir sicher, dass ihn diese Strafen nicht so geschmerzt haben wie der Verlust seiner lukrativen Stellung als Vorstandsvorsitzender bei der Deutschen Post sowie die Rückgabe aller öffentlichen Ehrungen und Auszeichnungen, wie beispielsweise des *Großen Bundesverdienstkreuzes*. Er zog sich zudem aus der deutschen Wirtschaft und Gesellschaft fast komplett zurück und arbeitet heute in London.

Die Steuerhinterziehung und der Sexualtrieb

Und jetzt frage ich Euch: Warum begeht ein Mann wie Zumwinkel so eine – aus meiner Sicht – völlig überflüssige Steuerstraftat? Er war schon früh durch das Erbe von seinen Eltern Multimillionär, er verdiente im Beruf sowie mit Nebentätigkeiten jährlich Millionen. Er verfügte nach eigener Aussage im Strafprozess selbst nach Begleichung seiner Abgabenschulden noch über ein Vermögen von 13 Millionen Euro. Warum musste es auch noch zusätzlich die ergaunerte Steuermillion sein, die doch außer der beruflichen Stellung auch noch sein hohes öffentliches Ansehen gefährdete?

Die gleiche Frage könnte man all den anderen sehr wohlhabenden Steuerhinterziehern stellen, die ihr Vermögen sicher zu einem Teil auch diesem Staat mit seiner Rechts- und Wirtschaftsordnung verdanken, aber ihm die gesetzlichen Abgaben vorenthalten: Warum?"

„Ich wüsste darauf eine spöttische Antwort, die ist aber nicht von mir, sondern von dem früheren SPD-Chef Sigmar Gabriel", warf Kunibert mit einem Lachen ein. „Gabriel meinte zu dem Thema damals: ‚In Deutschland ist der Steuerspar-Trieb stärker entwickelt als der Sexualtrieb!' Vielleicht ist das eine Erklärung."

„Ulla, was muss sich Deiner Meinung nach ändern?" fragte Dörte direkt.

„Gute Frage, die nicht in einem Satz beantwortet werden kann." Ulla nahm sich dafür etwas Zeit, bevor sie meinte: „Es braucht natürlich mehr Personal. Das ist jedoch – abgesehen von den Kosten – in Zeiten von allgemeiner Personalknappheit, auch bei Bewerbern für die Finanzverwaltung, das erste Problem.

Dieses Problem lässt sich durch den Einsatz der vorhandenen Personal-Ressourcen lösen. Aber nicht wie bisher durch den Einsatz im Veranlagungsbereich der normalen Finanzämter, sondern bei den Prüfdiensten. Also bei Betriebsprüfung, Groß-Betriebsprüfung und Steuerfahndung. Denn nur mit deren Hilfe können die meisten verschwiegenen Einkünfte und damit hohe Steuer-Nachforderungen ermittelt werden.

Kommt die Einkommensteuer-Selbstveranlagung als Lösung?

Die Lohnsteuerzahler und Rentner brauchen dann gar keine Erklärung mehr abzugeben. Das würde durch eine sogenannte Selbstveranlagung möglich sein. Diese liefe nach den bisherigen Überlegungen wohl so:

Alle Stellen, die an Rentner, Arbeiter, Angestellte und kleine Sparer steuerpflichtige Zahlungen leisten, also Arbeitgeber, Rentenkassen,

Banken und Versicherungen, melden diese Zahlungen und die darauf einbehaltenen Abgaben an die Finanzämter. Werbungskosten und andere Abzugsbeträge dazu werden vom Finanzamt selbständig durch hohe und damit für die betreffenden Bürger günstige Pauschalen berücksichtigt.

Daraus ergibt sich ein Steuerbescheid, natürlich dann auch mit künstlicher Intelligenz ohne Personaleinsatz automatisiert, den das Finanzamt als ‚Vorschlag' dem Betreffenden zuschickt. Stimmt der zu oder äußert er sich nicht, ist das der Einkommensteuerbescheid per Selbstveranlagung.

Das kann aber nur umgesetzt werden, wenn vorher die 1001 Sonderregelungen, Ausnahmen, Rückausnahmen, Begünstigungen und besonderen Verwaltungsanweisungen unseres bisherigen Steuersystems radikal verringert werden. Sonst ist das Modell nicht praktikabel.“

Ein besonderes Weltkultur-Erbe!

„Na, dann bin ich aber mal gespannt!“, spottete Bastian. „Unser Steuersystem ist ja seit Jahrzehnten so etwas wie das ‚Weltkultur-Erbe der auf ewig unabänderlichen Gesetzes-Kompliziertheit'. Und so ein Systemwechsel soll tatsächlich kommen?“

Ulla zuckte die Achseln. „Die Personalknappheit wird das erzwingen. Außerdem steht das doch in Artikel 5 des Kölner Grundgesetzes!“

„*Wo* steht was drin?“ Dörte, obwohl doch Juristin, kannte sich in dieser Rechtsmaterie nicht aus und fragte irritiert nach. Die anderen griemelten vor sich hin.

Bastian klärte seine Ehefrau auf. „Im Kölner Grundgesetz steht als Artikel 5: ‚Et blief nix wie et wor!' oder übersetzt: ‚Nichts bleibt, wie es war!' In diesem Falle wäre das auch wirklich zu wünschen. Wenn *das* klappt, gebe ich einen aus!“

Wolfgang hatte noch was auf Lager. „Zum Thema ‚Bürokratie und Amtsschimmel‘ kann ich etwas beitragen."

„Na, denn man tau!" ermunterte ihn Dörte.

Vom ‚Zirkus Langgasse‘ ...

Wolfgang konnte sich mitfühlend in die Lage von Beamten versetzen. „Die Kölner Stadtverwaltung ist ja oft das Ziel von Kritik, ob nun berechtigt oder unberechtigt. Und im Focus solcher Kritik stehen dabei nicht selten Bauamt und Bauaufsichtsamt. Die haben es ja auch besonders schwer, wie der Fall zeigt.

Die vier Damen und Herren hatten ihre Vorsprache bei Kölns Oberbürgermeister Dr. Max Adenauer im Vorzimmer als ‚dingend‘ angemeldet. Wie dringend ihr Anliegen war, machte das Quartett gleich zu Beginn der Audienz klar.

‚Herr Oberbürgermeister, wir als Bedienstete Ihrer Bauverwaltung fühlen uns nicht nur in aller Öffentlichkeit durch diese Schmähungen auf der Haustür persönlich verspottet, sondern darüber hinaus in unserer Berufsehre angegriffen und beleidigt. Wir wissen nicht, wie Sie es empfinden – Sie sind ja schließlich dort auch namentlich genannt -, aber als Stadtoberhaupt und Verwaltungs-Chef müssten Sie jedenfalls loyal und fürsorglich zu uns stehen!‘

Wir schreiben das Jahr 1959 und Oberbürgermeister Dr. Max Adenauer, übrigens ein Sohn des früheren Kölner Oberbürgermeisters und Bundeskanzlers Dr. Konrad Adenauer, kannte das Problem. Während des immer wieder unterbrochenen Bauvorhabens an der Langgasse hatte der Bauherr und Grundstückseigentümer Erich Lappe oft versucht, ihn zu sprechen. Leider war der Verwaltungschef jedoch aus vielfältigen dienstlichen Gründen niemals zu sprechen gewesen.

Und jetzt sollte er sich auf eine juristische Auseinandersetzung mit diesem eigensinnigen Bauherrn aus der Innenstadt einlassen? Dazu hatte Dr. Adenauer eigentlich keine Lust.

Ein Prozess wegen einer Haustür?

Ja, mein Gott, die Gestaltung der Haustür war sicher eine Provokation. Zielscheibe dafür waren die namentlich genannten Bediensteten seiner Baubehörde als so bezeichnete ‚Zirkus'-Mitwirkende. Und er selbst war auch dabei.

Aber er hatte sich das ‚Kunstwerk' vorher mal persönlich in einer Mittagspause angeschaut, als die Presse anfing, darüber zu berichten. Selbst sein Dienstwagen-Fahrer hatte gemeint, so schlimm sei das auf der Haustür nicht. Da sei so manches Fan-Banner in der FC-Südkurve des Müngersdorfer Stadions schlimmer. Und außerdem: Man sei doch hier in Köln, wo so mancher derbe Scherz augenzwinkernd übergangen werde. Jeder Jeck ist eben anders!

‚Ich werde mit dem Rechtsamt über das Problem reden, dann sehen wir weiter!' beschied Dr. Adenauer seine durch die Haustür beleidigten Besucher.

Er wollte zunächst einmal Zeit gewinnen. Dabei hoffte er, dass bald ‚Gras über die Angelegenheit wachsen' würde. Also im übertragenen Sinne: Grünspan über das Edelmetall-Kunstwerk auf der Haustür. In dieser schnelllebigen Zeit würde vielleicht schon nächste Woche eine ‚andere Sau durch das Dorf getrieben' werden!

Hoffte er. Aber die Presse blieb am Ball.

Und auch die – doch etwas konträren -Leserbriefe in der Lokalpresse ließen das Thema leider weiter köcheln. Und so mancher Kölner verband den Einkauf in der Innenstadt mit einer Stippvisite in der Langgasse. Man wollte ja in Sachen ‚Zirkus Langgasse' aus eigener Anschauung mitreden können, ob am Arbeitsplatz oder im Verein."

„Was stand denn da Schlimmes auf der Haustür?" wollte Dörte wissen.

„Ja, Dörte, jetzt sind wir natürlich alle neugierig geworden und machen uns auf Spurensuche. Denn die Haustür gibt es heute nach bald 70 Jahren immer noch! Also auf zum ‚Zirkus Langgasse'!

Als erstes stellen wir fest, dass das Haus in der Langgasse durch Änderung von Straßennamen und postalischer Anschrift jetzt zur Schwalbengasse 2a geworden ist. Es befindet sich in direkter Nachbarschaft zum ELDE-Haus und zu *St. Maria in der Kupfergasse*. Der Hauseingang liegt etwas zurückgebaut von der Front.

Der Knauf an der Haustür stellt eine bärtige Teufelsfratze dar. Statt der Barthaare hat der Teufel das Wort ‚Bauverhinderungsamt' am Kinn kleben. Etwas höher ist eine Emaille-Tafel in die Tür eingelassen. Darauf ein von zwei Spießen getroffener Stier, mit dem Namen ‚Lappe' auf seinem Rücken. Er hat ein blaues Männchen mit zerbrochenem Paragrafen-Zeichen zu Boden gestoßen.

Unten an der Tür ist eine Stoßplatte aus Bronze angebracht, die Bauleute bei der Arbeit zeigt sowie eine kleine Personengruppe mit der Bezeichnung ‚Die Meckerer'. Darunter steht ‚Hausverbot für Hanna, Eduard, Max und Heini'. Statt ‚Heini' stand da früher der Name ‚Kluge'.

Stein des Anstoßes, besser gesagt: Kunstwerk der Empörung, ist jedoch seinerzeit eine auf halber Höhe der Tür aufgeschraubte Bronzetafel mit der Überschrift ‚Zirkus Langgasse'.

Es folgen darunter die ‚Zirkus'-Mitwirkenden wie folgt:

- Erich Lappe – Dompteur

- Hans Schilling – Trapez, arbeitet ohne Netz

- Frl. Dr. Hanna Adenauer – Kraftakt, die stärkste Frau der Welt

- Eduard Pecks – Balanceakt, nur mit Netz

- Der nächste Name ist mit einem Metallflicken unkenntlich gemacht, ursprünglich stand dort zu lesen: - Kluge – Bodenakrobat,
Radschläger, jetzt heißt es auf dem Flicken ‚Nummer klugerweise
gestrichen‘

- Firmenich – Steilwand, fährt sicher

- Max Adenauer – Hohe Schule des sich Verleugnens

Hans Schilling war der Architekt des Bauherrn Lappe, Frl. Dr. Adenauer die Konservatorin der Stadt Köln, Eduard Pecks war Leiter des
Bauamtes, Kluge ein Beamter der Bauverwaltung und Firmenich der
zuständige Sachbearbeiter für das Bauvorhaben Lappe.

Ja, schon wahr: Der ‚Dompteur‘ Lappe mit seinem Architekten und
‚Trapez-Artisten‘ Architekt Schilling hatte es bei der Verwirklichung
des Bauvorhabens mit den Kölner Baubehörden nicht leicht – und
umgekehrt. Die Baubehörden wollten bei der Dressur durch Lappe –
bildlich gesprochen - einfach nicht über das aufgebaute hohe Hindernis springen.

Das Hindernis im Parcours war das oberste Stockwerk des Hauses,
so wie es der ‚Dompteur‘ Lappe geplant und die städtische Konservatorin Dr. Hanna Adenauer kategorisch wegen der zur Umgebung unangepassten äußeren Gestaltung abgelehnt hatten.

‚Man muss zu einer erfolgreichen Dressur nur Geduld und Hartnä-
ckigkeit zeigen‘, meinte der ‚Dompteur‘ wohl. ‚Das gilt auch für die
Dressur des Amtsschimmels!‘ Und so baute er trotz der Ablehnung
das Dachgeschoss so wie er wollte. Daraufhin fing er sich eine behörd-
liche Stilllegungsverfügung der Baustelle ein. ‚Nicht durch kleine Miss-
erfolge entmutigen lassen!‘ dachte der ‚Dompteur‘ und baute einfach
munter weiter. Dann kam die amtliche Versiegelung der Baustelle.

Nichts ging mehr, drei Monate lang!

‚Gut, dann gibt es mal ein Leckerli für den Amtsschimmel!' Lappe signalisierte scheinbar Einsicht und durfte im Sinne einer akzeptierten Planung weiterbauen. Was er aber erneut so nicht tat. Insgesamt fünf Stilllegungsverfügungen und zwei Baustellen-Versiegelungen brauchte es, bis alle Beteiligten sich nach zähem Ringen endlich auf einen Kompromiss verständigt hatten. So zog sich die Fertigstellung über Jahre hin. Natürlich mit den entsprechend höheren Kosten, abgesehen vom Ärger.

Das brachte Erich Lappe wohl auf die Idee mit dem so von ihm empfundenen ‚Zirkus Langgasse', für die Öffentlichkeit in Edelmetall dokumentiert auf der Haustür. Die Berichterstattung durch die Medien sowie die Reaktion der feixenden, spöttischen Öffentlichkeit ließen nicht lange auf sich warten.

Die Stadtverwaltung reagierte aber erst einmal nicht. Darauf angesprochen hatte der für Bauangelegenheiten zuständige Beigeordnete Dr. Kleppe zunächst noch – in Anspielung auf den Namen des Bauherrn – die Angelegenheit als ‚Lappalie' bezeichnet.

Dann die Kehrtwendung: ‚Die Stadt klagt auf Beseitigung – Also doch keine Lappalie?' titelte die *Kölnische Rundschau* am 4. Juni 1959 erstaunt über die Klage, die die Stadt Köln doch tatsächlich gegen Lappe wegen dessen ‚beleidigender' Haustür vor dem Landgericht Köln erhoben hatte. Die *Rundschau* äußerte gleichzeitig in einem Kommentar ihr Unverständnis über die ‚völlig unangemessene Reaktion' der Stadt auf den ‚durchaus erlaubten Spott' des Bauherrn.

Und die *Rundschau* wusste auch schon im nächsten Artikel mit der Schlagzeile

‚Alle Grielächer auf Lappes Seite',

wie der Prozess von den Kölnern eingeschätzt würde. Alle ‚Grielächer‘, wie verschmitzt lächelnde Spötter in der Kölner Mundart genannt werden, würden sich über die dünnheutige Stadtverwaltung amüsieren. Die Zeitung empfahl der Stadt dringend eine Klagerücknahme.

Auch die überregionale *Zeit* wunderte sich. ‚Wo hört in Köln der Humor auf?‘ fragte sie verwundert. Der Bauherr habe doch nur über die ‚preußische Auffassung in einer der Stadt gemäßen und deshalb erlaubten Art seinen freundlichen Spott ausgegossen‘. Selbst *Der Spiegel* berichtete in einer kurzen Meldung von dem kuriosen Rechtsstreit.

In der mündlichen Verhandlung vor dem Landgericht hatte der Anwalt der Stadt mit seiner Argumentation der ‚Beleidigung trotz korrektem Verwaltungshandeln‘ einen schweren Stand. Ganz anders der Anwalt Dr. Peters II, der den Bauherrn vertrat. Für den war die Verhandlung ein Genuss:

Haben die Beueler, die sich vor der Beteiligung an den Kosten der Brücke über den Rhein gedrückt hatten, etwa geklagt, als die von den Bonnern den nackten Hintern der Figur des bekannten *Brückenmännchens* entgegengestreckt bekamen? Was ist mit den spöttischen Figuren am Kölner Dom und an anderen mittelalterlichen Kirchen?

Dazu das Zitat aus *Simplicius Simplicissimus*: ‚Es hat mir so wollen behagen, mit Lachen die Wahrheit zu sagen.‘ Oder Goethe: ‚Wer sich nicht selbst zum besten haben kann, der ist gewiss nicht einer von den Besten!‘ Hallo! Wir sind in Köln!

Das Urteil des Gerichts folgte dem uneingeschränkt:

‚Eine erkennbar satirisch gemeinte Darstellung ist keine Beleidigung.‘ Punkt! Alle Figuren und Namen auf der Haustür dürfen bleiben. Einzige Ausnahme: Der Name Kluge muss entfernt werden, denn der Stadtbauingenieur war nachweislich an dem Bauvorgang Lappe gar nicht beteiligt gewesen. Finanzieller Schaden für die unterlegene Stadt Köln: Prozesskosten in Höhe von 14.000 Mark.

In einem anderen kuriosen Fall eines Bauvorhabens hat die Stadt dagegen an dem jahrelangen ‚Zirkus‘ viel Geld verdient.“

„Entschuldige Wolfgang, dass ich Dich unterbreche“, meldete sich Dörte. „Weiß man denn, warum sich OB Adenauer doch noch zu einer Klage entschlossen hatte?“

Die Antwort kam von Kunibert. „Das habe ich mich auch gefragt, ich kenne den Fall nämlich gut. Und weil es bei uns im Archiv-Inventarverzeichnis einen Vorgang ‚Prozess Lappe ./. Stadt Köln‘ gibt, habe ich mir die Akte kommen lassen. Dann die Enttäuschung: Die Akte ist praktisch leer, nur ein paar uninteressante Blätter Papier mit Kopien von Leserbriefen.

Die Erklärung ist traurig: Der Rest ist beim Einsturz des alten Kölner Archivgebäudes 2009 in der Severinstraße verlorengegangen. Es gibt also keine internen Vermerke mehr zu der Entscheidung von Dr. Adenauer, den Bauherrn Lappe zu verklagen.

Aber Wolfgang, erzähl doch von dem anderen ’Zirkus‘ weiter!“

... und von dem ‚Zirkus' in der Richard-Wagner-Str. 6

„Über dieses Bauvorhaben haben alle Kölner Zeitungen, natürlich auch wir, der *Express*, oft und ausführlich berichtet", begann Wolfgang. „Der Bauherr suchte ja die Öffentlichkeit. Wohl nicht zuletzt, um Druck auf die Kölner Stadtverwaltung auszuüben.

Genau genommen ist dieses Bauvorhaben ein Nicht-Bauvorhaben. Wir gehen mal in Gedanken neugierig zu der Richard-Wagner-Str. 6 in Köln.

Und da sehen wir, dass wir nichts sehen!

Außer einer Baulücke. Und genau das ist der Anlass, aus dem seit Ende 2009 dort der ‚Zirkus Richard-Wagner-Str. 6' – im übertragenen Sinne - ein Dauergastspiel gibt. Denn statt einer Baulücke müsste da ein Gebäude zu sehen sein.

‚Zirkus-Direktor' und würdiger Nachfolger von Herrn Erich Lappe war bis zu seinem bedauerlichen Tod in 2022 Eberhard Stöppke aus Stuttgart. Er hat sich auch als ‚Dompteur des Amtsschimmels' versucht – mit zweifelhaftem Erfolg! Sein ‚Amtsschimmel' in der Kölner Baubehörde war und ist bis heute ein durchsetzungsfähiger, störrischer Gaul. Aber von vorne.

2007 kauft der Stuttgarter Ex-Polizeibeamte Eberhard Stöppke für - auch damals sicherlich günstige - 520.000 € das unbebaute Grundstück Nummer 6 in der Richard-Wagner-Straße: Immerhin 418 qm groß und nur 250 m von dem städtischen ‚Hotspot' Rudolfplatz entfernt.

Der ‚Pferdefuß' bei diesem Immobilien-Kauf ist allerdings: Das Grundstück ist belastet mit der vertraglichen Auflage, bis 2009 dort ein der bebauten Umgebung angepasstes Gebäude zu errichten. Sonst drohen 10.000 € Vertragsstrafe – und das pro Monat! Nun ja, bei gutem Willen hätte man auch in der knappen Zeit einen passenden Bau sicher hinbekommen. Der gute Wille fehlt aber scheinbar, denn es tut sich schon damals nichts.

‚Ich habe doch der Kölner Bauverwaltung nach dem Kauf der Immobilie mehr als ein Dutzend Bauvorschläge vorgelegt. Die sind aber samt und sonders abgelehnt worden‘, klagt der nach eigenen Angaben doch bauwillige Eigentümer.

‚Alles Scheinanträge für völlig unangepasste Bauten, die von vornherein keine Chance auf Genehmigung hatten‘, hört man dazu aus dem Bauamt.

„Und der hat nie einen vernünftigen, genehmigungsfähigen Antrag gestellt?“ fragt Rieke ungläubig.

„Es gibt doch fähige Architekten, die machen das mit Links!“

„Doch, Rieke! 2014, also sieben Jahre nach dem Grundstückskauf, legt er zur Verblüffung des Bauamts eine Bauvoranfrage für ein Geschäftshaus vor, die den Segen der Behörde bekommt. Also: Lösung gefunden, jetzt nur noch die für die maßgebliche Baugenehmigung erforderlichen Unterlagen einreichen und dann darf so gebaut werden - denkt man. Aber es kommt anders.

‚Eine belastbare Statik für das Haus? Muss nicht sein! – Ein verantwortlicher Bauleiter für das Vorhaben? Überflüssig! – Und solche Formalitäten wie ein Bauzaun zur Straße und ein Bauschild sind erst recht überflüssig!‘ meint Eberhard Stöppke wohl und baut, ohne lästige Vorgaben zu beachten, einfach mal drauf los.

So sieht es jedenfalls die Stadtverwaltung. Es kommt dann, wie es kommen muss: Kaum begonnen, wird der Bau auch schon wieder von der Stadt per Stilllegungsverfügung gestoppt.

Der verhinderte Bauherr ist empört!

Seine Sicht der Dinge schildert er publikumswirksam auf meterhohen Plakaten auf dem Grundstück, insbesondere an der Straßenfront, ebenso im Internet auf einer eigens dafür eingerichteten Webseite. Zusätzlich schreibt er Eingaben an die Verwaltung sowie Briefe an das Stadtoberhaupt.

Und er gibt Interviews, bei denen er nicht mit starken Worten spart: ‚Hochkriminell‘ sei die Bauverwaltung. Die Behandlung seines Bauvorhabens sei ein ‚Kriminalfall‘. Und ‚krimineller Klüngel‘ sei das Ganze sowieso.

„Und das war´s dann mit der Bautätigkeit in der Richard-Wagner-Straße 6?“ fragte Ulla amüsiert.

„Nicht ganz. ‚Ich gebe der Stadt noch eine Chance für die Bebauung‘, verkündet Eberhard Stöppke der Presse, ‚nämlich durch einen ‚Luftbau‘ ‘. Was er damit meint, kann man bald sehen, wenn auch nur für kurze Zeit.

Er lässt auf dem Grundstück eine Holzkonstruktion errichten, mit Wellblech verkleidet und 13 m hoch. Das ist die von der Stadt baurechtlich geforderte Höhe für einen Bau entsprechend der Höhe der Nachbargebäude. So, jetzt habe er seine vertragliche Bauverpflichtung doch erfüllt, meint er.

Das sieht die Stadtverwaltung allerdings anders. Bautechnisch ist der ‚Luftbau‘ so, als habe jemand seine Erfahrung aus dem VHS-Kurs

‚Wir basteln einen Meisen-Kasten‘

umgesetzt. Nur ist der von Stöppke gebastelte XXL-Meisen-Kasten im Gegensatz zu Vogelhäuschen statisch doch sehr bedenklich. Schon wegen der drohenden Einsturzgefahr lässt die Stadt das instabile Konstrukt zügig wieder abreißen. Der Bauherr schäumt: ‚Dann werde ich nie, nie, niemals bauen!' droht er. Eine Drohung, die er bis zu seinem Tod in 2022 wahr macht. Koste es, was es wolle!

„Aber die Stadt hatte doch die Vertragsstrafe von 10.000 € monatlich als Druckmittel!" warf Kunibert ein.

„Und davon hat die Stadt auch konsequent Gebrauch gemacht. Durch Urteile des Landgerichts Köln in den Jahren 2010, 2015 und 2018 wurde Stöppke, der sich geweigert hatte zu zahlen, zur Zahlung der jeweils rückständigen Vertragsstrafe verurteilt.

Beim letzten Urteil waren das 710.000 € plus Zinsen.

Für den unterlegenen Nicht-Bauherren sind die Gerichtsentscheidungen natürlich krasse ‚Fehlurteile‘, die ihn nicht zu einer Bautätigkeit bewegen können. Dann zahlt er lieber. Bis zu seinem Tod mit 87 Jahren in 2022 sind das 1,3 Millionen €. Außerdem erhebt er eine Gegenklage gegen die Stadt Köln auf Schadenersatz in Höhe von 1 Million €. Woraus dann nichts wird."

„Warum hat die Stadt das Grundstück nicht durch ein Enteignungsverfahren in ihren Besitz gebracht?" fragte sich Bastian.

„Die Stadt sah dafür keine Erfolgsaussichten, weil die Enteignung nicht – wie vom Gesetz gefordert – für das Gemeinwohl erfolgen würde."

„Das ist wohl richtig", stimmte Bastian zu und stöberte nachdenklich in seinem Juristen-Wissen. „Geholfen hätte da nur eine im Grundbuch vorher eingetragene Rückübertragungsverpflichtung. Wenn die nicht eingetragen war, hat wohl jemand im Rechtsamt der Stadtverwaltung die Schlummertaste gedrückt."

„Da war wohl nichts eingetragen", stellte Wolfgang fest. Und so bleibt es dabei:

Stöppke baut nicht, die Stadt kassiert 10.000 € im Monat.

Eine gute Rendite aus einem Grundstück, das einem nicht einmal selbst gehört! Der *Kölner Stadt-Anzeiger* errechnete kürzlich, dass seit 2010 inzwischen 1,8 Millionen € fällig geworden sind. Die Zahlungsverpflichtung läuft nämlich für die Erben Stöppkes weiter."

„Warum, um Himmelswillen, zahlt ein vernünftiger Mensch über 1 Million € für nichts, statt zum Beispiel ein Geschäftshaus zu errichten, mit dem er zudem noch gutes Geld verdienen könnte?" Dörte beschäftigte eine Frage, die sich sicher auch schon tausende durch die Presse informierte Kölner gestellt hatten.

„Eine mögliche Erklärung ist die, dass Eberhard Stöppke im fortgeschrittenen Alter eben kein vernünftiger Mensch mehr war. Es gab jedenfalls Stimmen, die bei dem über 80-jährigen per Ferndiagnose Altersstarrsinn vermuteten.

Auch eine mögliche Erklärung: Grundstücksspekulation.

Stöppke hatte nämlich inzwischen auch die angrenzenden Grundstücke Richard-Wagner-Straße 8 und 10 erworben. Und 2018 hatte er in einem Interview mit der *Kölnischen Rundschau* stolz berichtet, ein Investor habe ihm für die drei Objekte 9,1 Millionen € geboten.

Da hat er vielleicht gedacht: ‚Das kann in den nächsten Jahren noch deutlich mehr werden! Eine so große Grundstückfläche nach Abriss eines kleinen Altbaus auf einer Parzelle nebenan und Zusammenlegung der drei Parzellen in unmittelbarer, erstklassiger Lage zum Rudolfplatz gibt es nicht nochmal! Da rechnen sich 120.000 € Vertragsstrafe pro Jahr immer noch.'

Für mich ist jedoch die wahrscheinlichste Erklärung:

Freude am öffentlichkeitswirksamen Streit mit der Stadt!

Stöppke hat es offensichtlich genossen, sich in den Medien als willkürliches ‚Bürokratie-Opfer' darzustellen. Das ‚Opfer' als eigentlich bauwilliger Eigentümer leistet also bewundernswerten, standhaften Widerstand gegen das Ansinnen, ein Gebäude nach den schikanösen Vorstellungen des Bauamts zu errichten.

Zu dieser Rolle als tapferer Widerstandskämpfer gehörte, die Stadtverwaltung wüst als ,hochkriminell' zu beschimpfen. Auch damit erregte er allgemeine Aufmerksamkeit. Die Stadt war hier – anders als im Fall Lappe – klug genug, darauf gelassen und nicht etwa mit juristischen Mitteln zu reagieren."

„Wie geht es jetzt weiter?

Ich meine, Stöppkes Erben werden doch nicht dieselben kostspieligen Macken haben wie der Erblasser."

Wolfgang nickte zu Bastians Frage. Der *Kölner Stadt-Anzeiger* berichtete vor kurzem, dass der gesamte Grundbesitz, bestehend aus den drei benachbarten Parzellen, diskret auf dem Investoren-Markt angeboten werde – ohne eine konkrete Kaufpreisforderung.

Die Erbengemeinschaft hat sich also nach zwei Jahren zu einer Entscheidung über den Fortgang der Dinge in der Richard-Wagner-Straße durchgerungen. Die Stadt Köln bestätigte dem *Stadt-Anzeiger* zudem, dass man mit der Erbengemeinschaft Stöppke in einem konstruktiven Dialog stehe.

Aber warten wir mal ab, ob das ,Zirkus-Dauergastspiel' in der Richard-Wagner-Straße wirklich bald zu Ende geht. Noch ist das Zirkuszelt jedenfalls nicht abgebaut!" schloss Wolfgang die Geschichte.

Ulla kramte in den unendlichen Tiefen ihrer Handtasche und suchte etwas. „Wo ist denn das Feuerzeugt schon wieder? Ich muss mal raus an die frische Luft!"

„Draußen gibt es gerade zu viel frische Luft. Darum solltest Du zum Mixen mit Nikotin-Qualm die Zigaretten mitnehmen!" höhnte ihr Ehemann.

„Frische Luft kann man nie genug kriegen. Sagte auch meine Oma Änni und betonte das mit dem Satz, in dem alle Wörter am Schluss mit einem scharfen T-Laut enden. Kennt Ihr den?" fragte Kunibert und schmunzelte schon.

„Nein, lass mal hören!" – „Sie sagte dann: ‚Lich un Luf jib Saf un Kraf - Punk!" – „Deine Oma Anni war ja ein richtiges Original!" - Kunibert nickte. „Ein Original mit viel Lebensweisheit."

Ulla hatte ihr Feuerzeug gefunden. „So, tschüss zusammen. Wenn ich nicht wiederkomme, sucht mich im Osten der Insel. Der Sturm kommt von Westen."

Kunibert nutzte die Gelegenheit. „Wenn Ulla raus ist, könnte ich Euch einen Krimi aus dem letzten Jahrhundert erzählen. Wenn Ihr wollt."

„Gerne!"

„Der ist nicht so blutrünstig wie mittelalterliche Mordgeschichten mit grausigen Hinrichtungsmethoden. Aber auf eine andere Art gruselig ist der Fall schon."

Tödliche Liebe

„Das war kein akademischer Dialog zwischen einem ehemaligen Jura-Studenten und einer jedenfalls früher hoffnungsvollen angehenden Volkswirtin", begann Kunibert.

‚Nein, nein! Wir machen das so, wie schon abgemacht! Also:

Jeder von uns beiden legt einen um,

nämlich Du die Alte und ich den Geldbriefträger!' – ‚Wenn Du unbedingt willst, meinetwegen.'

Was sich anhört wie eine Absprache unter Mafia-Auftragskillern, ist die Verabredung zu einem kaltblütigen Doppelmord, der in den 1930-er Jahren selbst nach seiner Aufklärung Öffentlichkeit und Richter fassungslos machen wird. Dies auch, weil die erst 25 und 22 alten Täter aus geordneten bürgerlichen und finanziell gesicherten Verhältnissen kommen. Eben aus ‚anständigen Familien', wie die Presse später einmal schreiben wird.

Otto Schönewald ist der Sohn einer bodenständigen Försterfamilie. Er wächst mit sechs wohlgeratenen Geschwistern auf und will eigentlich nach dem Abitur sehr gerne wie der Vater Förster werden. Weil aber die Försterlaufbahn leider gesperrt ist, entscheidet er sich notgedrungen für ein Jura-Studium in Köln.

Die drei Jahre jüngere Gerda Morsbach lebt wohlbehütet als Einzelkind in Bielefeld, bevor sie nach dem Abi nach Köln kommt, um Volkswirtschaft zu studieren. ‚Ein fleißiges und ordentliches Mädchen, das ihren finanziell gut gestellten Eltern nie Sorgen bereitet hat.' So werden Zeugen später einmal die junge Frau beschreiben.

Otto betreibt sein Jurastudium aber schon von Anfang an nur lustlos – oder sollte man besser sagen: überhaupt nicht? Doch er weiß schon, dass auf Mord die Todesstrafe steht. Letztlich ist ihm die Juristerei gleichgültig. Dafür ist er aber bei jeder studentischen Feier dabei, zieht um die Häuser und lässt es sich gut gehen.

Eine Studentin, mit der er ein Verhältnis beginnt, erkennt früh seinen labilen, auch sonst bedenklichen und sogar gewalttätigen Charakter. Deshalb macht sie mit ihm Schluss. Ottos Reaktion: Bösartige, verleumderische Behauptungen in anonymen Briefen an Dritte, die zu einem Disziplinarverfahren der Universität Köln führen. Daraufhin wird er 1931 von der Uni ausgeschlossen. Seine Reaktion:

,Na, wenn schon! Dann werde ich eben Schriftsteller!

Das liegt mir ohnehin mehr als die öde Juristerei. Und berühmter werde ich als erfolgreicher Autor auch sein! Also, was soll's?'

Natürlich wird auch aus Ottos erhoffter Schriftsteller-Karriere nichts. Mit seinen Manuskripten handelt sich der unbekannte und wohl auch unbegabte Möchte-gern-Autor bei den Verlagen nur Absagen ein.

In dieser Situation lernt die bis dahin strebsame Studentin Gerda Morsbach den Ex-Studenten und erfolglosen Amateur-Schriftsteller Otto Schönewald kennen. Sie lernt ihn nicht nur kennen, sondern auch lieben. Sehr lieben sogar. Und das gilt auch umgekehrt. Die beiden heiraten später gegen den erbitterten Widerstand der Eltern.

Es entsteht eine schicksalhafte Verbindung, aus der sich beide bis zu ihrem gemeinsamen Tod nicht mehr werden lösen können. Am Ende können sie nicht mehr miteinander, aber auch nicht ohne einander. Mit katastrophalen Folgen.

‚Geld, Geld, Geld! Wir brauchen Geld!‘

Es ist das Dauerthema der beiden Ex-Studenten. Denn als die Eltern erfahren, dass ihre Sprösslinge nicht wirklich studieren, drehen sie den Geldhahn zu. Daraufhin verklagen beide ihre empörten Eltern dreist auf Unterhalt. Doch die so eingeklagten 145 Mark im Monat reichen vorne und hinten nicht, um das bis dahin sorglose Leben ohne Arbeit weiterführen zu können.

‚Das sind noch Kerle, die für ihr Mädel zu Geld kommen!‘ Gerda kommentiert so eher beiläufig den Zeitungsbericht über den Überfall auf einen Geldbriefträger in Düsseldorf. Bei diesem Verbrechen wurden allerdings die Täter bald gefasst. Was Gerda zu dem weiteren Kommentar veranlasst: ‚Man darf sich nur nicht so doof anstellen wie die da!‘

Otto horcht auf. Ja, das wäre doch eine Möglichkeit, um die Finanzprobleme für lange Zeit zu lösen. Es muss allerdings das perfekte Verbrechen sein. Eben nicht ‚so doof‘ ausgeführt, dass man erwischt wird. Nichts darf dem Zufall überlassen bleiben!

Der Entschluss zu dem Verbrechen wird gefasst und der Plan in allen Einzelheiten besprochen. Jetzt geht es an die Umsetzung. Bei der soll auch geschossen, sogar getötet werden. Das gehört eben zum perfekten Verbrechen dazu.

Mit der von Otto im Ausland beschafften Pistole macht das Paar im Königsforst Schießübungen. Der Medizinstudent Karl Lange, das ist dabei Ottos genutzter falscher Name, besichtigt mit gefärbten Haaren und schwarzer Hornbrille in Köln angebotene Studentenzimmer im Hinblick auf ihre Tauglichkeit für die geplante Tatausführung.

Am Rudolfplatz 10 wird er fündig. Das Fräulein Auguste Korte, 61 Jahre alt, vermietet schon seit langem zwei Räume ihrer 4-Zimmer-Wohnung an Studenten, um ihre Einkünfte etwas aufzubessern. Otto nimmt das Mietangebot dankend an und bezieht einen separaten Teil der Wohnung, Wohnzimmer und Schlafzimmer.

Am Folgetag überweist eine ‚Frau Bauer‘, vorsorglich weit weg von Köln, nämlich in Düsseldorf, 15 Mark postbar an den ‚Herrn Karl Lange‘, Rudolfplatz 10 in Köln. So wird der Geldbriefträger Körner, 48 Jahre alt und Vater von fünf Kindern, am nächsten Tag dienstlich in die tödliche Falle geschickt, die ihn unter der Überweisungsanschrift erwartet. Für diesen Tattag, es ist der 2. November 1932, hat das Paar alles vorbereitet.

Am frühen Morgen hat sich Gerda, mit Ottos Hilfe und von niemandem bemerkt, in Ottos Räume geschlichen. Jetzt lauert sie mit der Pistole hinter der Schlafzimmertür, als das Fräulein Korte dem neuen Mieter Karl Lange in seinem Wohnzimmer das Frühstück serviert.

‚Schauen Sie doch mal im Schlafzimmer nach. Da hat der frühere Mieter seine Pantoffeln unter dem Bett stehen gelassen!‘

Fräulein Korte ist über den Hinweis von Herrn Lange erstaunt. Hat sie doch vor dem Mieterwechsel gründlich sauber gemacht, ohne Pantoffeln zu bemerken! Aber sie geht in das andere Zimmer und bückt sich.

Im letzten Augenblick bemerkt sie entsetzt jemanden hinter sich. Zu spät. Der Schuss von Gerda trifft sie aus etwa zwei Metern genau in den Hinterkopf.

Dann lassen sich die Mörder das von ihrem Mordopfer zubereitete Frühstück schmecken und warten auf den Geldbriefträger. Auf der Treppe sind Schritte zu hören.

‚Da kommt er!‘

Otto öffnet dem Geldbriefträger die Wohnungstür. ‚Eine Anweisung für Herrn Karl Lange.‘ – ‚Das bin ich!‘ – ‚Ich muss aber Ihren Personalausweis sehen.‘ Das ist natürlich ein Problem, wenn man nicht Karl Lange heißt. ‚Kommen Sie doch rein! Ich hole den Ausweis schnell im Nebenzimmer.‘

Leider macht der Oberpostschaffner Körner das, was ihm seine Dienstvorschriften verbieten: Er bleibt nicht im sicheren Treppenhaus stehen, sondern betritt die Wohnung. Otto schließt schnell die Tür hinter ihm. Sofort schießt er dem Briefträger von hinten in den Kopf. Der Beamte sackt auf der Stelle tot zusammen.

Mit der Geldtasche des Opfers und Ottos persönlichen Sachen verlässt das Paar ungesehen das Haus. Zuhause wird die Beute gezählt: 3.000 Mark! In der Nacht verbrennen die Eheleute im Wald die Geldtasche und den braunen Mantel, den Otto bei den Wohnungsbesichtigungen getragen hat.

Ein Neffe der Zimmerwirtin findet am Nachmittag die beiden Leichen. Die Tat erregt in Köln großes Aufsehen. Ausführlich berichtet die Presse über die Fahndung nach dem brutalen Raubmörder ‚Karl Lange‘, den Hausmitbewohner als dunkelhaarig mit schwarzer Hornbrille, bekleidet mit einem braunen Mantel, beschreiben.

Doch es gibt trotz ausgesetzter Belohnung keine Hinweise auf den Täter. Bald wird es still um den Doppelmord vom Rudolfplatz. Ein weiterer ungelöster Fall für die Kölner Kripo, wie es nach einigen Jahren zunächst erscheint.

Das Geld aus dem Raubmord reicht aber nicht lange. Man streitet, vielleicht will man sich scheiden lassen. Und Otto plagen merkwürdige Ängste: Was ist, wenn Gerda ihn bei der Polizei als alleinigen Täter anzeigen würde? Sie könnte so vielleicht straflos aus dem Verbrechen kommen und nur er würde zum Tode verurteilt werden. Dem muss er doch zuvorkommen – oder?

‚Papa, ich muss Dich sprechen. Es ist wichtig, sehr wichtig!‘

Vater Schönewald ist mäßig interessiert, als ihn sein Sohn im Sommer 1937 sprechen will. ‚Wahrscheinlich braucht er wieder mal Geld‘, denkt er. Aber dann beichtet sein Sohn ihm zwei unglaubliche Morde, die er zusammen mit seiner Frau vor fünf Jahren begangen habe.

‚Otto, was redest Du denn da für einen Quatsch!‘ Doch dann berichtet sein Sohn unter Tränen und in allen Einzelheiten, was damals in der Kölner Wohnung am Rudolfplatz 10 geschehen war. Wobei er die Rolle seiner Ehefrau, insbesondere auch deren Initiative und Planung für die Tat, besonders betont.

‚Sie wollte das unbedingt, ich habe nur mitgemacht.‘ Sein Vater atmet schwer. Was soll man in dieser Situation sagen, was soll man als 75-jähriger Vater da machen? Nach einem minutenlangen, bleiernen Schweigen weiß der Senior nur einen Ratschlag: ‚Junge, Du musst Dich von dieser Schuld befreien!‘

Und so sitzt Otto Schönewald im November 1937, fünf Jahre nach der Tat, im Kölner Appellhof im Gang auf einer Bank vor dem Dienstzimmer eines Staatsanwalts, um ein Geständnis abzulegen.

‚Herr Schulte, draußen sitzt ein Mann, der Sie sprechen möchte. Er sagt, er hat jemanden ermordet.‘

Oberstaatsanwalt Schulte ist nicht gerade elektrisiert von der Anmeldung seiner Geschäftsstellendame. In seinen bald 30 Dienstjahren hat er schon zu viele falsche Geständnisse gehört. Von Wirrköpfen, von Wichtigtuern, von Lebensmüden, von Menschen, die die wirklichen Täter, meist Angehörige, um jeden Preis schützen wollten. Aber anhören muss man sie schon. ‚Soll reinkommen!‘

Zunächst mit skeptischer Miene, heruntergezogenen Mundwinkeln, den Bleistift auf dem Schreibtisch hin und her rollend, hört er dem jungen Mann zu. An den Ermittlungen im Doppelmord am Rudolfplatz war Schulte damals selbst beteiligt.

Dann jedoch mustert er sein nervöses Gegenüber mit hochgezogenen Augenbrauen zunehmend interessierter. Denn was der jetzt mit gehetzter Stimme im Detail schildert, ist Täterwissen. Das stand nicht in den Kölner Gazetten und passt genau ins Bild der bisherigen Ermittlungen! Am Schluss der Schilderungen ist Oberstaatsanwalt Schulte sicher:

Vor ihm sitzt der Mörder vom Rudolfplatz!

Noch in der Nacht wird auch Gerda Schönewald im Haus ihrer Eltern verhaftet. Dorthin hat sie sich wieder einmal nach einer Auseinandersetzung mit Otto zurückgezogen. Zunächst streitet sie jede Beteiligung an dem Verbrechen ab.

Dann verwickelt sie sich in Widersprüche und gibt nach und nach ihre Mitwirkung zu. Nur – geschossen habe sie nie! Dabei bleibt sie unerschütterlich auch im Strafprozess, allen Beweisen zum Trotz. Sie greift nach einem Strohhalm, um vielleicht doch noch dem Fallbeil zu entkommen.

‚Heute Urteilsverkündung im Mord-Prozess Rudolfplatz!‘

Die Presseberichterstattung zu dem Sensationsprozess im Frühjahr 1938 heizt das Publikumsinteresse noch einmal richtig an. An allen fünf Verhandlungstagen sind die Zuschauerbänke im Schwurgerichtssaal des Kölner Appellhofs dicht besetzt. Alle wollen diese unfassbar brutalen jungen Mörder sehen, die in keine Kriminalitätsschablone passen. Was sind das nur für Menschen?

Die Verteidigungsstrategie von Otto Schönewalds Anwalt ist einfach: Der Angeklagte sei ein Psychopath, labil und den Einflüsterungen seiner Ehefrau als der treibenden Kraft des Verbrechens hilflos ausgeliefert gewesen. Also sei Otto unzurechnungsfähig und deshalb freizusprechen.

Der Verteidiger von Gerda sieht das naturgemäß anders: Seine Mandantin sei dem brutalen Ehemann völlig hörig gewesen, habe selbst auch nicht geschossen. Sie habe nur als willenloses Werkzeug mitgemacht. Also beantrage er für seine Mandantin Freispruch!

Diese Einlassungen wischt der Vorsitzende des Schwurgerichts in seiner Urteilsbegründung, auch gestützt auf psychiatrische Gutachten, mit deutlichen Worten weg. Weder sei der Angeklagte Otto Schönewald schuldunfähig, noch sei die mitangeklagte Ehefrau Gerda ihm hörig gewesen.

Auch dass die Angeklagte persönlich den Mord an der Zimmerwirtin Körner begangen habe, sei durch die Beweisaufnahme mit Sachverständigengutachten zur Schussrichtung erwiesen.

Hervorzuheben sei dagegen, so das Gericht, die unfassbare Gefühls- und Gewissenskälte der jungen, nicht vorbestraften Angeklagten ‚aus gutem Hause‘. Deshalb könne das Urteil wegen zweifachen Mordes in Mittäterschaft nur lauten:

Zweimal Todesstrafe!

Die eingelegten Revisionen gegen das Urteil werden in der nächsten Instanz verworfen. Die beiden Todesurteile werden rechtkräftig.

Am 4. Januar 1939 ist in der rheinischen Presse zu lesen:

Ehepaar Schönewald hingerichtet

Die Justizpressestelle in Köln teilt mit:

Am 3. Januar 1939 sind der 31jährige Otto Schönewald und seine 28jährige Ehefrau Gerda Schönewald aus Köln hingerichtet worden, …

Nicht zu lesen sind die näheren Umstände der Hinrichtung: Gerda Schönewald legt sich gefasst und ruhig unter das Fallbeil. Ihr Ehemann Otto dagegen schreit, tobt und wehrt sich. Natürlich vergebens. Für diese Fälle gibt es bei der Hinrichtung im Kölner ‚Klingelpütz‘ kräftige Justizbeamte," schloss Kunibert.

Ulla war hereingekommen und hatte den letzten Teil von Kuniberts Erzählung noch gehört. „Schrecklich, einfach nur barbarisch!"

kommentierte sie. Die anderen am Tisch nickten und schwiegen zu der grässlichen Mordgeschichte.

„Was meinst Du damit: Die Umstände der Hinrichtung oder die Todesstrafe allgemein?" fragte Dörte mit Erstaunen in der Stimme.

„Die Umstände der Exekution sowieso," erwiderte Ulla. „Aber die Todesstrafe als solche ist doch schon für einen zivilisierten Staat mit Kultur eine indiskutable Strafe, gleich für welches Verbrechen."

„Ich meine schon, dass man über diese Form der Bestrafung schlimmster Täter diskutieren kann," setzte Dörte energisch dagegen.

Ulla nickte. „Gut, dann diskutieren wird das mal aus!"

„Aber doch nicht die Todesstrafe!" – Oder etwa doch?

Es begann eine lebhafte, fast schon leidenschaftliche Diskussion zwischen den beiden Frauen.

„Ein Kindesmörder, zu einer lebenslänglichen Freiheitsstrafe verurteilt, kommt nach 15 Jahren aus dem Knast. Die Eltern des ermordeten Kindes fragen: ‚Er hat seine Freiheit wieder, bekommen wir etwa jetzt auch unser Kind wieder? Und noch etwas: Er hat 15 Jahre für seine Tat gebüßt, was angeblich ja schon ‚lebenslänglich‘ war. Wir, die Eltern, leiden wirklich lebenslänglich, nämlich bis zu unserem Tod unter dem, was er unserem Kind und uns angetan hat.‘ Und das soll eine gerechte Strafe sein?" Dörte sah Ulla herausfordernd an.

„Was sagst Du diesen Eltern?"

„Zunächst einmal zur Klarstellung: Es gibt bei ‚Lebenslänglich‘ keine automatische Freilassung nach 15 Jahren. Wird im Urteil die ‚besondere Schwere der Schuld‘ festgestellt, können das durchaus fünf oder sogar zehn Jahre länger sein. Abgesehen von einer möglichen Sicherungsverwahrung für etwaige Wiederholungstäter. Und außerdem …".

„Einer der Mörder des Volksschauspielers Walter Sedlmeier kam trotz festgestellter ‚besonderer Schwere der Schuld‘ schon nach 16 Jahren wieder frei", fiel Dörte Ulla ins Wort. „So wird auch diese fast schon lächerliche Strafverschärfungsregelung wieder weichgespült! Aber Du bist meiner Frage ausgewichen: Was sagst Du den Eltern des ermordeten Kindes?"

Ulla zog die Stirn kraus. „Ich bin Deiner Frage nicht ausgewichen. Du hast mich nicht ausreden lassen! Ich stelle diesen Eltern eine Gegenfrage: ‚Würde denn die Hinrichtung des Mörders Ihnen Ihr Kind zurückgeben oder würde das Ihr Leid über den unerträglichen Verlust verringern?' Beides natürlich nicht! Eine solche Argumentation bedient doch nur Emotionen!"

„Das sehe ich anders. Die sicherlich furchtbare Todesstrafe ist in solchen Fällen die ausgleichende Strafe für eine ebenso furchtbare Tat. Gerecht ist in solchen Fällen wirklich nur, was schon seit Urzeiten als gerecht angesehen wurde, nämlich

,Auge um Auge, Zahn um Zahn'!

Nur der Tod des Mörders kann bei Mord eine gerechte Strafe für die Tat sein! Das hat übrigens schon Emanuel Kant gesagt. Und der Philosoph war bestimmt kein Radikaler."

Ulla schüttelte den Kopf. „Wir wollen doch sicher nicht die Rechtsordnung zur Zeit des Alten Testaments oder die zur Zeit von Emanuel Kant als Maßstab für unsere heutige Rechtsordnung übernehmen. Staatliche Rache für ein Verbrechen, und das ist die Todesstrafe meiner Meinung nach, ist nicht in Einklang zu bringen mit einer zivilisierten Justiz im 21. Jahrhundert!"

„In über 60 Staaten dieser Welt …" begann Dörte.

„Das ist nicht einmal ein Drittel!" warf Ulla ein.

„… ist die Todesstrafe geltendes und praktiziertes Recht."

Ulla lachte bitter. „Und das teilweise sogar für so absurde ‚Straftatbestände' wie Ehebruch, Homosexualität, Gotteslästerung, Hexerei oder – wie in China – das Töten seltener Tiere! Kein Wunder, dass China den jährlichen Weltrekord an Hinrichtungen hält." Ulla wusste gut Bescheid. Ihre Frauengruppe hatte vor Kurzem das brisante Thema zum Gegenstand eines Diskussionsabends gemacht.

„Ach, von solchen Merkwürdigkeiten in anderen Kulturkreisen reden wir hier doch nicht. Bleiben wir sachlich!" Dörte schien ärgerlich.

„Mir geht es damit nur darum, die Ausweitung der todeswürdigen Delikte aufzuzeigen, wenn einmal die Todesstrafe für eine Straftat, also z.B. Mord, eingeführt worden ist. Dann wird ganz schnell der Katalog auf andere schlimme Straftaten erweitert, z.B. Totschlag, Vergewaltigung, Hochverrat oder anderes. Schon mit der Todesstrafe für Mord wird ein Tabu gebrochen."

„Aber, Ulla, Du wirst doch zumindest zugeben, dass auch zivilisierte Staaten, wie z.B. die USA, jedenfalls bestimmte Bundesstaaten dort, ihre Bürger mit der Todesstrafe vor Verbrechen schützen. Denn allein schon durch deren Androhung werden potenzielle Täter abgeschreckt!

Generalprävention nennen das die Juristen. Diese Absicht der allgemeinen Abschreckung möglicher weiterer Täter steckt in jedem Paragraphen des Strafgesetzbuches. Und ausgerechnet für eine angedrohte Todesstrafe als Maximalstrafe bei Mord soll das nicht gelten?"

„Das ist schon allgemein zumindest sehr zweifelhaft", erwiderte Ulla ruhig. „Der größte Teil aller Täter geht nämlich sehr sicher davon aus, nicht erwischt zu werden. Darum ist denen jede angedrohte Strafe ziemlich egal. Andere Täter sehen sich in einer Zwangslage zur Begehung der Tat, aus Finanznot zum Beispiel. Diese Täter gehen auch hohe Risiken ein und lassen sich kaum abschrecken.

Das Paradebeispiel gegen die Abschreckungswirkung der Todesstrafe ist eine bestimmte, offensichtliche Wirkungslosigkeit in England bis 1820. Dort stand auf Taschendiebstahl von mehr als einem Shilling diese Höchststrafe.

Die Todesstrafe für einen Mini-Diebstahl!

Wenn ein solcher Täter gehenkt wurde, mussten die Gaffer rund um den Galgen aber sehr aufpassen, dass ihnen nicht von Taschendieben, den sogenannten ,Beutelschneidern', das Geld geklaut wurde! Und das, obwohl die Täter doch die ihnen drohende Strafe im wahrsten Sinne des Wortes ,vor Augen' hatten!"

„Ulla", Dörte wurde sehr eindringlich. „Selbst wenn Du zum großen Teil Recht hättest: Würde nicht ein einziges Menschenleben, das durch die Abschreckung eines potenziellen Mörders gerettet wird, die Androhung der Todesstrafe rechtfertigen?"

Ulla nickte. „Auf den ersten Blick schon. Auf den zweiten Blick sieht man dann die doch beachtliche Zahl von Justizirrtümern, die gegenzurechnen wäre. Die gibt es und wird es trotz aller Vorkehrungen immer geben. Weil irren einfach menschlich ist. Das gilt auch für Richter aller Instanzen.

Fast schon regelmäßig liest man von solchen erschütternden Fällen in den USA. Wenn wieder mal durch verfeinerte Methoden der DNA-Analyse an archivierten Beweisstücken ein als angeblicher Mörder Verurteilter sich nach Jahrzehnten als erwiesen unschuldig herausstellt.

Ist der falsche Täter ‚nur‘ zu einer lebenslänglichen Freiheitsstrafe verurteilt worden, kann er zumindest noch sein restliches Leben, versorgt mit einer hohen Entschädigung, in Freiheit verbringen. Ist er hingerichtet worden, ist dem Staat selbst so eine kümmerliche Wiedergutmachung für das erlittene Unrecht und das zerstörte Leben des unschuldig Verurteilten unmöglich geworden.

Wenn der Kopf ab ist, kann er nicht wieder aufgesetzt werden.

Auch nicht für viel Geld."

Dörte sah in die Runde der Freunde. „Und Ihr sagt gar nichts? Keine Meinung oder keine Traute?"

„Ja", setzte Ulla nach, „sonst seid Ihr doch nicht so zurückhaltend! Ihr habt zu dem Problem sicher auch was zu sagen. Harte Strafe muss ja manchmal sein. Aber doch nicht die Todesstrafe! Ist meine Meinung! Und Eure?"

Dörte hatte noch ein Argument. „Bevor der Parlamentarische Rat 1949 das Grundgesetz mit der Abschaffung der Todesstrafe mit knapper Mehrheit beschloss, gab es etwa gleichzeitig eine Umfrage unter der Bevölkerung. Danach befürworteten etwa 75 Prozent der Befragten die Beibehaltung dieser Höchststrafe, jedenfalls für Mord.

Obwohl doch noch kurz vorher die Nazis die Todesstrafe tausendfach für die Ermordung ihrer politischen Gegner missbraucht hatten! Der Parlamentarische Rat, nicht gewählt, sondern von den Alliierten eingesetzt, hat sich aber über den Willen des Volkes einfach hinweggesetzt! War das Eurer Meinung nach demokratisch?“

„So, jetzt seid Ihr dran! Also Zähne auseinander! Dörte und ich sind bei dem Thema doch nicht die Alleinunterhalter!“ Ulla wurde unleidlich.

Da musste Wolfgang schnell noch ein paar Holzscheite in das niedergebrannte Kaminfeuer legen.

Bastian meldete sich, um klar Position contra Todesstrafe zu beziehen. „Zunächst einmal zur Richtigstellung: Der gewählte Deutsche Bundestag hat in den 1950-er Jahren zweimal Gesetzesinitiativen zur Wiedereinführung der Todesstrafe mit deutlichen Mehrheiten abgelehnt.

Die Abschaffung dieser meiner Ansicht nach unmenschlichen und gegen die Menschenwürde verstoßende Strafe ist also demokratisch legitimiert. Sie muss auch abgeschafft bleiben. Das hat im Übrigen schon das Bundesverfassungsgericht in mehreren Entscheidungen klargestellt.

Und das aus guten Gründen. Denn nicht nur für mich ist klar: Diese Strafe …“.

Da ging plötzlich das Licht aus!

Lediglich das gerade wieder aufflammende Kaminfeuer und die Dekor-Kerzen auf dem Tisch tauchten das Esszimmer in einen schwachen, flackernden Lichtschein.

„Moment, das haben wir gleich." Wolfgang schaltete das Handy-Licht ein und ging zum Sicherungskasten in der Diele. „Da ist alles in Ordnung," sagte er, als er wiederkam. Rieke kam mit einer Handvoll Teelichter aus der Küche zurück. „Davon gibt's hier noch genug."

Bastian schob den Vorhang am Fenster beiseite und schaute die Straße entlang. „Alle Straßenlaternen sind aus! Es scheint ein allgemeiner Stromausfall zu sein. Kein Wunder, bei diesem Unwetter! Schaut nur, wie die Straßenbäume sich biegen! Einer ist schon abgeknickt!"

„Ich glaube", meinte Dörte, „das ist auch für uns Nordlichter und selbst für die Sylter hier ein richtiger Sturm. Weil nämlich die Schafe jetzt mit Sicherheit keine Locken mehr haben!" Dabei lachte sie über das ganze Gesicht und schaute fröhlich in die Runde.

,Von jetzt auf gleich eine andere Dörte‘, dachte Bastian. ,Eben noch eine hartnäckige Verfechterin der Todesstrafe, jetzt ein fröhlicher ,Gute-Laune-Bär‘. Aber als Angeklagter möchte ich dieser Staatsanwältin nicht gegenübersitzen.‘

Da klopfte es an der Haustür!

Der Besucher

Es klopfte erneut an der Haustür, diesmal etwas energischer.

„Wer kann das denn sein? Zudem um diese Uhrzeit?“ Rieke sah Wolfgang fragend an.

Dörte spottete. „Das wird der Schäfer vom nächsten Deich sein. Der will sich ein paar Lockenwickler für seine Schafe ausleihen!“

„Glaube ich nicht. Wir sind doch auf der Insel der Reichen und der Schönen. Deshalb wird es eher jemand aus diesen beiden Gruppen sein“, vermutete Rieke mit einem Grinsen. – „Och, wir haben hier auch schöne Schäfer,“ erwiderte Dörte.

Wolfgang öffnete die Haustür und sofort fegte eine Sturmböe durch die Diele in das Haus. „Entschuldigen Sie bitte die späte Störung, zumal am Heiligen Abend, aber …“ - „Nun kommen Sie erst mal rein, sonst werden wir noch umgeweht!“ Der Hausherr schloss schnell die Haustür und geleitete den Besucher ins Esszimmer.

„Wie können wir Ihnen helfen?“

Die Freunde sahen einen Herrn mittleren Alters, groß, gepflegte Erscheinung, schon leicht ergraute Haare, Schlips und Kragen, wie aus dem Ei gepellt. ‚Nicht unattraktiv‘, dachte Ulla.

„Gestatten, Joseph Huber‘, stellte sich der Besucher mit leicht bayerischem Akzent vor. „Ich bin in nächster Zeit als Mieter im Ferienhaus nebenan Ihr neuer Nachbar. Vor einer Stunde hat mich das Taxi hier abgesetzt und seitdem warte ich auf meinen Vermieter, der mir die Schlüssel persönlich übergeben und mir einiges im Haus zeigen wollte.

Aber durch das Unwetter verspätet er sich erheblich, wie er mir eben per E-Mail mitgeteilt hat.

Und dann erloschen auch noch die Straßenlaternen. Es ist wohl ein totaler Stromausfall in ganz List. Da sah ich hier noch Licht. Jetzt habe ich das vielleicht unverschämte Ansinnen, bei Ihnen eine kurze Zeit bis zum Eintreffen meines Vermieters warten zu dürfen, damit ich nicht draußen durchnässt einfriere."

„Herr Huber, seien Sie uns willkommen! Legen Sie ab. Darf ich Ihnen meine Ehefrau und unsere Freunde vorstellen?" Herr Huber machte händeschüttelnd die Runde, wobei er bei den Damen einen artigen ,Diener' andeutete.

„Was darf ich Ihnen anbieten? Einen trockenen Spätburgunder Rotwein vielleicht? Oder ein *Flensburger Pils*?" – „Es gibt auch ein Stilles Mineralwasser, *Sylter Quelle*, hier von der Insel, also regional und sehr zu empfehlen," ergänzte Ulla das Angebot. Der Besucher gab aber doch dem Spätburgunder den Vorzug. Dann nahm er in der Runde Platz und schrieb seinem Vermieter per Handy eine E-Mail mit dem Hinweis, wo er auf ihn warte.

Das Kaminfeuer prasselte und Herr Huber genoss offensichtlich die Wärme. „Tut das gut! Ich bin völlig durchgefroren!" Dann wandte er sich mit einem gewinnenden Lächeln Rieke und Wolfgang zu. „Ich erhebe das Glas auf das Wohl des Gastgebers und seiner charmanten Gattin. Haben Sie Dank für das Asyl, das Sie mir gewähren!"

,Ein Mann von Welt', dachte Rieke.

Ihr Ehemann dachte das auch. ,Den kann man als Gastgeber schon ins Haus lassen.' Bastian taxierte den Maßanzug des Gastes. ,Wenn hier die Reichen Urlaub machen, dann passt er schon hierhin.'

„Herr Huber, wir diskutieren gerade das Für und Wider der Todesstrafe. Darf man fragen, welche Meinung Sie dazu haben?“ Dörte lächelte bei der Frage. Der Besucher schaute verblüfft in die Runde.

„Für den Weihnachtsabend sicher ein etwas ungewöhnliches Thema, nicht wahr?“ – „Ganz sicher, aber wir haben heute Abend Kindheitserinnerungen an Weihnachten, Kirchenlieder und Krippenspiel schon abgehandelt.

Jetzt sind wir bei Mord und Totschlag, Schuld und Sühne

angelangt.“

Der Gast wählte eine diplomatische Antwort. „Die Todesstrafe wird in unserem Kulturkreis allgemein als eine archaische, inhumane und deshalb höchst zweifelhafte Form der Bestrafung kritisiert. Aber diese Ansicht ist nicht unangefochten.“

„Um in Anbetracht des heutigen Tages die Weihnachtsgeschichte als Beispiel zu nehmen: Das neugeborene Jesuskind ist dem Kindermörder Herodes nur knapp durch die Flucht nach Ägypten entkommen. Sehr viele andere nicht, von dem Leid der jungen Eltern einmal abgesehen.

Wie hätten Sie als Richter über einen solchen grausamen Massenmörder, übertragen in die heutige Zeit, geurteilt? Lebenslänglich, also tatsächlich vielleicht nur 15 bis 20 Jahre Freiheitsentzug und danach wieder unbeschwertes Leben in Freiheit?“ Dörte schien den neuen Gast zu einer persönlichen Meinungsäußerung provozieren zu wollen.

„Unbestreitbar gibt es Mordtaten, die so grausam oder so heimtückisch sind, dass eine Freiheitsstrafe nicht ausreichend erscheint.“ Herr Huber machte eine Pause, bevor er nachdenklich fortfuhr. „Ich denke da gerade an einen erschütternden Fall in meinem eigenen Bekanntenkreis, der mich immer noch so manche Stunde Schlaf kostet.“

„Erzählen Sie mal, wenn Sie mögen!“

„Ich will die Dame Liesel nennen. Ich kannte sie schon aus gemeinsamen Zeiten in der Grundschule. Später besuchten wir gemeinsam die Gesamtschule. Sie war sicher keine Kandidatin für einen Schönheitswettbewerb. Und leider auch nicht die hellste Kerze am Weihnachtsbaum. Aber Liesel hatte ein liebenswürdiges Wesen.

Später trafen wir uns zufällig wieder in einem Münchener Golfclub, wo ihr Vater, der genauso wie ich in der Finanzbranche arbeitete, dort Mitglied war und sie oft ins Clubhaus mitnahm. Der Vater, er war Witwer, war nicht unvermögend.

Wir erzählten bei diesen Treffen im Club nach dem Motto ‚Weißt Du noch, damals?‘ über unsere gemeinsamen Schulerlebnisse, lachten viel und wurden gut miteinander vertraut. Deshalb tauschten wir auch unsere Handy-Nummern aus und telefonierten gelegentlich miteinander. Sie war, wie früher schon, als so genanntes ‚Mauerblümchen‘ Single. Und im Anbetracht des Alters schien sich an diesem ‚Mauerblümchen‘-Dasein wohl nichts mehr zu ändern, was sie offenbar bedrückte.

Dann schlief der Kontakt ein, weil ich mein Beratungsunternehmen von München nach Zürich verlegte. Eines Tages rief sie mich überglücklich an. Sie habe jemanden kennen und lieben gelernt, einen selbständigen Immobilienkaufmann aus München.

‚Und stell Dir vor, er will mich schon bald heiraten!‘

Sie nannte den Namen ihres Zukünftigen, der mir nichts sagte. Aber ich erkundigte mich bei meinen Münchener Freunden und Geschäftspartnern nach dem Herrn.

Was ich da hörte, warf kein gutes Licht auf Liesels künftigen Ehemann. Er war in sehr zweifelhafte Geschäfte verwickelt, hatte keinen guten Leumund und war angeblich auch nach einem geplatzten großen Deal in akuter Finanznot. Da kam die Hochzeit mit einer sehr vermögenden Frau und Erbin wohl gerade recht. Liesels Vater war inzwischen verstorben. Geschwister gab es keine.

Ich hielt es für meine Pflicht, Liesel zu warnen. Das war keine gute Idee. Sie meinte, ich sei üblen Gerüchten aufgesessen und glaubte mir kein Wort. ‚Das ist das bösartige Getuschel von Leuten, die Max geschäftlich schaden wollen. Seine Firma läuft übrigens blendend!‘ Das Telefonat endete sehr kühl.

Es dauerte über ein Jahr, bis sie mich wieder anrief. Sie wolle sich bei mir entschuldigen, begann sie das Telefonat mit einer fast weinerlichen Stimme. Ich hätte recht gehabt. Schon kurz nach ihrer Hochzeit habe Max sie um eine Finanzspritze für seine Firma aus ihrem väterlichen Vermögen gebeten.

‚Diese kleine Summe habe ich ihm noch gegeben. Als er aber kürzlich einen sehr hohen Betrag ‚zur Rettung der Firma‘ verlangt hatte, habe ich ‚Nein‘ gesagt. Weil auch sonst in unserer Ehe nicht alles so ist, wie – also, ich sage mal – wie es sein sollte‘, gestand sie mit stockender Stimme. Mehr wolle sie dazu nicht sagen.

‚Aber er kann auch ein sehr lieber Ehemann sein. Nächste Woche haben wir unseren ersten Hochzeitstag. Dazu hat er mich zu einem Kurzurlaub mit Bergwanderungen ins Allgäu eingeladen! Da freue ich mich drauf!‘ Das war das Letzte, was ich von ihr gehört habe.

Zwei Wochen später rief mich ein gemeinsamer Freund an. ‚Hast Du schon gehört?

Liesel ist tot! Tödlich verunglückt!

Sie ist bei einer gemeinsamen Bergtour mit ihrem Ehemann zum *Herrgottstein* im Allgäu abgestürzt, als sie hinter einer Absperrung vor einem Steilhang Blumen zum Hochzeitstag pflücken wollte. Das hat jedenfalls ihr Mann bei der polizeilichen Untersuchung so ausgesagt.

Der hatte auch gleich nach dem Unfall die Bergwacht und die Rettungsdienste alarmiert. Die konnten aber Liesel nur noch tot bergen'. Anschließend schickte der Freund mir noch einen Zeitungsbericht über den Unfall.

Der *Herrgottstein* ist ein kleiner Berg in einem Wandergebiet bei Immenstadt. Da in dem Zeitungsartikel eine Karte mit dem eingezeichneten Unglücksort abgedruckt war, konnte ich am nächsten Wochenende dorthin fahren und mir selbst ein Bild machen.

Die Absturzstelle kurz unterhalb des Gipfelkreuzes ist auf dem sonst leichten Wanderweg tatsächlich sehr gefährlich. Deshalb ist der Weg dort auch zu dem angrenzenden Steilhang hin mit einem Eisengeländer gesichert. Eine Querstange des Geländers ist auf Brusthöhe, die zweite etwas tiefer als Hüfthöhe angebracht.

Das Erste, was mir auffiel: In dem unfruchtbaren Geröll hinter dem Geländer wachsen keine Blumen, da können auch keine wachsen. Das Zweite: Liesel, dieses – mit Verlaub gesagt - unsportliche Pummelchen würde nie auch nur den Versuch gemacht haben, über das Gitter zu steigen oder unter der niedrigen unteren Stange durchzukriechen.

Deshalb vermute ich einen Mord des Ehemannes!

Der brauchte dringend viel Geld. Und als seine Frau ihm das aus ihrem Vermögen verweigerte, wollte er sich eben zu ihrem Erben machen! Das Eisengeländer war allerdings zu hoch, um sie den Abhang hinunter zu stoßen. Vielleicht ist es deshalb so abgelaufen:

‚Schatz, die letzten Meter bis zum Gipfelkreuz will ich Dich – wie unser Leben lang – auf Händen tragen!' Dann hat er sie hochgenommen und sich wie übermütig mit ihr rundgedreht. - ‚Hui! Hui! Hui!' – Sie hat gequiekt vor Vergnügen!

Tatsächlich wollte er aber genug Schwung holen und zurückschauen, damit nicht ein gerade folgender Wanderer Zeuge würde. So konnte er sie mit Schwung über das Sicherungsgeländer in den Abgrund werfen. Ihr vergnügter Jauchzer wandelte sich in einen Entsetzensschrei, der schnell verstummte."

Auch die Runde der Freunde war stumm vor Entsetzen über diese plastische Mordschilderung des Besuchers.

„Um auf die Ausgangsfrage zurückzukommen: Ein perfides, heimtückisches Verbrechen, ein Mord an der Ehefrau am ersten Hochzeitstag!

Dafür würde ich als Richter auch die Todesstrafe verhängen!"

Dörte schien nicht so betroffen von der Schilderung wie ihre Freunde. Im Gegenteil: Sie lächelte undurchsichtig!

‚Sie hat ihr Tigerlächeln aufgesetzt!' dachte Bastian. Ein Kollege von Dörte hatte ihm das mal erklärt. ‚Immer wenn Ihre Ehefrau einen Verdächtigen in die Enge treiben will, hat sie dieses kalte ‚Tiger-Lächeln'. Tiger lächeln natürlich nicht, aber wenn sie lächeln könnten, sähe das kurz vor dem Sprung auf die Beute wohl genauso aus!'

„Sie haben sich doch sicher der Polizei als Zeuge zur Verfügung gestellt?" fragte Dörte.

„Das war nicht nötig. Die waren doch mit der Spurensicherung vor Ort gewesen und hatten alles gemessen, fotografiert und dokumentiert!"

„Nein, ich meine als Zeuge zu dem Inhalt des letzten Telefonats und der Forderung des Ehemannes nach einer hohen Summe für seine Firma!“

Herr Huber zögerte kurz mit der Antwort. „Ich glaube nicht, dass das entscheidend gewesen wäre. Das Todesermittlungsverfahren wurde jedenfalls eingestellt.“

„Herr Huber, kommt Ihre Ehefrau auch bald zu Ihnen nachgereist?“ Mit dieser persönlichen Frage Dörtes ohne Bezug zu dem Gesprächsthema hatte der Gast nicht gerechnet.

„Nein, wie kommen Sie zu …?“ Huber wirkte verwirrt und von der Frage überrascht. „Ich bin Witwer.“

Wolfgang und Rieke sahen sich stirnrunzelnd an. ‚Was sollte Dörtes Frage zu den privaten Verhältnissen ihres Gastes?‘

„Oh, das tut mir leid!“ Das Tigerlächeln verschwand für einen Augenblick aus Dörtes Gesicht. Aber nur bis zur nächsten Frage.

„Schon lange?“

Da klopfte es an der Haustür. Heftig sogar!

„Das wird mein Vermieter sein.“ Huber wirkte offensichtlich erleichtert, dass er das Frage-und-Antwort-Spiel beenden konnte und stand schnell auf. „Ich bedanke mich noch einmal für Ihre freundliche Aufnahme!“ – „Gerne geschehen“, erwiderte Rieke. „Ich hole Ihren Mantel“

Wolfgang war zur Tür gegangen. „Ich mache mal die Tür zum Wohnzimmer zu. Sonst pustet uns der Sturm alle Kerzen aus!“

Besuch für den Besucher

Aus der Diele drangen laute Männerstimmen ins Wohnzimmer. Dann ging die Tür auf und Wolfgang kam zurück, begleitet von drei Herren, einer davon in Polizeiuniform. Der erste in Zivil wünschte kurz einen ‚Guten Abend zusammen‘ und ließ dann seinen Blick über die Anwesenden schweifen, bevor er zielstrebig auf den Besucher zuging.

„Herr Xaver Schwarzbach, alias Joseph Huber, mein Name ist Beck. Ich bin Kommissar der Kripo München und Zielfahnder. Hier ist mein Dienstausweis. Die beiden anderen Herren sind zwei Kommissar-Kollegen von der Kripo Flensburg.

Sie sind verhaftet!

Hier ist der Untersuchungshaftbefehl des Landgerichts München in Kopie für Sie.

Sie stehen unter dem dringenden Tatverdacht des Betrugs, des betrügerischen Bankrotts, der Bilanzfälschung sowie der Untreue. Außerdem wird die angeordnete Untersuchungshaft mit Fluchtgefahr begründet. Ich muss Sie bitten, uns zu begleiten!“

Xaver Schwarzbach setzte sich bleich wieder auf seinen Stuhl, besser gesagt: Er sackte auf dem Stuhl zusammen. Nach ein paar Sekunden hatte er sich wieder gefangen und sagte mit fester Stimme: „Bevor Sie mich jetzt über meine Rechte belehren, sage ich gleich: Sie hören von mir kein Wort ohne meinen Anwalt!“

„Das ist Ihnen natürlich unbenommen!“ Kommissar Beck half dem Verhafteten in den Mantel und der uniformierte Polizist legte ihm Handschellen an. „Muss das sein?“ fragte Schwarzbach. „Bei Fluchtgefahr schon,“ erwiderte Beck knapp. Das Quartett ging in Richtung Haustür. „Ihnen allen eine gute Nacht!“

Dann kam der Zielfahnder noch einmal zurück. „Bitte entschuldigen Sie die für Sie sicher unangenehme Störung und das ausgerechnet zu Weihnachten. Aber nachdem wir seinen Aufenthaltsort nach dem Untertauchen endlich lokalisieren konnten, musste der Zugriff unverzüglich erfolgen.“

„Wie haben Sie ihn aufgespürt?“

wollte Dörte wissen. – „Der misstrauische Vermieter seines Ferienhauses nebenan hatte uns angerufen. Dem kam es seltsam vor, dass der angebliche Herr Huber das Haus gleich für drei Monate mieten wollte - und das im Winter!

Zudem wollte Schwarzbach die Miete nicht überweisen, sondern bestand auf kompletter Barzahlung bei Schlüsselübergabe. Der Vermieter nannte dann bei seinem Telefonat mit uns den Alias-Namen Joseph Huber und den hatten die Flensburger Kollegen schon in der PC-Fahndungsdatei. Dass er in diesem Sturm bei Ihnen Zuflucht gefunden hatte, wussten wir aus seiner vom Vermieter an uns weitergeleiteten E-Mail.“

Dörte schob dem Kommissar ihre Visitenkarte über den Tisch. – „Ah, eine Kollegin!“ sagte Beck überrascht. „Dann haben Sie sicher Verständnis für unseren ungewöhnlichen Besuch am Heiligen Abend! Das musste sein.

Schwarzbach hatte sich zunächst aus München nach Zürich abgesetzt, nachdem er seine GmbH zum Nachteil der Kapitalanleger ausgeplündert und in den Bankrott getrieben hatte. Vermutlich hat er das erbeutete Geld bei einer Schweizer Bank geparkt.

Aber seine betrogenen Anleger saßen ihm bald auch in Zürich im Nacken und wir stellten ein Auslieferungsersuchen an die Schweiz. Als ihm deshalb der Schweizer Boden unter den Füßen zu heiß wurde, tauchte er unter. Ein Sylter Ferienhaus außerhalb der Saison schien ihm für den Winter das richtige Versteck.“

Dörte nickte. „Und ich frage jetzt nicht aus Neugier, sondern als vielleicht hilfreiche Kollegin:

Wie ist Xaver Schwarzbach Witwer geworden?"

„Durch einen tragischen Unfall. Das ist noch gar nicht so lange her. Seine Ehefrau ist bei einer Bergwanderung aus Anlass des ersten Hochzeitstages…"

„… am *Herrgottstein* im Allgäu trotz eines Sicherungsgeländers am Wege in einen Abgrund gestürzt und war sofort tot," ergänzte Dörte den von Beck begonnenen Satz.

Verblüfft setzte sich Kommissar Beck auf den von Schwarzbach geräumten Stuhl. „Woher wissen Sie das? Und dazu noch in allen Einzelheiten?"

Dörte genoss die Überraschung des Kollegen und steigerte den Effekt schmunzelnd. „Ich kenne noch viel mehr Details!

Es war kein Unfall, sondern vermutlich ein Mord!

Der Täter hat das Opfer unter einem Vorwand auf Armen getragen und dann mit Schwung über das Sicherheitsgeländer in den Abgrund geworfen!"

Dem Kommissar blieb der Mund offenstehen. Er wusste wohl nicht, mit welcher der sich ihm aufdrängenden Fragen er anfangen sollte.

„Um das Rätsel aufzulösen," half Dörte dem Kommissar auf die Sprünge. „Wir alle hier haben eben von Schwarzbach als ‚Herr Huber' seine angeblich nur vermutete detaillierte Mordschilderung in diesem angeblichen Unglücksfall gehört. Ein Mord, der nach seiner Schilderung natürlich von einem anderen begangen worden sein soll. Tatsächlich war das jedoch so etwas wie ein verklausuliertes Geständnis. Schon sehr dreist.

Aber jetzt ist Weihnachtsabend und Ihre Kollegen warten draußen im kalten Polizeiwagen. Die wollen doch sicher bald nach Hause. Oder wenigstens ins warme Hotel in Westerland und dort noch einen Absacker trinken.

Ich schlage Ihnen folgendes vor: Wenn wir in zwei Wochen aus dem Urlaub zurück sind, rufen Sie mich im Dienst bei der Kölner Staatsanwaltschaft an. Es gibt da noch mehr, was Sie wissen sollten. Dann können Sie Ihre Anklage gegen Schwarzbach vielleicht um den Tatbestand des Mordes erweitern.“

„So machen wir das! Und sollte der Partner von Herrn Schwarzbach nicht von ihm informiert werden können und morgen nebenan vor die verschlossene Tür des Ferienhauses laufen, könnten Sie ihm ja das Neueste berichten. Dann weiß er, dass es nichts mit dem gemeinsamen Sylt-Urlaub wird.“

„Partner?“ - Jetzt war es Dörte, die erstaunt war.

„Ja“, sagte der Kommissar im Hinausgehen. „Der Partner sollte wohl morgen nachkommen. Herr Schwarzbach ist in seiner Orientierung nämlich den Männern zugetan. Deshalb war seine Eheschließung für manche Leute schon damals verwunderlich. Nochmals: Gute Nacht!“

Als Wolfgang die Haustür geschlossen hatte und zurück ins Esszimmer kam, sagte zunächst keiner ein Wort. Alle hingen aufgewühlt ihren Gedanken nach. Kunibert fand als erster die Sprache wieder:

„War wohl nix mit *Stille Nacht, heilige Nacht!* auf Sylt!“

„Da denkst Du, Du hast einem eleganten Herrn, einem seriösen Mann von Welt am Heiligen Abend Obdach gewährt. Dann stellt sich heraus, es war ein übler Finanzganove und vielleicht sogar ein Mörder, der meinen guten Burgunder getrunken hat.“ Wolfgang konnte noch immer nicht begreifen, was er in der letzten Stunde erlebt hatte.

„Und er hat noch nicht einmal sein Glas Burgunder ausgetrunken! Schade um den guten Tropfen und ein unhöfliches Gastverhalten außerdem!“ rügte Bastian augenzwinkernd. Dann schüttete er sich selbst ein weiteres Glas Wein ein. „Um die nötige Bettschwere zu bekommen“, wie er es begründete.

„Als Frau denkt man anerkennend: Oh, das ist aber ein attraktiver Herr! Ein Blickfang für alle Damen!“ gestand Ulla ihren ersten Eindruck. „Dann stellt sich heraus: Er ist für die Damenwelt verloren, weil - wie der Kommissar es nett formulierte - der Herr den Männern zugetan ist!“

Kunibert schmunzelte. „Und wieder einmal hat meine Oma Anni recht. Die sagte in solchen Fällen sehr weise: ‚Me verluurt sich nit mieh wie met de Oore!‘. Für die ‚Imis‘ übersetzt:

‚Man verguckt sich nicht mehr als mit den Augen!‘ “

„Dörte, warum hast Du dem Kommissar nicht gesagt, dass Schwarzbach im Ergebnis für den eigenen Mord sogar die Todesstrafe gefordert hat?“ wollte Ulla noch wissen.

„Aus Gründen des Selbstschutzes.“ Dörtes Lächeln verriet schon, dass die Antwort nicht ernsthaft war. „Dann hätte Beck mich für völlig durchgeknallt gehalten, mir nichts mehr geglaubt, sondern mir eine Psychotherapie empfohlen.“

„So, es ist jetzt zwar schon weit nach Mitternacht. Aber ich kann bestimmt noch nicht schlafen. Hat noch jemand eine schöne Geschichte, um wieder runter zu kommen? Oder, wie Riekes Therapeutin es so nett formuliert hat, um ‚den Tag in die Garage zu fahren‘?“

Bastian sprach mit seiner Frage den anderen wohl aus der Seele. „Gute Idee! Das würde helfen!“

„Aber bloß nicht so eine ‚Mord und Totschlag‘-Geschichte!“ bat Ulla eindringlich. „Davon hatten wir wirklich – und das sogar live - heute Abend mehr als genug!“

„Ich hätte da vielleicht was Schönes!“

Rieke zögerte mit ihrem Vorschlag. „Es ist eine Weihnachtsgeschichte, die zwischen Dom und WDR in der Komödienstraße spielt. Die Geschichte wurde bei der Weihnachtsfeier vom WDR in meiner Abteilung erzählt und fand sehr viel Beifall. Meint Ihr …?“

„Na klar, das bringt uns sicher auf andere Gedanken!“

„Die Geschichte wird immer von zwei Personen erzählt, die die Story abschnittweise und abwechselnd hochdeutsch und kölsch vortragen. Dabei kann man deutlich feststellen, dass Kölsch nicht etwa übersetztes Hochdeutsch ist. Es ist tatsächlich eine eigene Sprache! Die *Akademie för uns kölsche Sproch* trägt diese Namensbezeichnung also völlig zu Recht! Dörte, bei dieser beliebten Akademie kannst Du sogar ein ‚Kölsch-Abitur‘ ablegen!

Die beiden Texte habe ich für heute Abend ausgedruckt. Ich würde die hochdeutsche Fassung vortragen. Übernimmst Du, Kunibert, den kölschen Part?“

„Aber sicher, gerne!“

„Moment noch. Ich stelle die Kerzen so, dass wir gut lesen können! Jetzt kann es losgehen!“

Das Christkind kam vom WDR

Eine Weihnachtsgeschichte für Kölner und Nichtkölner

Et Chresskind koom vum WDR

E Weihnachtsvezällche för Kölsche un Imis *

Er saß wie immer auf der kleinen Treppe, die von der Komödienstraße aus zwischen dem Chinarestaurant und der Herberge auf die Burgmauer hoch führte. Vor sich hatte er den Pappbecher gestellt. Neben ihm schlief auf einer Decke sein schwarz-weißer Mischlingshund.

Hä sooß wie immer op dä kleine Trapp, die vun de Komödiestrooß zweschen dem Chines und dä Herberch op der Burchmauer hu lef. Vör sich hatt hä dat Pappendeckelsdöppche jestallt. Nevven im schleef op ner Deck singe schwazz-wieße Möpp.

Wilhelm war obdachlos, aber er unterschied sich von den anderen Obdachlosen. Er war niemals betrunken. Immer gut gelaunt erzählte er gerne mit den Passanten, die vorbeikamen. Wenn er nicht den Pappbecher vom McDonalds vor sich stehen gehabt hätte - man hätte nicht geglaubt, dass er bettelte.

Der Wellem wor en ne ärme Sock un dät beddele. Ävver andersch als wie andere Beddelslück. Nie hatt hä de Lamp aan. Immer wor hä

joot drop un dät järn met dä Lück schwaade, die elands koomen.
Wann do nit de Mäckes-Papp gestande hätt – mer hätt nit jejläuv,
dat hä kötte dät.

An diesem späten Nachmittag, ein paar Tage vor Weihnachten, waren nur ein paar Kupfermünzen in dem Becher. Nach Mittag war plötzlich ein eiskalter Wind aufgekommen und trieb jetzt sogar Schneeflocken durch die Straßen. Bei dem unangenehmen Wetter hatten es die wenigen Passanten dann auch sehr eilig und spendeten nichts mehr.

Aan dem späde Nommedach, koot vör Chressdach, woren nor e paar Füss en dä Papp. Noh Meddach koom op eimol ene ieskale Wind un dät jetz sujar Schnieflöckcher durch de Strooße tirvele loße. Bei dem biestije Wedder hatten die paar Lückcher, die do noch ungerwächs woren, et och ärch ielich un joovten nüüs nix mieh.

Aber da kam doch noch jemand aus Richtung Tunis-Straße. Ein gepflegter Herr im feinen Wintermantel mit einem feinen Schal aus exotischer Wolle, Kaschmir vielleicht. „Bestimmt ein Leitender Angestellter vom WDR. Der gibt ohnehin nichts", dachte der Wilhelm und wollte den Herrn gar nicht erst ansprechen. Aber dann dachte er: „Warum nicht? Man muss doch bloß wollen, dann klappt auch viel!" Er lachte also den Mann an und sagte: „Frohe Weihnachten, der Herr!"

Ävver do koom doch noch eine vun der Tunis-Strooß eraan. Ne finge Här en nem finge Winterwööbche met nem finge Schälche us frempländischer Woll, Kaschmier villeich. „Secher e huh Dier vum

WDR. Dä lööt nömmersch jet letsche", daach dä Wellem und wollt
dä Här jar nit ehsch aanspreche. Ävver dann daach hä: „Woröm nit?
Mer muss doch nur wolle, dann klapp och vill!" Hä dät dä Här aan-
laache und sät: "Frohe Weihnachten, der Herr!"

Der Herr blieb stehen und lachte zurück. „Mit mir kannst Du auch
Kölsch reden!" Dann steckte er einen 10-Euro-Schein in den Becher
und sagte: „Das ist mein Weihnachtsgeschenk für euch *beide* ! Der
Hund bekommt die Hälfte. Ist das versprochen?"

Dä Här blev stonn un dät zoröcklaache. „Met mir kannste och
Kölsch schwaade!" Dann stoch hä ene 10-Euro-Sching en dat Papp-
döppche eren un saat: „Dat es ming Chresskindche för üch alle-
beids. Dä Hungk kritt de Hälefte av. Es dat vesproche?"

Wilhelm sah verblüfft auf den Schein und bekam erst mal keinen
Ton heraus. Dann murmelte er: „Ja Chef, ist versprochen!" Der Herr
nickte, sagte noch „Nicht vergessen!" und ging weiter.

Der Wellem loort vebassert op dä Sching un hatt ehsch emol de
Muul voll Zäng. Dann nösterte hä: „Jo Chef, es vesproche!!" Dä Här
dät nicke, saat noch „Nit verjesse!" un jingk wigger.

Es war schon fast dunkel und auch der Schneefall wurde stärker.
Wilhelm machte sich zum Abmarsch fertig. Der Hund, der übrigens
Luko hieß, wusste Bescheid: „Jetzt geht es zum Appellhof. Da

bekommen die besonders Bedürftigen vom Emmaus-Verein eine warme Suppe. Schade nur, dass ich keine Erbsensuppe mag und der Verein keine Knochen für Hunde verteilt."

Et wor allt baal düster un och de Schnieflöckcher wodte mieh. Der Wellem maat sich parat för loss ze jonn. Dä Möpp, der nevvenbei gesaat Luko heesche dät, woss Bescheid: „Jetz jeit et nohm Appellhoff. Do krijjen die Lückcher, die üverhaup kein Nüssele hann, en wärm Zupp en der Buch, die de Fraue vum Emmaus jekoch hann. Schad nur, dat ich kein Äzezupp maach un der Emmaus-Verein kein Knoche för Hüng hät."

Doch der Wilhelm ging nicht zum Appellhof, sondern zum Weihnachtmarkt am Dom. Ach, was roch es hier doch gut! Mit seiner feinen Nase schnupperte Luko Waffeln und Reibekuchen, Glühwein, Lebkuchen und gebrannte Mandeln. „Der leckerste Duft", dachte der Luko, „kommt natürlich vom Bratwurststand. Aber als Hund eines Obdachlosen hast du keine Chance, an so eine feine Wurst zu kommen."

Ävver dä Wellem jingk nit nohm Appellhoff, ov nä, hä jingk nohm Weihnachts- Chressmaat am Dom. Nä, wat dät dat he doch joot rüche! Met singe finge Nas dät der Luko Waffele un Rievkoche, Jlühwing, Levkooche un jebrannte Mandele schnuppere. „Dat leckerste Döffje", daach dä Luko, „kütt natörlich vun dä Brootwoosch-Bud. Ävver als Beddelshungk häste kein Schangs, an su e fing Wööschje ze kumme."

Seltsamerweise ging der Wilhelm aber genau zu diesem Bratwurst-Imbiss. Hier bestellte er für 10 Euro zwei Krakauer – eine mit und eine ohne Senf. Die erste aß der Wilhclm selbst mit Appetit auf. Die zweite, ohne Senf, hielt er Luko vor die Nase.

Komisch, dat dä Wellem tirektemang zo op jenau die Bud hin aanjingk. He dät hä för 10 Euro zwei Brootwöösch bestelle – ein met, die andere ohne Mostert. Die ehschte dät der Wellem selever lecker verkimmele. Die andere, ohne Mostert, heelt hä dem Luko vör de Naas.

Luko sah genauso verblüfft auf die Wurst wie Wilhelm zuvor auf den 10-Euro-Schein des WDR-Spenders. Er konnte es einfach nicht glauben. „Ja, komm schon, beiß rein!" sagte Wilhelm. „Ich habe es dem Christkind doch versprochen!"

Dä Luko dät jenau esu verbassert op die Woosch loore, wie der Wellem vörher op dä 10-Euro-Sching vun däm WDR-Här. Hä kunnt dat einfach nit jläuve. „Jo, loß jonn, bieß eren!" saat der Wellem. „Ich hann et dem Chresskind doch vesproche!"

„Die Sache mit dem Christkind werde ich in diesem Leben sicher nicht mehr kapieren", dachte der Luko bei sich. „Aber das muss ich *als Hund* vielleicht auch nicht verstehen!" Und dann biss er herzhaft in die Wurst.

„Dat met däm Chresskind krijjen ich ming Levvensdach nit op de Reih", daach dä Luko esu bei sich selever. „Ävver dat muss ich als

Hungk vielleich och nit verstonn!" Un dann dät hä ene ööntlije Happs en die Woosch erin.

Hoch oben, von der Himmelspforte, sahen zwei Engel wohlgefällig auf die rührende Szene. Und der Engel mit dem Kaschmir-Schal sagte zu seinem Kollegen: „Siehst Du, so sind wir Kölner: Immer zuverlässig, immer ein großes Herz. Kölner halten Wort und teilen auch in der Not, sogar mit ihren Tierchen! Das ist echt Kölsche Art!"

Huh bovven, am Himmelspörzje, loorten zwei Engele zofridde op dat nette Spillche do ungen. Un dä Engel met dem finge wöllene Schälche saat zo för singem Kollech: „Sühste, su sin mer Kölsche: Immer Verloß drop, immer e jroß Häzz. Kölsche halden Woot un deilen och en der Nuut, sujar met ehre Diercher! Dat es esch Kölsche Aat!"

„Ich will Dich jetzt nicht verärgern", erwiderte sein Kollege vorsichtig. „Aber ich kenne den Wilhelm da unten zufällig. Er kommt aus Düsseldorf!"

„Nit dat do meins, ich wöllt Dich jetz zänke", saat do singe Kollech janz hööch. „Ävver ich kenne dä Wellem do ungen zofällich. Dä kütt us Düsseldorf!"

„Bravo, toll! Rieke, das war genau das Richtige, um uns etwas abzulenken!" Die Freunde waren begeistert von dem humorvollen Ausklang des Weihnachtsabends, den Rieke und natürlich auch Kunibert geboten hatten.

„Das freut mich, die Geschichte hat übrigens auch meiner zweiten Seele, nämlich der mit Düsseldorfer Migrationshintergrund, gutgetan!" lachte Rieke.

„Ansage an die Dänemark-Urlauber: Sowohl der Fährverkehr zur Insel Röm wie auch der Auto-Shuttle-Betrieb über den Hindenburg-Damm sind aufgrund des Unwetters bis mindestens morgen Mittag eingestellt. Habe ich gerade im Internet gelesen."

Wolfgang hob sein Handy wie zum Beweis. „Das bedeutet: Wir können morgen alle bis in die Puppen ausschlafen, bevor es Frühstück gibt."

„Um die Erwartungen an das Frühstück gleich auf Normalmaß ein-zudampfen", gab Rieke mahnend bekannt. „Es gibt aufgebackene Körnerbrötchen, abgepacktes Schwarzbrot, die Käsereste von heute Abend und Wurst aus der Plastikverpackung. Ein gekochtes Ei für je-den ist auch noch möglich. Natürlich nur dann, wenn wir wieder Strom haben. Für Ulla - und wer das sonst noch mag - haben wir ein paar Becher Bio-Müsli."

„Viel zu üppig!" spottete Kunibert. „Für meine Frau hätten auch lokales Sylter Mineralwasser und eine Packung Zigaretten genügt!"

„Eine Unverschämtheit!" Ulla gab sich empört, lachte aber dabei. „Kunibert, pass auf, was Du sagst! Sonst schläfst Du heute Nacht im Strandkorb auf der Terrasse!"

Das Feuer im offenen Kamin war heruntergebrannt und nur die dunkel leuchtende Glut spendete noch wohlige Wärme. Bastian gähnte herzhaft.

Kunibert leerte den Rest seiner Flasche *Flensburger* mit offensichtlichem Genuss in einem Zug. „Friesisch-herbes Bier schmeckt auch einem Kölner gut, wie ich sehe!" bemerkte Ulla mit einem Lächeln und setzte provozierend hinzu: „Vielleicht sogar besser als Kölsch?"

Kunibert dachte einige Sekunden über die passende Antwort nach. „Dörte, ihr habt in Rendsburg ja diese tolle Eisenbahn-Hochbrücke mit untergehängter Schwebe-Fähre. Mit dieser Brücke geht ordentlich viel Verkehr über den Nord-Ostsee-Kanal, nicht wahr?" Dörte wusste nicht, worauf Kunibert hinauswollte und nickte nur.

„Unser Kölner Erzbischof Josef Kardinal Frings, von dem heute Abend ja schon mal die Rede war, hat einmal den Unterschied zwischen einer Brücke und einem Kölsch so erklärt: 'Üvver en Brück jeht alles. Ävver üvver e Kölsch jeht nix!' Also: ‚Über eine Brücke geht alles. Aber über ein Kölsch geht nichts!' "

Wolfgang nickte zustimmend. „Ich glaube, das war das Hirtenwort zur Heiligen Nacht!"

„Dann allerseits eine gute Nacht!"

*Kölsche Fassung überarbeitet von Marita Dohmen, Heimatvereins Köln e.V., siehe auch die nachfolgenden ‚Quellen und Anmerkungen'

Quellenangaben und Anmerkungen

Zu: Gottes Bodenpersonal *oder* **Die Lotsen im Nebel**

„Kölner Missbrauchsgutachten – Kardinal Meisner und die ‚Brüder im Nebel' " in *Kölner Stadt-Anzeiger* vom 18. März 2021

„Missbrauch im Erzbistum Köln – Was bisher geschah - Eine Chronologie der Ereignisse" in *Kölner Stadtanzeiger* vom 18. Marz 2021

„Erzbistum Köln – Internes Dokument belastet Kardinal Woelki stark" in *Kölnische Rundschau* vom 9. Juni 2023

„Beim Erbe ging der Weihbischof leer aus", in *Kölner Stadt-Anzeiger* vom 29. Dezember 2022

„Hinter dem Kulissen – Die Gesichter der Redaktion" in *Kölner Stadt-Anzeiger* vom 21. März 2025

„Josef Frings" auf https://Wikipedia.org

„Berühmte Zitate des rheinischen Kardinals" *in Erzbischof Kardinal Josef Frings und das Fringsen Köln* auf https://stadtgeschichten-stadtfuehrungen.de

„Ermittlungen wegen Meineids – Besondere Rücksicht auf Kölner Kardinal Woelki?" in WDR-Fernsehen, Sendung *Westpol* vom 18. Februar 2024 - Internet-Ausdruck

Zu: Ein unglaublicher Mörder

Bürger, Udo, „Anno 1803 - Entsetzen in Köln: Ein Pfarrer aus Ahrweiler ermordet zwei Frauen", in https://relaunch.kreis-ahrweiler.de sowie andere Veröffentlichungen des Autors Udo Bürger hierzu

Priebe, Ilona, „Der Pfarrer von St. Maria in der Kupfergasse", in *Mörder, Huren, Herzensbrecher – Spektakuläre Verbrechen und ihre Schauplätze in Köln*, Mitteldeutscher Verlag Halle, 2012

Der Vampir im Priestergewand, Podcast des *Kölner Stadt-Anzeiger*, abrufbar unter https://ksta.de /true-crime-koeln

Wer mehr über die angesprochenen Stammtisch-Runde im Brauhaus ‚Bieresel‘ sowie die Bäckerfamilie Peter Thelen und deren Leben zu der damaligen Zeit erfahren möchte: Hinweis auf

Klein, Norbert *„Mörder, Stadtrat und FC"*, Books on Demand, Norderstedt 2019

Zu: Krippenspiel mit Esel

Mündliche Überlieferungen von Personen aus den beiden genannten Ortschaften, ergänzende Ausschmückungen durch den Autor

Zu: Weihnachtszeit in Köln – damals *sowie*

Im Paternoster zum Christkind

Eigene Kindheitserinnerungen des Autors

Blog-Einträge zu u.a. „Kindheitserinnerungen" auf Internetseite
https://verliebtinkoeln.com

Zu: Wie der Appellhof zum „Haschisch-Paradies" wurde.

Mdl. Überlieferung des Vors. Richters am Landgericht Köln a.D.
und früheren Dezernenten des Gerichts Jaeger, Bonn, bei einem
persönlichen Gespräch mit dem Autor. Noch einmal ein Dankeschön auch an dieser Stelle!

Zu den Kapiteln:

Sauer auf die Muttergottes, aber gläubig

Kater Willi darf nicht sterben!

Das erste Date! Mit dem Schwarm der Schulstufe!

Heilendes Blaulicht

Die Schützenkönigin – etwa von Ratten angenagt?

und

Von lustigen Spaßvögeln und …

Die besten Geschichten schreibt sehr oft das Leben selbst. Man muss sie sich nicht ausdenken, man kann sie einfach so erzählen, wie sie geschehen sind!

Diese o.a. Geschichten sind tatsächlich im Kern so passiert. Sie sind nur manchmal etwas fürsorglich verfremdet mit Rücksicht auf die betroffenen Personen, manchmal auch durch den Autor etwas ausgeschmückt und zugespitzt.

Weitere Anmerkungen:

„Sauer auf die Gottesmutter, aber gläubig": Vom Autor zuvor erzählt in „Unverlangt eingesandt", in *Kölner Stadt-Anzeiger* vom 6. Juli 2019

„Heilendes Blaulicht": Vom Autor zuvor erzählt in „Unverlangt eingesandt", in *Kölner Stadt-Anzeiger* vom 4. Februar 2023

Zu: Spätes Glück durch den Kuhschädel

Wikipedia-Seite „Wacken Open Air" auf https://Wikipedia.org

Wikipedia-Seite „Doro Pesch" auf https://Wikipedia.org

Diese ‚Zeugen-Tests' in dieser oder ähnlicher Form in vielen Seminaren der Deutschen Richterakademie in Trier, siehe diverse Jahresprogramme der *Deutschen Richterakademie*, Trier, z.B. in 2025 *„Sicherer Umgang mit Aussage und Vernehmung"*

Zu: Die Kölner „Express"-Urausgabe von 1588

Kupferstich von Franz Hogenberg, Kopie vermutlich um 1820 durch Jodocus Schlappal, im Kölnischen Stadtmuseum Inventar-Nr. HM 1900/314, ‚*Kuertze und wahrhaftige erzelung einer unerhörten und geschwinden praktijck so in dieser H. Reichs Stat Cöln heimlich angestelt, und durch Gottes Verhengnus an tag komen ist'*.

Text des Titels zitiert nach LVR LandesMuseum Bonn, Ausstellungskatalog Nr. 386 zur Ausstellung *„Renaissance am Rhein"*, Bonn 2010

Stadt Köln, Kölnisches Stadtmuseum, Info-Mail hierzu an den Autor vom 23. Mai 2023

Wikipedia-Seite „Rabenstein" auf https://Wikipedia.org

Schwerhoff, Gerd, „Köln im Kreuzverhör. Kriminalität, Herrschaft und Gesellschaft in einer frühneuzeitlichen Stadt", Bonn/Berlin, Bouvier 2002, zitiert nach Conni Crumbach in *Stadtrevue, Kultur – Politik – Stadtleben in Köln*, Ausgabe vom 01. September 2001

Zu: Ob Köln jemals eine saubere Stadt wird?

Schock-Werner, Barbara, „Verwahrlostes Köln - Ex-Dombaumeisterin beklagt absurde Zustände", in *Kölner Stadt-Anzeiger* vom 24. Juli 2023

Reker, Henriette, „Köln verwahrlost zunehmend", in *Kölner Stadt-Anzeiger* vom 31. Januar 2025

Selch, Gerald, „Das Köln-Gefühl wird strapaziert" und „Was muss sich in Köln ändern?" in *Kölner Stadt-Anzeiger* vom 1. Februar 2025

Stoldt, Till-Reimer „Zu Tode toleriert" in *Welt am Sonntag* vom 16. Februar 2025, NRW-Block S. 1

Schätzing, Frank, „Die Kölner waren schon immer ein renitentes Volk" in *Kölner Stadt-Anzeiger* vom 18. Oktober 2024

Zu: … von weniger lustigen Spaßvögeln in Richterrobe

 OLG München, Beschluss vom 10. Dezember 1999 – 25 AR 107,99, *Sarres,* FamRB 2014, 474

BAG, Urteil vom 12. Mai 2010 – 2 AZR 544/08- *juris*-Datenbank

Sarres, FamRB 2014, 474

„Kölner Richter verstößt bei Entführungsprozess gegen Vorschriften", in *Kölner Stadt-Anzeiger* vom 15. Januar 2020

„Ärger für Kölner Richter nach einem falschen Freispruch", in *Kölner Stadt-Anzeiger* vom 8. Juni 2021

Zu: Die eiskalte Giftmörderin und die verzweifelte Küchenmesser-Mörderin

Bürger, Udo, „Criminal-Procedur" gegen die Giftmörderin Josephine Brückmann, 1858, in *Bleche Botz und Klingelpütz – Kölner Kriminalfälle von 1815 - 1918*, Hermann-Josef Emons Verlag Köln, 2009 mit weiteren Nachweisen

Kölnische Zeitung vom 9. Mai 1858, Erste Beilage zu Nr. 128 sowie vorangegangene Prozess-Berichterstattung

Aachener Zeitung Nr. 42 vom 11. Februar 1858

Kopisch, Kathrin, *Furchtbar Feminin – Berüchtigte Mörderinnen des 20. Jahrhunderts*, Militzke Verlag e.K. Leipzig, 2006

Franken, Irene, Aus eigener Betroffenheit: Frauenkampf gegen Alkoholismus u.a., in: *Frauen in Köln*, J.P. Bachem Verlag Köln, 2008, mit weiteren Nachweisen

Zu: Und jetzt zu ‚Maler Bock‘ - Kölns Top-Spaßvogel! *sowie*

Der ‚Maler‘ und die ‚Ente‘

„Maler Bock - Kölner Bürgerschreck wird zum Mythos", in *Kölner Stadt-Anzeiger* vom 02. August 2022

Louis, Reinold, *Kölner Originale*, Greven Verlag Köln GmbH, 1985, mit weiteren Nachweisen

Bönisch, Georg, *Tatort Köln*, Greven Verlag Köln, 1977

Zu: … die reine Wahrheit und nichts als die Wahrheit.

Wikipedia-Seite „Lügendetektor" auf https://Wikipedia.org mit weiteren Nachweisen

„Alles gelogen" in *Welt am Sonntag* vom 2. Februar 2025

Wikipedia-Seite „Kachelmann-Prozess" auf https://Wikipedia.org mit weiteren Nachweisen

Auch der am Schluss geschilderte ‚Skandal-Fall von nebenan' ist real und hat sich so einmal in Bonn zugetragen.

Eigene Erfahrungen des Autors als früherer Richter zum Thema Wahrheitsfindung mit Zeugen

Zu: *Udo Werners Talentprobe* – „Gnade!" - „Kotz!" - „Grausam!"

Goerdel, Peter, *Talentprobe*, TV-Dokumentation, BR Deutschland 2010, zeitweise auch im Internet als DVD erhältlich

Klein, Martin, „30 Jahre Talentprobe", in *stadtrevue* vom 1. Oktober 2009, Ausgabe 10/2009

Wikipedia-Seite „Udo Werner" auf https://Wikipedia.org

Eigene Erfahrungen des Autors als langjähriger Besucher der Veranstaltungen

Zu: Steuern? – Zahlen doch die anderen!

Klein, Norbert, „Wie der 1. FC Köln in Eupen ins Abseits dribbelte" in *Mörder, Stadtrat und FC*, Books on Demand, Norderstedt, 2019

Div. Autoren, „Der Schatz des BND" in *Der Spiegel* 8/2008 vom 17. Februar 2008

Wikipedia-Seite „Klaus Zumwinkel" auf https://Wikipedia.org mit weiteren Nachweisen

Wikipedia-Seite „Liechtensteiner Steueraffaire" auf https://Wikipedia.org mit weiteren Nachweisen

Zu der angesprochenen Steuer-Affaire von Spielern des 1. FC Köln:

Hinweis auf Klein, Norbert *„Mörder Stadtrat und FC"*, Books on Demand, Norderstedt 2019

sowie auch

„Steuerfahnder am Geißbockheim", Podcast des *Kölner Stadt-Anzeiger* mit dem Autor als Gast, abrufbar unter https://ksta.de /true-crime-koeln

„Die KI wird zur Rettung" in *Welt am Sonntag* vom 4. Mai 2025, NRW-Block, Seite 1

Eigene, allgemeine Erfahrungen des Autors als früherer Finanzrichter zu den Themen Steuergerechtigkeit und Steuerhinterziehung

Zu: Vom ‚Zirkus Langgasse' …

„Die Stadt klagt auf ‚Beseitigung'" in *Kölnische Rundschau* vom 4. Juni 1959 und folgende Berichterstattung zu dem Prozess

„Wo hört in Köln der Humor auf?" in *Die Zeit* Nr. 25/1959, Zeit-online vom 19. Juni 1959

„Köln contra Humor" in *Die Zeit* Nr. 30/1959, Zeit-online vom 24. Juli 1959

Wrede, Adam, *Neuer Kölnischer Sprachschatz,* Greven-Verlag Köln, 1981 zu „Jrielächer"

„Max Adenauer" in *Der Spiegel* Nr. 15 / 1959 vom 8. April 1959

Historisches Archiv der Stadt Köln, *Prozess Lappe ./. Stadt Köln wegen Beleidigung*, Signatur A 582, 1955

Zu: … und von dem ‚Zirkus' in der Richard-Wagner-Str. 6

„Kölns berühmteste Baulücke steht zum Verkauf" in *Kölner Stadt-Anzeiger* vom 14. Dezember 2024 und vorhergehende Berichterstattung

„Ist Kölns berühmteste Baulücke bald Geschichte?" in *Kölnische Rundschau* vom 30. August 2022 und vorhergehende Berichterstattung

Berichte zum Thema in *Express*, *Bild-Zeitung* und *TAZ*

Zu: Tödliche Liebe

Klein, Adolf, *Hundert Jahre Akten – Hundert Jahre Fakten, Das Landgericht Köln ab 1879,* in: Adolf Klein und Günter Rennen (Hrsg.), Justitia Coloniensis, Greven Verlag Köln, 1981 – „Der Doppelmord des Studenten-Ehepaars" (S. 161 ff.)

„Ein Nachwort zum Schönewald-Prozess" in *Kölnische Zeitung* vom 26. Juni 1938 und vorhergehende Prozessberichterstattung

„Ehepaar Schönewald hingerichtet" in *Oberbergischer Bote* vom 4. Januar 1839 sowie in weiteren Zeitungen des Datums gleichlautend, dort auch die vorhergehende Prozessberichterstattung

Zu: „Doch nicht die Todesstrafe!" – Oder etwa doch?

Wikipedia-Seite „Todesstrafe" auf https://Wikipedia.org mit weiteren Nachweisen

Wikipedia-Seite „Lebenslange Freiheitsstrafe" auf https://Wikipedia.org mit weiteren Nachweisen

„Über manchen Artikel im Grundgesetz hat der Parlamentarische Rat heftig gestritten. Auch über den zur Abschaffung der Todesstrafe: Es ist, was es war: eine Barbarei" in *Berliner Zeitung* vom 23. Mai 2009 – Internet-Abruf

Zu: Das Christkind kam vom WDR.

Der Autor dankt an dieser Stelle der leider schon verstorbenen früheren stellvertretenden Vorsitzenden **des *Heimatvereins Köln e.V.*, Marita Dohmen**, für ihr besonderes Lektorat, um die kölsche Fassung der Geschichte zu überarbeiten.

Das war bei dem ‚Tankstellen-Kölsch' des Autors wohl nötig. Denn, wie Frau Dohmen damals zum Manuskript des Autors kritisch meinte: „Mer sprechen Kölsch un nit Mölsch!"

„Berühmte Zitate des rheinischen Kardinals" *in Erzbischof Kardinal Josef Frings und das Fringsen* auf https://stadtgeschichten-stadtfuehrungen.de

Mörder, Stadtrat und FC

Kölner Gerichtsgeschichten um den Appellhof

Erzählt von
NORBERT KLEIN

So urteilt die Presse über das Buch:

„Große und kleine Gerichtsgeschichten in 42 kurzweiligen Kapiteln mit viel Witz, reichlich Recherche und Liebe zum Detail fluffig erzählt.“

Kölnische Rundschau

„Klein erweist sich als exzellenter Erzähler.“

Kölner Stadtanzeiger

Und das ist die Meinung der Leser:

„Tolles Buch! Ich als Kölnerin habe bei diesem Buch einiges gelernt und viel geschmunzelt.“

Leserin A.R. auf Amazon

„Spannende und interessante Geschichten über den Appellhof!“

Leser auf Thalia

„Unterhaltsam und interessant zu lesen!“

K. und H. L. auf Amazon

Amazon-Bewertung 4,4 Sterne

84 Prozent 4- und 5-Sterne-Bewertungen (von 88 Bewertungen insg.)

Stand: Mai 2025

Kaiser Napoleon, Bundeskanzler Konrad Adenauer, die Schmugglerin „Bolze Lott", der Revolutionsphilosoph Karl Marx, die Kölner Oberbürgermeisterin Henriette Reker, der Entfesselungskünstler Houdini, nationalsozialistische Straftäter, der Sohn Ernst des Dichterfürsten Friedrich von Schiller, die Unterweltfiguren „Dummse Tünn" sowie „Schäfers Nas", der Ex-Bankier I.D. Herstatt, die Giftmörderin Irmgard Swinka, der Kölner Schriftsteller Heinrich Böll, die Domschatz-Diebe, Spieler des 1. FC Köln, Papst Benedikt XVI., der amerikanische Innenminister Carl Schurz, ein Gewinner der RTL-Show „Big Brother" und Obdachlose, die abends für eine warme Suppe geduldig anstehen. Das ist nur eine kleine Auswahl der zahllosen betroffenen Personen.

Sie alle haben gemeinsam, dass sie im Laufe der letzten zwei Jahrhunderte direkt oder indirekt etwas mit dem roten Backsteingebäude oder dessen Vorgängerbau in Köln an der Burgmauer zu tun hatten. Es ist das Justizgebäude am Appellhofplatz, das die Kölner schon ewig ihren „Appellhof" nennen. Seit Generationen wird hier das Schicksal von Kölnern und anderen Rheinländern im Namen des Königs oder des Volkes durch die verschiedensten Gerichte mitentschieden. Dazu gibt es natürlich sehr viele spannende, berührende oder humorvolle Geschichten, die ein Kölner Richter gerne erzählt.

Erhältlich für 9,99 €

www.norbert-klein.de

BoD™
BOOKS on DEMAND
www.bod.de
ISBN 978-3-7481-1772-8

Und auch als Podcast ist Norbert Klein als Experte bei *True Crime Köln* des ‚Kölner Stadt-Anzeiger' zu folgenden Geschichten aus seinem Buch *Mörder, Stadtrat und FC – Kölner Gerichtsgeschichten um den Appellhof* zu hören:

- Steuerfahnder am Geißbockheim: Millionenbetrug beim 1. FC Köln.

- Die eiskalte Giftmischerin: Die Geschichte der mehrfachen Mörderin Irmgard Swinka.

- Mord ohne Leiche: Das spurlose Verschwinden der Witwe Graß.

- Die Nazi-Jägerin in Holweide: NS-Verbrecher lebte Jahrzehnte lang unbehelligt in Köln.

Abrufbar unter www.ksta.de/podcast/true-crime-koeln